Georg Unterholzner

Mörderlatein

Kriminalroman

rosenheimerkrimi

Die Handlung dieses Romans ist frei erfunden. Eventuelle Ähnlichkeiten der Romanfiguren mit lebenden oder toten Personen sind nicht beabsichtigt, ebenso wenig eine Beschreibung der Verhältnisse in tatsächlich existierenden Institutionen, Organisationen oder Vereinigungen.

Besuchen Sie uns im Internet
www.rosenheimer.com

3. Auflage

Sonderausgabe für Reader's Digest:
Verlag Das Beste GmbH Stuttgart, Zürich, Wien

Lektorat und Satz: VerlagsService Dr. Helmut Neuberger & Karl Schaumann GmbH, Heimstetten
Titelfoto: © Adam Korzekwa - istockphoto.com
Autorenfoto auf der Buchklappe: Patrick la Banca
Druck und Bindung: Finidr s. r. o.
Printed in Czech Republic

ISBN 978-3-475-54166-7

1

Die Dinge sind nicht immer das,
was sie zu sein scheinen.
(Phaedrus)

Max mochte es, wenn jemand auf unnatürliche Art und Weise ums Leben kam. Er mochte es genauso wie Mathe, hübsche Mädchen und sein Motorrad. Doch eigentlich war er eine Wundertüte, und man wusste nie, was in seinem Kopf wirklich vorging.

Donnerstag

Es war schon nach Mitternacht, als wir vom Pink-Floyd-Konzert nach Hause fuhren. Es nieselte, doch Max holte das Äußerste aus seiner Maschine heraus wie immer. Ich summte die Melodie der letzten Zugabe so leise, dass Max mich nicht hören konnte. Das wäre mir peinlich gewesen.

Einige hundert Meter hinter Geretsried bemerkte mein Freund das dunkelblaue Auto im Straßengraben. Sofort bremste er die Kawasaki herunter, wendete auf der Fahrbahn und fuhr auf den Unfallwagen zu. Im Scheinwerferlicht konnten wir erkennen, dass der Jaguar E-Type von der Straße abgekommen war und einige Sträucher umgefahren hatte. Der linke Außenspiegel war abgerissen, der Kühlergrill hatte eine Delle und der Lack einige tiefe Kratzer.

Max stellte sein Motorrad so, dass es den Unfallort beleuchtete. Dann stieg er ab.

»Scharfer Schlitten«, meinte er und schob einen Kaugummi in den Mund.

Ich war bereits auf dem Weg zum Auto, meinen Helm in der Hand. Als ich zum Beifahrerfenster hineinschaute, sah ich einen dicken, blonden Mann bewegungslos im Wagen. Er war nach rechts umgekippt, so dass Oberkörper und Gesicht auf dem Beifahrersitz ruhten.

»Da ist einer drin«, flüsterte ich.

Sofort war Max bei mir. Er überlegte nicht lange und riss die Fahrertür auf. Seinen Helm hatte er auf die Motorhaube gelegt. Er lehnte sich weit ins Wageninnere und versuchte den Mann aufzuwecken. Erst sprach er ihn an, dann stieß er ihn mehrmals. Als er sich nicht rührte, schüttelte Max ihn mit beiden Händen.

»Vielleicht ist er besoffen.« Ich war heilfroh, dass mein Freund die Initiative ergriffen hatte.

Max legte nun die linke Hand an den Hals des Verunglückten und schwieg. Er musste sich konzentrieren, um den Puls zu fühlen. Schließlich packte er den schweren Mann am Kragen seines hellen Sakkos und zog ihn in eine aufrechte Position. Dann untersuchte er ihn erneut.

»Der ist tot«, sagte er nach einer Weile und schaute zu mir hoch. »Maustot! Aber noch nicht lang. Er ist noch ganz warm.«

Ich wandte mich ab. Mir wurde speiübel bei dem Gedanken, mich in der Nähe einer Leiche zu befinden.

Max erhob sich, streckte seinen beinahe zwei Meter langen Körper und brummte: »Was machen wir jetzt? Wir können ihn nicht gut liegen lassen. Und die Polizei können wir auch nicht holen.« Er atmete schwer wie nach einer großen Anstrengung.

Ich hob die Achseln. Woher sollte ich das wissen?

Da sahen wir ein Auto von Geretsried her mit hoher Geschwindigkeit näher kommen.

»Wir müssen abhauen, schnell«, zischte Max.

Ohne Zögern rannten wir zur Kawasaki, und Max startete den Motor. Ich setzte den Helm auf und umfasste mit der Rechten den Oberkörper meines Freundes. Mit der Linken deckte ich das Nummernschild ab, damit es nicht identifiziert werden konnte. Dann preschten wir los.

Ich drehte den Kopf und sah, wie das ankommende Auto bei dem Jaguar abbremste und die Scheinwerfer löschte. Max beschleunigte und raste um die lang gezogene Kurve Richtung Königsdorf, so dass ich nicht weiter verfolgen konnte, was an der Unfallstelle geschah. Als ich den Kopf wieder in Fahrtrichtung wandte, hatte ich die langen Haare meines Freundes im Gesicht.

»Verdammt«, entfuhr es mir. Max hatte den Helm auf der Kühlerhaube vergessen.

Nach gut zehn Minuten waren wir in Heiligenbeuern bei der Holzliege vom Unterbauern. Der ältere, alleinstehende Landwirt erhielt von Max jeden Monat einen Kasten Bier als Miete für den Stellplatz. Und einen halben Kasten extra bekam er dafür, dass niemand von seinem Motorrad erfuhr. Denn die Schüler des Internats Heiligenbeuern durften weder Motorräder noch Autos haben. Dieses Verbot wurde streng überwacht, und es waren schon Zöglinge wegen geringerer Vergehen von der Schule verwiesen worden.

Als Max den Zündschlüssel abzog, begann er zu schimpfen: »Jetzt hab ich Depp den Helm vergessen.« Er schlug sich mit der Hand vors Hirn.

»Sollen wir zurückfahren?«, fragte ich, obwohl ich wusste, dass es keine besonders gute Idee war.

»Bist du narrisch?« Er schüttelte mehrmals den Kopf. »Dort ist sicher schon die Polizei, und wir müssten dann als Zeugen aussagen. Zum Schluss kriegt der Pater Zeno mit, dass wir mitten in der Nacht an der Unfallstelle waren.« Max kratzte sich mit der Rechten an seinem bartlosen Kinn. »Wenn unser Präfekt von dem Ausflug erfährt, dann interessiert es ihn nicht, dass du der größte Pink-Floyd-Fan weltweit bist und die Burschen gestern Abend in der Olympiahalle aufgetreten sind. Es interessiert ihn auch nicht, dass ich dich hin gefahren hab, damit du dir das blöde Gedudel anhören kannst. Die Kutten schmeißen uns raus. Auch zwei Wochen vor dem Abitur.«

Er hatte Recht.

»Und du bist dir sicher, dass der Mann tot war?«, fragte ich voller Zweifel.

»Meinst, ich spinn?«, gab Max zurück. »Ich hab genau gespürt, dass das Herz nimmer geschlagen hat.«

»Dann hätten wir nicht abhauen dürfen, sondern …«

»Es ist ja ein Auto gekommen und hat gebremst. Der Fahrer hat sich sicher um die Sache gekümmert.«

»Und warum hat er gleich die Scheinwerfer gelöscht, als er an der Unfallstelle war?«

»Was weiß ich.« Max passte meine Frage nicht. »Ist ja auch egal. Jedenfalls können wir den Helm heut Nacht nicht mehr holen. Blöderweise steht auch noch mein Name und die Adresse drin.«

Es war ein sündteurer, roter Integralhelm, den er von seiner Mutter zum Geburtstag geschenkt bekommen hatte. Mit einem unguten Gefühl im Bauch gingen wir los Richtung Internat. Am Kloster angekommen erwartete uns der aufregendste Teil eines jeden nächtlichen Ausflugs. Denn beim Einsteigen bestand die Gefahr, von einem der Präfekten erwischt zu werden. Und wenn man erwischt wurde, konnte man sich am nächsten Tag eine andere Schule suchen. Wir knobelten, wer zuerst einsteigen sollte. Der Erste hatte das wesentlich größere Risiko. Ich verlor wie immer.

Max versteckte sich hinter einem Birnbaum, während ich zögernd zur Klostermauer ging. An den Spalierbäumen kletterte ich hoch zum Eckfenster des Speisesaals. Es war nur angelehnt. Clemens, ein Klassenkamerad, hatte es nach dem Zubettgehen für uns geöffnet. Vor dem Erreichen des Fensters hatte ich die größte Angst, denn hier gab es keine Fluchtmöglichkeit.

Ich drückte es auf und glitt lautlos in den dunklen Raum. Hoffentlich wartete nicht einer der Präfekten mit einer Taschenlampe auf mich. Das Herz schlug mir bis zum Hals. Erst als ich merkte, dass die Luft rein war, schnaufte ich erleichtert aus und gab Max ein Zeichen, dass er nachkommen könne.

Mit den Schuhen in der Hand schlichen wir die langen Gänge des Schülertrakts entlang bis hinauf in den zweiten Stock zu unserem Schlafsaal. Dort zogen wir schnell die Schlafanzüge an und legten uns ins Bett. Anschließend holte Max zwei Halbe Märzenbock aus seinen ›eisernen Beständen‹, wie er sein privates Bierdepot im Nachtkästchen nannte. An Schlaf war nach all der Aufregung ohnehin nicht zu denken.

»Wie kann der tot sein?«, überlegte ich und nippte an meinem Bier. »An dem Auto war doch fast kein Schaden.«

»Am Unfall selbst ist er sicher nicht gestorben. Wahrscheinlich war er schon hin, bevor er von der Straße abgekommen ist.«

»Und dann hat er noch das Licht ausgemacht und den Motor abgestellt?«

»Depp!«

Damit war unsere Unterhaltung beendet, und jeder hing seinen Gedanken nach. Mir schossen die Erlebnisse der letzten Stunden wirr durch den Kopf. Vor allem die leblose Gestalt im Auto. Doch ich redete mir ein, dass Max sich getäuscht hatte. Er übertrieb gerne ein bisschen. Vor allem wenn es um vermeintliche Verbrechen ging. Den Helm würde er schon irgendwie wieder kriegen, ohne dass Pater Zeno davon erfuhr. Notfalls konnte er sagen, dass er ihm gestohlen worden war.

Und immer wieder kam mir mein baldiger Abschied aus dem Beusl und damit auch von Max in den Sinn.

In zwei Wochen waren die Prüfungen. Danach sollte es noch eine Abschiedsparty geben, und schließlich würden wir auseinander gehen. Mit den meisten aus meiner Klasse kam ich gut aus, doch ich würde keinen von ihnen vermissen – außer Max.

Ich hatte die Einberufung zu den Panzergrenadieren. Lieber wäre ich zu den Gebirgsjägern gegangen, aber ich bin nicht schwindelfrei.

Max dagegen war untauglich. Eigentlich wollte er sich aufgrund der Tuberkulose freistellen lassen, an der er als Kind erkrankt war. Dem Chirurgen vom Kreiskrankenhaus, einem Freund seines Vaters, schien diese Variante jedoch zu unsicher. Die Lunge hatte sich prächtig erholt, und es konnte schiefgehen, falls er bei der Musterung an den falschen Arzt geriet.

Auf Anraten des Chirurgen legte sich Max nun ein offiziell bestätigtes Leiden an seiner rechten Hand zu. Bei einer Rauferei vor einem Jahr hatte er sich zwei Finger gebrochen, die nicht ganz gerade zusammengewachsen waren. Dieser Missstand wurde durch Röntgenbilder dokumentiert, bei denen Max seine Hand etwas verdreht auf die Röntgenplatte legen musste. Anschließend schrieb der Chirurg ein Gutachten, aus dem hervorging, dass man sich mit einem derartigen Handicap kaum mehr schmerzfrei in der Nase bohren könne. Max wurde untauglich gemustert.

Gleich nach dem Abitur wollte er mit dem Studium der Brauereiwissenschaften in Weihenstephan beginnen. Lediglich die niedrige Frauenquote störte ihn an der kleinen

Uni in Freising. Nach den Prüfungen würden wir uns nicht mehr oft sehen. Möglicherweise waren das Konzert in München und die leblose Gestalt in dem Jaguar unser letztes gemeinsames Abenteuer.

Freitag

Ich hatte schlecht geschlafen und war immer noch hundemüde, als wir von Pater Zeno geweckt wurden. Der Mann im Auto hatte mich bis in meine Träume verfolgt.

Der Unterricht zog sich zäh und fad durch den Vormittag. Max beschloss nach der dritten Stunde, an Kopfweh zu leiden, und verließ die Klasse, um sich im Krankenzimmer auszuschlafen. Mir war dieser Ort aufgrund des allgegenwärtigen Geruchs nach Haferschleimsuppe und Desinfektionsmittel zuwider.

In der Pause fragten mich Klassenkameraden nach dem Konzert gestern Abend. Ich war froh, über die phantastische Bühnenshow berichten zu können. Max mochte Pink Floyd nicht besonders, er stand mehr auf Hardrock von Black Sabbath oder Deep Purple. Nur meinetwegen war er mitgefahren. Er hatte mir einen Gefallen geschuldet, und ich wäre ohne ihn und sein Motorrad nie nach Heiligenbeuern zurückgekommen. Jedenfalls nicht mitten in der Nacht.

Außerdem hatte er gehört, dass auf allen Rockkonzerten hübsche Mädchen herumliefen. Doch er hatte gestern Abend wenig Eindruck schinden können. Während er mit seinen schulterlangen rotblonden Haaren in der Gegend von Heiligenbeuern und in seiner Heimatstadt Wolfratshausen auffiel wie ein bunter Hund, tummelten sich auf dem Konzert in der Großstadt wesentlich schrillere Figuren als er. Niemand achtete auf den baumlangen Provinzcasanova. Das hatte ihn schwer getroffen, auch wenn er es nicht zugab.

Nach dem Mittagessen kam Max aus dem Krankenzimmer zurück. Wir redeten nicht über den Toten im Jaguar. Doch ich spürte, dass er an nichts anderes dachte. Er sprach an diesem Tag überhaupt nicht viel, machte einige Matheaufgaben und las die meiste Zeit in einem amerikanischen Krimi, den ihm sein Onkel geschickt hatte.

Am Abend rief er zu Hause an. Niemand hatte sich wegen des Helms gerührt. Das machte ihm Sorgen. Mir auch.

Samstag

Gleich nach dem Mittagessen kaufte Max eine Zeitung am Bahnhofskiosk und las zuerst den Lokalteil. Diese Nachrichten zu lesen war unter den Abiturienten verpönt und galt als superspießig. Ich lieh mir den Sportteil. Doch darin stand nichts Erfreuliches. Die Löwen hatten verloren. Sicher würden sie wieder nicht aufsteigen. Es war wie verhext.

Clemens, unser Klassenprimus, wollte die Seiten über Politik und Wirtschaft. Den Lokalteil dürfe Max ruhig behalten, meinte er. Ihn würde nämlich nicht interessieren, wer zum Vorstand im Karnickelclub von Hinterpfuideifi gewählt worden sei.

»Kümmer dich um deinen eigenen Dreck!«, fuhr Max ihn an.

Ich wunderte mich über seine schlechte Laune. Mit verkniffener Miene schaute er die Regionalnachrichten ein drittes Mal durch.

»Das gibt's doch gar nicht«, zischte er.

»Was?«, wollte ich wissen. Wie jedes Schuljahr saß ich neben ihm; in der Schule und im Studiersaal.

»Da steht nix über den Unfall.«

Er legte den Lokalteil auf meine Pultseite. Ich überflog die Seiten und gab sie achselzuckend zurück.

»Mehr fällt dir nicht dazu ein?«, fragte Max. Er erwartete einen Kommentar.

»Was weiß ich, warum sich niemand für den blöden Unfall interessiert«, sagte ich und wandte mich wieder der Regionalligatabelle zu.

»In dem Auto war ein Toter.«

Max sprang auf und verließ den Studiersaal. Nach einer guten Viertelstunde kam er tropfnass zurück. Es regnete schon den ganzen Tag.

»Ich war in der Telefonzelle und hab den Inspektor Huber angerufen«, sagte er und strich die langen, nassen Haare aus dem Gesicht. »Der hat auch nix von einem Unfall mit einem Toten gehört. Verstehst du das?«

»Dann wird der Kerl schon nicht tot gewesen sein«, meinte ich und verspürte eine gewisse Erleichterung.

Nach einer Weile schaute ich zum Fenster. Der Regen hatte endlich aufgehört. Ich stand auf und fragte Max, ob er mitkommen wolle an die Loisach. Doch er winkte ab und deutete auf den amerikanischen Krimi in seinen Händen. Max las Krimis nicht wie andere Leute. Er unterstrich die Ermittlungsfehler mit einem roten Filzstift. Am meisten Spaß machten ihm die Bücher, bei denen er besonders viel zu kritisieren hatte. Er behauptete, mit dieser Übung seine kriminalistischen Fähigkeiten trainieren zu können. Indirekt sei die Lektüre auch gut für das logische Denken und für Mathe.

Als ich nach einer knappen Stunde von der Loisach zurückkehrte, sah ich den alten Opel von Inspektor Huber am Parkplatz vor der Pforte. Auf einer Bank in der Nähe der riesigen Blutbuche saß der Polizist neben Max und rauchte.

Eigentlich wollte ich nicht mit dem Inspektor reden. Ich kannte ihn beinahe so lange wie Max. Sobald er auftauchte, gab es Ärger. Und ich konnte momentan keinen zusätzlichen Ärger brauchen. Die Prüfungen genügten. Doch Max hatte mich bereits gesehen und winkte. Widerwillig ging ich zu den beiden und begrüßte den Inspektor mit einem flüchtigen Handschlag.

Der sah mich nur kurz an, um sich sofort wieder Max zuzuwenden: »Ich glaub dir das mit dem Auto. Ich hab mir die Stelle angeschaut, und es gibt einwandfrei Spuren von einem Fahrzeug, das von der Straße abgekommen ist. Aber wie sollte ein Toter in das Auto kommen? Und warum erfährt die Polizei nichts davon? Das kann ich mir nicht vorstellen. Wahrscheinlich hat der Mann fest geschlafen oder war besoffen.«

Er zündete sich eine weitere Zigarette an.

»Nein!« Max schüttelte energisch den Kopf. »Der hat nicht geschlafen. Sonst wär er doch aufgewacht, als ich ihn geschüttelt hab. Und besoffen war er auch nicht. Wie so einer ausschaut, weiß keiner besser als ich. Schließlich haben wir eine Wirtschaft daheim.«

»Vielleicht hat er Schlaftabletten genommen.« Huber rutschte unruhig auf der Bank hin und her. »Habt ihr euch wenigstens das Nummernschild gemerkt? Dann hätten wir zumindest irgendwas in der Hand und könnten den Halter des Fahrzeugs ermitteln.«

Max schüttelte den Kopf. Er merkte, wie ihm die Felle davonschwammen.

»So meine Lieben«, Huber erhob sich, »dann kümmert euch mal um euer Abitur und bleibt nach Einbruch der Dunkelheit daheim. Nicht dass ihr euch noch mal mit einer Leiche in einem wildfremden Auto erschreckt. Besonders vorsichtig solltet ihr sein, wenn es sich um einen Jaguar mit abgerissenem Spiegel und einer Delle handelt.«

Er meinte, etwas unglaublich Witziges gesagt zu haben und ging ohne ein weiteres Wort des Abschieds davon. Hubers eigenwillige Scherze gingen mir genauso auf die Nerven wie seine ständige Raucherei.

Ich rückte näher an meinen Freund heran und legte ihm den Arm um die Schulter: »Nimm's nicht so schwer, dass der Kerl noch gelebt hat.«

Max stieß meinen Arm weg und sprang auf. »Der war tot! Ganz sicher!«

Er drehte den Kopf trotzig in Richtung Klosterkirche. So brauchte er dem Polizisten nicht zuzuschauen, wie er sein Fahrzeug in Bewegung setzte.

Gleichzeitig bog ein dunkelblauer Jaguar E-Type in den Klosterhof ein. Der linke Außenspiegel war abgerissen, der Kühlergrill eingedrückt, und der Lack wies einige tiefe Kratzer auf.

Max spürte wohl, dass sich in seinem Rücken etwas Interessantes ereignete, und wandte sich um. Einige Sekunden lang starrte er das Fahrzeug an. Es hielt auf dem Parkplatz von Frau Laaf, unserer Lateinlehrerin. Die Fahrertür ging auf und »Lovely Rita«, wie sie von uns Schülern genannt wurde, stieg aus dem Wagen. Sie streckte sich wie eine Katze, prüfte mit einem schnellen Blick die Umgebung und beugte sich noch einmal ins Auto, um mit einem Stapel Papier wieder zu erscheinen. Schließlich schloss sie die Fahrertür mit dem Knie. Auf dem Klostergelände war es nicht notwendig, sein Fahrzeug abzusperren.

Lovely Rita war eine der zwei weiblichen Lehrkräfte an unserem Institut, doch von beiden ging keinerlei erotische Gefährdung aus. Die eine war über sechzig, und die wesentlich jüngere Frau Laaf alles andere als eine Schönheit. Sie trug ein elegantes Kostüm und war wie immer sehr großzügig geschminkt. »Make Up mit der Maurerkelle«, wie Max dieses Verfahren nannte. Dadurch waren die Unebenheiten in ihrem maskulinen Gesicht zumindest einigermaßen überdeckt. Am Hals war der Einsatz von Kosmetika jedoch hoffnungslos. Er war dünn und sehnig. Lange, faltige Hautstreifen zogen sich vom Kinn bis zum Schlüsselbein. Ihr herausragendes Merkmal war jedoch die markante Nase, die jedem Apachenhäuptling zur Ehre gereicht hätte.

Frau Laaf war nicht schön, doch sehr beliebt in der Klasse. Ihr Unterricht hatte nicht die Strenge der Lektionen bei Pater Aurelian. Auch die Schulaufgaben erschienen uns leichter, und von Zeit zu Zeit machte sie sogar einen Scherz, was bei Lateinlehrern eher selten vorkam.

»Ich werd verrückt!«, stieß Max hervor. »Lovely Rita fährt mit dem Jaguar rum, den wir suchen.«

Er ließ sich auf die Bank fallen, schüttelte immer wieder den Kopf und grinste.

In meinem Kopf überschlugen sich die Gedanken. Wie kam unsere Lateinlehrerin zu dem Auto, in dem wir vor zwei Tagen einen leblosen Mann gefunden hatten. Normalerweise fuhr sie einen feuerroten Porsche, den jeder hier kannte.

»Was macht die Alte am Samstagnachmittag im Beusl?«, fragte Max leise.

»Heut um fünf ist doch Streberstammtisch«, gab ich Auskunft.

Der Streberstammtisch war die Latein-Neigungsgruppe, die von Frau Laaf am Anfang des Schuljahres ins Leben gerufen worden war. Aus der Abiturklasse nahm nur Clemens daran teil.

»Warum fährt die Alte mit einem Auto rum, in dem vor zwei Tagen ein Toter gesessen ist und kommt damit am Samstagnachmittag ganz locker zur Streberrunde? Grad als wenn nix passiert wär?« Max nagte heftig an seiner Unterlippe.

»Vielleicht hat sie ihren Porsche verkaufen müssen«, vermutete ich. »Es hat mich eh gewundert, wie sich eine Lehrerin ein solches Auto leisten kann.«

»Der Jaguar ist auch nicht billiger«, murmelte mein Freund. »Von ihrem Gehalt kann sie vielleicht den Kundendienst und einen Ölwechsel machen lassen. Mehr nicht. Aber Geld hat sie genug. Schließlich ist ihr Mann Chef von den Geretsrieder Motorenwerken.«

»Woher weißt du das?«, fragte ich.

»Einmal im Monat kommen sie zu meinen Eltern in die Wirtschaft. Mal zu zweit, mal mit Geschäftsfreunden. Sie machen immer eine Mordszeche. Das Beste ist gerade gut genug. Meine Eltern müssen sich immer eine Weile zu ihnen an den Tisch setzen. Das wird erwartet. Ich hab mich bisher erfolgreich gedrückt, denn der Anblick meiner Lateinlehrerin während der Ferien ist wirklich nicht zumutbar.« Max verdrehte die Augen, um seine Aversion gegen diese Abende zu unterstreichen. »Dem Laaf geht's darum, meinen Papa als Aktionär für die Motorenwerke zu gewinnen. Die Mama hat gemeint, man könnt leicht ein bisserl Geld investieren, weil eine hohe Dividende gezahlt wird. Außerdem gibt's dort eine kleine Autowerkstatt mit exklusiven Wagen. Jaguar zum Beispiel. Oder Porsche. Die Mama hätt gern mal was anderes als immer bloß Mercedes.«

»Und dein Vater sträubt sich?«

»Freilich. Sein Geld legt er aus Prinzip bei der Raiffeisenbank und bei der Sparkasse an. Die Leute von der Sparkasse kommen regelmäßig zum Mittagessen, und mit dem Direktor von der Raiffeisenbank spielt er jeden Donnerstag Schafkopf. Außerdem haben die bei uns ihre Weihnachtsfeier. Da kann er seine Kohle nicht gut woanders hinbringen. Und – soviel ist es ja auch wieder nicht.«

Nun schaute Max so sparsam, wie es nur Leute können, denen sehr am Irdischen gelegen ist. Denn der Wahrheitsgehalt dieser letzten Äußerung war diskussionswürdig. Jeder in der Gegend wusste, dass Max's Vater, der Bräu von Wolfratshausen, einer der reichsten Männer im Landkreis war. Ihm gehörte neben dem großen Gasthaus die einzige Brauerei in Wolfratshausen, außerdem besaß er noch einige Wohnhäuser.

»Ist es was geworden mit dem Jaguar für deine Mama?«, wollte ich wissen.

»Den hätt sie fast gekriegt«, kicherte Max. »Die Mama hat meinen Vater wochenlang bearbeitet, und zu ihrem Glück ist an unserem Mercedes wirklich was kaputt gegangen.« Er beugte sich nach vorne und sprach nun etwas leiser, als hätte er Angst, seine Mutter könne ihn hören. »Ich hab sie ja im Verdacht, dass sie ein bisserl nachgeholfen hat. Jedenfalls ist sie mit dem Papa nach Geretsried zum Laaf, um sich ein Fahrzeug anzuschauen. Bloß anschauen, hat der Papa gesagt. Aber die Mama hat sich sofort in die hellen Ledersitze von einem Jaguar vergafft und wollt den Wagen unbedingt haben. Im Büro hat man sich dann über den Preis unterhalten und meinen Eltern was zu trinken angeboten. Mama wollt Kaffee und der Papa natürlich ein Bier.« Max grinste jetzt bis über beide Ohren. »Und dann hat der Laaf einen kapitalen Fehler gemacht: Er hat dem Papa ein Warsteiner eingeschenkt und gesagt, das wär sein Lieblingsbier.«

Ich lachte. Wie konnte ein Geschäftsmann nur so blöd sein. Das Leben besteht aus Geben und Nehmen. Das wusste sogar ich, obwohl wir kein Geschäft zu Hause hatten, sondern einen Bauernhof.

Max fuhr fort: »Der Papa hat nicht mal genippt an dem Preußenzeug in den kleinen Flaschen. Er ist aufgestanden und hat dem Kerl erklärt, dass sein Lieblingsauto ein Mercedes wär. Dann sind sie gegangen.«

»Und was hat deine Mama gesagt?«

»Der war die Angelegenheit natürlich sauzuwider. Aber als Geschäftsfrau weiß sie, wie man sich zu benehmen hat. Wenn der Laaf so damisch ist und meinem Vater ein anderes Bier als sein eigenes anbietet, dann ist er halt stockdumm. Und meinen Papa als Kundschaft kann er sich abschminken.«

Sonntag

Wie jeden Sonntag mussten wir die Schülermesse um neun Uhr besuchen. Danach hatten wir frei. Als Max und ich aus der Kirche kamen, sahen wir Frau Laaf am Friedhofstor stehen. Heute trug sie einen zitronengelben Hosenanzug. Sie schaute zur Kirchentür und schien auf jemanden zu warten. Max stach wegen seiner Größe und der schulterlangen rotblonden Haare aus der Menge der Kirchgänger heraus. Als sie ihn erkannte, eilte sie los.

Bei uns angekommen stemmte sie die Hände in die knochigen Hüften, lächelte und fragte mit ihrer dunklen, samtigen Stimme: »Hast du mir die Polizei auf den Hals gehetzt, Stockmeier?«

Recht viel blöder als in dieser Situation habe ich Max noch nie dreinschauen sehen. Er riss die Augen weit auf, und gleichzeitig fiel ihm der Unterkiefer herunter. Doch er brachte kein Wort heraus.

»Und du steckst sicher auch in der Sache drin, Spindler«, gurrte sie mich an. »Schließlich seid ihr zwei wie Siamesische Zwillinge.«

Die vorbeikommenden Kirchgänger und Mitschüler schauten neugierig zu uns her. Es kam selten vor, dass eine so auffallend gekleidete Frau auf dem Kirchhof stand.

»Kommt mit, dann zeige ich euch was.« Sie drehte sich um und stakste in ihren hochhackigen, schwarzen Lackschuhen auf dem Kiesweg zum Parkplatz, wo ihr Porsche stand. Dort öffnete sie die Beifahrertür, beugte sich hinein und kam mit einem roten Sturzhelm in der Rechten wieder zum Vorschein.

»Ist das deiner?« Sie hielt ihn Max unter die Nase und zog die Augenbrauen hoch.

Er nahm den Helm und überlegte. Schließlich probierte er ein kleines charmantes Lächeln und meinte: »Sie wissen doch genau, dass es meiner ist. Mein Name steht drin.«

»Kannst du dir vorstellen, wo ich ihn gefunden habe?« Sie drehte ihren Kopf etwas nach links und strich die Haare hinter ihr rechtes Ohr. So konnte sie Max' Antwort besser hören. Außerdem lag eine gewisse Eleganz in dieser Bewegung.

Max zuckte die Achseln und machte ein unschuldiges Gesicht. Er wollte offensichtlich nichts sagen. Mit der Tour sollte er aber nicht durchkommen. Frau Laaf hatte ihren Oberkörper, dem jegliche weiblichen Attribute fehlten – ein Busen, als wenn eine Maus eine Faust macht, wie Max sich ausdrückte – leicht nach vorne gebeugt. Sie war offenbar ganz Ohr.

»Er war auf der Kühlerhaube von dem Jaguar, mit dem Sie gestern in die Schule gekommen sind«, gab Max schließlich zu.

»Und wie kommt dein Helm mitten in der Nacht auf die Motorhaube des Wagens?«

Max blähte die Backen. Was sollte er sagen? Sie wusste sehr gut, dass er den Helm auf dem Unfallwagen hatte liegen lassen. Warum wollte sie es von ihm noch einmal hören? Wir mussten nicht lange auf die Erklärung warten.

»Wenn ich dem Abt oder Pater Zeno von dem Helm erzähle, den ich am Donnerstag kurz nach Mitternacht auf dem Auto meines Mannes gefunden habe, dann könnt ihr beide euer Abitur an irgendeiner Schule auf dieser Welt schreiben, in Heiligenbeuern aber sicher nicht mehr.« Sie zog eine Schnute, um ihr Bedauern auszudrücken. »Dann fliegt ihr nämlich heute raus. Das ist euch doch bewusst, oder?«

»Aber …«, stammelte ich.

Bei dem Gedanken an einen Rausschmiss zwei Wochen vor der Abschlussprüfung bekam ich keine Luft mehr. In meinem Kopf drehte sich alles. Wie sollte ich das meinen Eltern erklären?

»Um den Kaspar geht's ja gar nicht. Der war nicht dabei«, behauptete Max und richtete sich auf.

»Dass ich nicht lache«, meinte die Lehrerin. Ihr Blick ging zwischen Max und mir mehrmals hin und her. »Ich habe euch gesehen, wie ihr auf einem Motorrad mit Vollgas vom Unfallort weggefahren seid. Der Fahrer hatte lange Haare. Und er ist losgebraust, so schnell es ging. Der Beifahrer hat mit seiner linken Hand versucht, das Nummernschild abzudecken. Dafür gibt's Zeugen.« Sie entfernte mit dem Nagel ihres rechten Zeigefingers eine tote Fliege vom frisch polierten Lack ihres Sportwagens. »Wenn du der Fahrer warst, Stockmeier, dann war der Spindler dein Sozius. Das ist so sicher wie das Amen in der Kirche.«

Wir waren geliefert. Beide. Max biss sich auf die Unterlippe und saugte daran herum. Leugnen hatte keinen Sinn. Also kam er auf den Anfang unseres Gesprächs zurück: »Aber wie kommen Sie darauf, Frau Laaf, dass wir Ihnen die Polizei auf den Hals gehetzt hätten?«

Das Gesicht der Lehrerin wurde ernst. »Gestern Abend nach dem Aufbauunterricht ist mir ein Polizist in Zivil nachgefahren, ein gewisser Inspektor Huber. Als ich den Wagen daheim abstellte und ins Haus gehen wollte, stand er plötzlich vor mir. Nachdem er sich ausgewiesen hatte, fragte er mich, wie es zu den Dellen im Jaguar gekommen sei. Ich erzählte ihm von dem Unfall am Donnerstag, bei dem Gott sei Dank niemand zu Schaden gekommen ist. Etwas verbeultes Blech und ein kaputtes Scheinwerferglas – mehr nicht.«

Frau Laaf beobachtete unsere Reaktionen auf ihre Geschichte ganz genau. Sie wusste, dass wir mehr gesehen hatten als die Schäden an der Karosserie.

»Der Wagen ist von der Fahrbahn abgekommen und dann nicht mehr angesprungen. Ich habe Hilfe geholt. Mein Mann ist im Wagen geblieben und eingeschlafen. Als ich wieder zurück kam, war er kaum aufzuwecken. Er schläft manchmal wie bewusstlos.«

»Aha«, machte Max.

»Wie kommt der Polizist darauf, dass ein Toter im Wagen gesessen hätte?« Sie trat einen Schritt vor und sah zu dem beinahe zwei Köpfe größeren Max auf.

»Keine Ahnung«, log Max. »Von uns hat er diesen Unsinn nicht.«

»Dann ist es ja gut. Ich hatte schon befürchtet, dass ihr dem Inspektor irgendwelche Flöhe ins Ohr gesetzt habt. Solltet ihr nämlich solchen Unfug rumtratschen, dann würde mir sofort die Sache mit dem Motorradhelm wieder einfallen. Und ich müsste es dem Pater Zeno erzählen. Das wäre gewissermaßen meine Pflicht als Lehrerin an diesem Institut. Schließlich haben die Präfekten größtes Interesse daran zu erfahren, was ihre Zöglinge nächtens treiben.« Drohend hob sie den rechten Zeigefinger. »Wir haben uns also verstanden? – Schönen Tag noch, die Herren.«

Ohne uns eines weiteren Blickes zu würdigen, wandte sie sich ab, setzte sich in den roten Sportwagen, knallte die Fahrertür zu und brauste davon.

»Die war aber nicht gut aufgelegt«, stellte ich fest.

»Damit könnt ich leben«, stöhnte Max und legte die Hand an sein spitzes Kinn. »Aber die Alte hat uns in der

Hand. Ein Wort von ihr und wir fliegen raus.« Er überlegte. »Ich frag mich bloß: warum geht sie nicht gleich zum Abt und hängt uns hin?«

»Aus Nächstenliebe«, versuchte ich einen Scherz. »Oder damit deine Mama doch noch einen Jaguar bei ihrem Mann kauft.«

»Schmarrn! Die hängt uns nicht hin, weil sonst die Sache mit dem Toten aufkommt, und sie der Polizei erzählen müsst, was in der Nacht wirklich passiert ist. Solange wir also nix über den Toten ausplaudern, lässt sie uns auch in Ruh. So was nennt man einen Deal.«

»Du meinst also, dass wir sicher sind, solange wir niemandem sagen, was wir Donnerstag Nacht gesehen haben?«

»Genau.« Max kaute schon wieder an seiner Unterlippe. »Zuerst müssen wir also unsere Aussage zurücknehmen und dem Inspektor mitteilen, dass ich mich mit dem Toten getäuscht hab. Anschließend finden wir ohne den Huber raus, was sich am Donnerstagabend wirklich abgespielt hat.«

»Ich hab aber momentan gar keine Zeit für deine Detektivgeschichten. Bis zum Abitur muss ich lernen, was das Zeug hält.«

»Ganz so einfach kannst du es dir aber nicht machen. Du bist nämlich schuld an dem Schlamassel. Du wolltest ja unbedingt zu dem blöden Konzert, und jetzt können wir sehen, wie wir aus der Sache wieder rauskommen. Wenn Lovely Rita auspackt, kannst du dir das Abitur nämlich in die Haare schmieren.«

Nach dem Mittagessen gingen wir zur Telefonzelle vor der Klosterpforte. Max warf einige Münzen in den Schlitz und wählte Hubers Nummer. Nach dem zweiten Läuten hob der Polizist ab.

»Ich bin's, der Max.«

Huber fragte, was er wolle. Max hielt den Hörer so, dass ich mithören konnte.

»Ich glaub, dass ich mich mit dem Toten im Auto getäuscht hab. Bei ein paar Klassenkameraden hab ich ausprobiert, ob ich den Puls fühlen kann. Die halbe Klasse dürft nach meiner Pulsdiagnostik nicht mehr leben.«

»Willst du damit sagen, dass der Mann in dem Jaguar gar nicht tot war?«, fragte Huber gereizt.

»Ich kann's halt nicht beschwören.« Max blinzelte mir zu und grinste.

»Das hättest du dir auch früher überlegen können. Ich habe vorgestern einen dunklen Jaguar in den Klosterhof hineinfahren gesehen, der so aussah, wie du ihn beschrieben hast. Ich habe gewartet, bis die Fahrerin wieder zurückgekommen ist, und bin ihr nachgefahren. Die Dame ist Lehrerin im Kloster. Latein und noch was. Sie war ganz aus dem Häuschen, als ich sie danach gefragt hab, ob ein Toter in ihrem Auto gewesen wär.«

»Und?«, fragte Max.

»Was und?«

»Was hat die Lehrerin gesagt? War ein Toter in dem Wagen?«

»Natürlich nicht«, entgegnete der Polizist. »Es war ihr Mann, und der hat einen sehr tiefen Schlaf.«

»Aha«, machte Max.

»In Zukunft sparst du dir jedenfalls solche Scherze.« Der Polizist knallte den Hörer auf die Gabel.

»Jetzt ist er sauer«, stellte ich fest.

Max holte das restliche Kleingeld aus dem Apparat. »Der braucht sich gar nicht zu beschweren. Schließlich ist er der Alten nachgefahren und hat sie ausgequetscht, ohne uns vorher Bescheid zu geben. Das hätt uns Kopf und Kragen kosten können.«

»Darf ich mich jetzt endlich auf meine Prüfungen konzentrieren?«, fragte ich.

»Spinnst du?« Max sah mich entsetzt an. »Lovely Rita fährt ihren verstorbenen Mann spazieren und lügt uns an, dass er gar nicht tot war. Zum Schluss droht sie noch damit, dass sie unseren Rausschmiss anleiern wird, wenn wir nicht kuschen.« Max strich sich mit beiden Händen die Haare nach hinten. »Das lassen wir uns doch nicht bieten, oder?«

Zwei Stunden später standen wir im Verkaufsbüro der Geretsrieder Motorenwerke. In dem großen, nüchternen Raum waren einige Motorenmodelle ausgestellt, die in dem Werk gebaut wurden. Eine große, attraktive, etwa zwanzigjährige Frau mit auffallend weit auseinanderstehenden, orientalischen Augen hatte uns gebeten, auf den schwarzen Ledersesseln im Verkaufsraum Platz zu nehmen. Sie wollte jemanden rufen, der uns die gebrauchten Sportwagen zeigen sollte. Max hatte ihr gesagt, dass er nach dem Abitur ein eigenes Auto bekommen würde. Leider kein neues, wie er betonte.

Bald schon kam sie mit einem Mann mit breitem Oberlippenbart und angegrauten Koteletten zurück. Er führte uns auf den Hof, wo die in Frage kommenden Fahrzeuge standen. Mir war die Situation peinlich, da Max das Gespräch nur als Vorwand benutzte, um herauszufinden, wie lange der Ehemann unserer Lateinlehrerin schon nicht mehr in der Firma aufgetaucht war.

Nacheinander wurde uns ein alter Porsche, ein Triumph, ein Alfa Spider und ein Käfer Cabriolet vorgeführt. Der Verkäufer erklärte die Vorzüge eines jeden Wagen und bezeichnete sie ausnahmslos als Schnäppchen. Mit einem Augenzwinkern bedeutete er, dass man mit einem solch schnittigen Fahrzeug bei den Frauen gut ankäme.

Max blieb ablehnend reserviert. Er hielt die Arme vor der Brust verschränkt und die Mundwinkel nach unten gezogen. An jedem Fahrzeug hatte er so viel auszusetzen, dass ein Kauf nicht in Frage kam.

»Am besten gefällt mir ja noch der Spider, vor allem wegen der roten Farbe«, meinte er und deutete mit dem Kinn zu dem italienischen Sportwagen. »Aber der ist ja verrostet wie ein alter Schubkarren.«

Bevor der Verkäufer sich zu diesem Vorwurf äußern konnte, fuhr Max fort: »Könnten Sie nicht den Herrn Laaf holen. Das ist ein Geschäftsfreund von meinem Vater. Vielleicht hat der noch ein schönes Fahrzeug in Reserve. Schließlich ist er der Chef.«

»Die Werkstatt und den Autoverkauf leitet aber Herr Kornheim, und der ist nicht im Haus.« Der gut gekleidete Mann sprach jetzt sehr leise. »Herr Laaf hat mit den Autos wenig zu schaffen, außerdem ist er sehr beschäftigt. Ich glaube kaum, dass er Zeit für Sie hat.«

Max streifte den Verkäufer nun mit einem Blick, in den er all seine Arroganz hinein legte. Der Mann wurde unsicher und meinte schließlich: »Fragen wir Fräulein Nora. Vielleicht kann sie etwas in der Sache tun.«

Er lief los in Richtung Bürogebäude, und wir hatten Mühe, ihm zu folgen. Vor dem Schreibtisch der jungen Frau, die uns bereits empfangen hatte, blieb er stehen.

»Die Herren wünschen den Chef zu sprechen. Der Vater ist ein Geschäftsfreund.«

Er rümpfte die Nase, um anzudeuten, dass er uns nicht glaubte. Dann wünschte er noch einen guten Tag und eilte davon, als würden vor der Tür zehn Kunden warten, die seinen Rat benötigten.

»Ist der jetzt beleidigt?«, fragte Max und deutete mit dem Daumen über die Schulter in die Richtung, in die der empfindliche Herr verschwunden war.

»Um Gottes Willen, nein.« Fräulein Nora hatte eine tiefe Stimme, die gut zu ihren langen, beinahe schwarzen Haaren passte. »Sie können sich mit der Kaufentscheidung so lange Zeit lassen, wie Sie wollen.« Nun nahm sie den Telefonhörer in die Hand und meinte: »Ob der Chef allerdings Zeit hat, wage ich zu bezweifeln.«

Sie wählte eine Telefonnummer, und nach mehrmaligem Anläuten meldete sich jemand.

»Hier sind zwei Herren, die Sie sprechen möchten, Herr Laaf.«

Die Antwort konnten wir nicht verstehen, doch ihr Gesicht nahm einen bedauernden Ausdruck an. Sie bedeckte nun mit der rechten Hand die Sprechmuschel und flüsterte in unsere Richtung: »Herr Laaf ist äußerst beschäftigt. Wen darf ich denn eigentlich melden?«

»Stockmeier. Maximilian Stockmeier«, nuschelte Max und blickte genervt zur Decke des Verkaufsraumes. Man sollte ihm ruhig ansehen, dass er nicht gewohnt war zu warten.

Kaum hatte die junge Dame den Namen an ihren Chef weitergegeben, da hellte sich ihre Miene auf: »Eigentlich hat Herr Laaf gar keine Zeit, wie ich schon sagte. Doch wenn Sie sich einen Augenblick gedulden wollen, wird er Sie empfangen.«

Mit einem Lächeln, das ihre perfekten Zähne zeigte, und einer knappen Kopfbewegung deutete sie auf die Sitzgruppe.

Wir setzten uns, und ich hatte Gelegenheit, mich umzusehen. Der Raum war weitläufig und hell. An der Stirnseite thronte Fräulein Nora, sie tippte etwas in ihre Schreibmaschine. An einem zweiten Schreibtisch saß ein blondes Mädchen, das ich vorher übersehen hatte. Sie hielt ihr Gesicht von uns abgewandt und sortierte Papiere, wahrscheinlich Rechnungen. Trotz der großen Hitze an diesem Tag trug sie einen Pullover und darüber eine blaue Kostümjacke. Als sie aufstand und kurz mit ihrer Kollegin flüsterte, sah ich ihr hübsches kleines Kindergesicht zwischen den langen Haaren. Dann setzte sie sich wieder.

Das Telefon läutete, und das blonde, etwa siebzehnjährige Mädchen drehte den Kopf weg. Fräulein Nora hob ab, horchte lächelnd in die Muschel, murmelte etwas Unverständliches und legte schließlich auf. Nun sah sie uns freundlich an und hielt dabei das Gesicht ein wenig nach rechts gedreht, so dass man es im Profil sehen konnte. Diese Pose wirkte einstudiert. Sie erinnerte mich an ein Werbeplakat für Haarshampoo.

»In den ersten Stock hinauf«, sagte sie, »und dann die zweite Türe rechts. Herr Laaf erwartet Sie.«

Max stand auf und ging zur Treppe. Ich folgte ihm.

»Der Laaf meint sicher, dass dein Vater kommt«, flüsterte ich ihm zu, als wir den ersten Stock erreicht hatten.

Max grinste. Er klopfte an der schweren Eichentür, auf deren Türschild »Siegfried Laaf – Generaldirektor« stand. Ohne das Herein abzuwarten, öffnete er die Tür und betrat den großen Raum, der mit dicken Teppichen ausgelegt war. Hinter einem überdimensionierten Schreibtisch mit grauer Marmorplatte saß ein mittelgroßer Mann in hellem Anzug mit einer gelb-blau gestreiften Krawatte.

Das war nicht der Mann aus dem Jaguar. Siegfried Laaf war gut vierzig Jahre alt und hatte braunes, volles Haar. Sein dunkler Teint und die sportliche Figur ließen mich sofort an einen Tennislehrer denken. Sein Erstaunen darüber, dass zwei junge Männer ins Büro kamen, hatte der Direktor schnell im Griff. Flink stand er auf und gab erst Max und dann mir die Hand.

»Ehrlich gesagt«, begann er mit einem charmanten Lächeln, »hatte ich jemand anderen erwartet.«

Er betrachtete uns neugierig, aber nicht unfreundlich. Gerade so, als stellten wir eine willkommene Abwechslung in seinem Alltag dar.

»Ich heiße genauso wie mein Vater«, erklärte Max ohne Umschweife. »Ich bin hier, weil ich nach dem Abitur ein Auto kriegen soll. Einen gebrauchten Sportwagen hätt ich mir vorgestellt. Aber Ihr Mitarbeiter hat mir nicht das Richtige gezeigt.«

»Das tut mir leid«, meinte Laaf und sah kurz aus dem Fenster zu den wenigen Fahrzeugen auf dem Firmenhof. »Gebrauchte Autos, und vor allem gebrauchte Sportwagen sind im Augenblick sehr gesucht. Wegen der Wirtschaftskrise, Sie verstehen? Ich würde Ihnen deshalb raten, sich schnell für eines der vorhandenen Fahrzeuge zu entscheiden. Sonst ist es weg, und das Abitur haben Sie ganz umsonst gemacht.«

Er lachte polternd los, als hätte er einen Bombenscherz gemacht, hörte aber sofort damit auf, als er merkte, dass weder Max noch ich mitlachten.

»Ich habe eigentlich mit den Autos wenig zu tun. Das macht mein Kompagnon, Herr Kornheim. Ich kümmere mich in erster Linie um den Motorenbau.«

»Dann müssen wir wohl mit dem Herrn Kornheim reden«, meinte Max und wandte sich zum Gehen.

»Eine gute Idee!« Laaf streckte uns zum Abschied erneut die Hand entgegen. »Das kann aber noch ein bisschen dauern. Herr Kornheim ist bedauerlicherweise erkrankt, und ich weiß nicht, wann er wieder arbeiten kann.«

Wir verließen das Bürogebäude, nicht ohne vorher noch einen Blick auf die beiden Mädchen im Empfang geworfen zu haben. Fräulein Nora winkte freundlich von ihrem Schreibtisch herüber, während ihre blonde Kollegin in einen Ordner starrte und so tat, als würde es Max und mich gar nicht geben. Wir gingen schweigend zum Motorrad und fuhren ohne Eile davon.

Vor dem Café Waldmann hielt Max an und stieg von der Maschine.

»Ich weiß«, sagte er, bevor ich etwas einwenden konnte. »Du musst lernen und außerdem hast Du kein Geld für eine Brotzeit. Aber wenn ich an das Essen denk, das man uns in den letzten Tagen im Beusl vorgesetzt hat, krieg ich Zustände. Außerdem gibt's einiges zu bereden, und zwar in entspannter Atmosphäre. Wenn ich Hunger hab, sind meine grauen Zellen kaum zu motivieren.«

Wir setzten uns ins Café. Max bestellte zwei Portionen Schweizer Wurstsalat, je einen großen Spezi und außerdem einen gut gefüllten Brotkorb.

»Die Alte hat uns angelogen«, begann er nach dem ersten Schluck. »Der Tote im Jaguar war niemals ihr Mann. Der Kerl war viel fetter und blond.«

»Und was heißt das?« Mein Magen knurrte so sehr, dass ich mich nur schwer auf das Gespräch konzentrieren konnte.

»Zunächst ist das eine sehr gute Nachricht.« Max lehnte sich selbstsicher zurück. »Lovely Rita wird auf keinen Fall zum Zeno gehen, wenn sie uns über die Identität des Mannes im Jaguar belogen hat. Aber – warum lügt sie? Warum sagt sie, dass ihr Mann in dem Auto geschlafen hat, wenn in Wirklichkeit ein Toter dringesessen hat? – Dafür gibt's nur eine Erklärung: Sie will auf alle Fälle verhindern, dass jemand draufkommt, was in der Nacht wirklich passiert ist. Und sie will nicht, dass die Polizei oder sonst jemand erfährt, wer der Tote war. Deshalb setzt sie uns unter Druck. Und unser Schweigen ist ihr sicher, solange wir das Abitur noch nicht in der Tasche haben. Danach können wir auspacken, ohne uns um die Konsequenzen zu scheren. Das weiß sie. Sie will also bloß Zeit gewinnen.«

»Warum macht man sowas?«, fragte ich.

»Wenn der Tote eine Kugel im Kopf gehabt hätt, dann könnt ich sie verstehen. Aber der Fahrer war doch bloß von der Straße abgekommen. Es hat eher nach einem Herzinfarkt ausgeschaut. Warum wird der Unfall nicht der Polizei gemeldet? Warum macht die Alte ein solches Geheimnis draus und lügt?«

Endlich kam unser Wurstsalat. Um satt zu werden, aß ich vier Scheiben Brot, mit denen ich die Essigsoße aus dem Teller tunkte. Anschließend lehnte ich mich zufrieden zurück. Max hatte noch einen Bissen im Mund, da starrte er plötzlich zur Eingangstür. Dort standen die beiden Mädchen von den Motorenwerken. Sie sahen sich einige Augenblicke im Café um und gingen dann zu einem freien Tisch am anderen Ende des Lokals.

»Das sind die zwei aus dem Büro«, flüsterte Max und schob das letzte Stück Brot in den Mund. »Die große Dunkelhaarige ist ein echter Kracher. So was trifft man nicht jeden Tag.«

Der Mann im Jaguar war augenblicklich aus seinem Bewusstsein verschwunden. Ich konnte es an seinen Augen ablesen. Ich wusste auch, was jetzt kommen würde: Wären wir in einer Disco gesessen, so hätte er das Mädchen zum Tanzen aufgefordert. Auf einem Volksfest hätte er sich eine Maß Bier besorgt, dann einen Platz gesucht und wäre schließlich neben dem Objekt seiner Begierde zum Sitzen gekommen. Die jetzige Situation war schwieriger, und Max hatte mir schon oftmals erklärt, dass der erste Auftritt der entscheidende sei.

»Wenn du den versaust, hast du bei dem Mädel verschissen bis ans Ende deiner Tage«, pflegte er zu sagen. Tiefe Sorgenfalten gruben sich in seine hohe Stirn. Schließlich glätteten sich die Falten wie durch Zauberhand. Er hatte einen Plan. Wortlos erhob er sich und ging zum Tisch der beiden Mädchen, die ihn zunächst kühl, ja geradezu ablehnend musterten. Was Max sagte, konnte ich aufgrund des Geräuschpegels in dem gut besuchten Lokal nicht hören. Doch plötzlich begann Nora zu lachen, und kurz darauf winkte er mir.

Als ich an den Tisch der jungen Damen kam, saß Max bereits neben der Dunklen.

»Ihr seid wirklich aus einem Internat ausgebüchst?«, wollte sie wissen. Ihre blonde Freundin schwieg.

Ich nickte.

»Den Kaspar hab ich im Taubstummenheim aufgeklaubt«, erklärte Max, und Nora lachte erneut.

Ich setzte mich neben die Blonde, und Max begann mit seiner Balz. Bald trank Nora eine Cola mit Schuss, und mein Freund erzählte Witze, sein übliches Repertoire. Noras Lachen hörte sich an wie das Gurren einer Taube. Sie war eine beinahe perfekte Schönheit. Die braunen Augen standen jedoch etwas zu weit auseinander. Wenn sie einen ansah, konnte man fast meinen, sie schiele. Doch auf Max hatte sie eine ungeheure Anziehungskraft.

Das blonde Mädchen hieß Karin. Sie war zierlich und hatte ein rundes, weiches Gesicht. Bei manchen der Witze lächelte sie, war jedoch stets bemüht, weder Max noch mir in die Augen zu sehen. Wahrscheinlich hatte sie einen Freund.

Schließlich fragte uns Nora über das Leben im Beusl aus. Wir erzählten von endlosen Studierzeiten, strengen Patres und schlechtem Essen. Bei Letzterem brauchten wir nicht zu übertreiben, um das Mitleid der Damen zu erregen.

Nach einer knappen Stunde musste Karin nach Hause. Es kam zum allgemeinen Aufbruch, und wir verabschiedeten uns vor dem Café. Auf eine feste Verabredung wollte sich Nora nicht einlassen, aber vielleicht würde man sich irgendwo wieder über den Weg laufen. Karin sagte kein Wort. Max sah ein, dass für heute nicht mehr zu erreichen war. Also rollte er seine Kawasaki vom Ständer und setzte vor den Augen der Mädchen den feuerroten Helm auf. Kaum saß ich hinter ihm, da fuhr er mit quietschenden Reifen los.

Im Beusl kamen wir gerade noch rechtzeitig zum Abendessen. Es gab Schweinswürstel mit Kraut. Heute war ein richtiger Glückstag. Anschließend gingen wir in den Klostergarten. Dort fanden wir eine freie Bank.

»Die Nora ist ein heißer Feger. Findest du nicht?« Max streckte die Beine weit von sich und verschränkte die Arme.

»Das kann man wohl sagen«, bestätigte ich und legte den Kopf in den Nacken, so dass ich die riesige Blutbuche, die hinter der Bank stand, von unten sehen konnte. Das dichte Labyrinth aus Ästen und Zweigen sah aus wie ein in sich geschlossener Kosmos. Die inneren Blätter, die wenig Licht bekamen, waren grün, die Äußeren rötlich-braun.

»Du hättest dich bei der Blonden ruhig besser reinhängen können«, nörgelte Max. »Die sieht gut aus.«

»Das schon«, gab ich zu. »Aber sicher hat sie einen Freund. Die ganze Zeit hat sie irgendwo hin geschaut, bloß nicht zu mir her. Und der Blickkontakt ist das Wichtigste, hast du mir mal erklärt.«

»Ich weiß das von unserem Hausarzt«, dozierte Max. »Der hat gesagt: In der Liebe ist es wie bei einer medizinischen Untersuchung. Erst hinschauen und dann erst hinfassen. Und wenn sich eine Braut nicht anschauen lässt, dann geht sonst auch nix. Das kannst mir glauben.«

Max ging mir mit seinen Sprüchen zu diesem Thema auf die Nerven. Während er sehr großen Erfolg bei den Damen hatte, hielt sich meiner in engen Grenzen. Dabei konnte man ihn nicht als gutaussehend bezeichnen. Sein Gesicht war lang gezogen, das Kinn spitz und die Nase zu groß und etwas krumm. Ein Überbleibsel einer üblen Rauferei. Trotzdem hatte er einen enormen Verschleiß. Kaum war er mit einem Mädchen ein paar Wochen fest zusammen, interessierte sie ihn nicht mehr. Dann kam der seiner Meinung nach schwierigere Teil: Wie werde ich sie wieder los? Doch auch darin hatte er inzwischen Routine.

Über seine Verflossenen führte er gewissenhaft Buch. In einem verschließbaren Tagebuch mit einem dicken Ledereinband hatte er sie alle verewigt. Mit Datum, Foto und einigen Details, die niemanden etwas angingen, wie er meinte. Nicht einmal ich hatte jemals den Inhalt gesehen. Ich wusste lediglich, dass es diese Sammlung gab. Er sperrte sie in seinem Spind weg.

»Ich komm halt bei den Mädchen nicht so gut an wie du«, stellte ich fest.

»Weil du zu nett bist«, erklärte er und zog die Augenbrauen hoch.

»Wie meinst du das?«

Er schlug die Beine übereinander und begann: »Frauen wollen keinen, der nett ist. Sie wollen einen Kerl, der weiß, was er will. Aber sie dürfen sich nie zu sicher sein. Sie müssen Angst haben, dass er ihnen von einer Konkurrentin weg geschnappt wird, wenn sie nicht aufpassen.« Er schaute mich ernst an. Neben Kriminalfällen waren Mädchen eines der wenigen Themen, die ihm wichtig waren. »Am Anfang musst du natürlich zeigen, wie witzig du bist. Das zeugt von Phantasie und die ist auch in anderen Bereichen gefragt.« Jetzt grinste er vieldeutig. »Dann kommt der zweite, noch wichtigere Schritt.«

»Welcher zweite Schritt?« Ich war neugierig geworden.

»Du darfst es ihr nicht zu einfach machen. Sie muss sich schon auch ein bisserl anstrengen.«

»Das versteh ich nicht.«

»Warum, glaubst du, sind die Mädels so aufgebrezelt, wenn sie weggehen?«

Ich überlegte: »Damit sie gut aussehen und auffallen. Das macht ihnen Spaß, sagt meine Schwester.«

»Aber das hat doch einen Grund. Auf einer einsamen Insel würd sich keine Frau zwei Stunden lang vor den Spiegel stellen.«

»Meinst du?«

»Sicher.« Max hob den rechten Zeigefinger. »Die Damen machen sich deshalb schön, damit sie uns Männern gefallen und wir hinter ihnen her sind – soweit klar, oder?«

Ich nickte, und Max fuhr fort.

»Aber wenn du hirnlos und mit lauter romantischen Flausen im Kopf hinter einer herläufst und tust, was sie will, dann hast du bald verschissen.«

»Warum?«

»Weil sie dich zum Hanswursten macht. Sie wird ausprobieren, wie weit sie gehen kann. Und wenn du blauäugig und verliebt alles tust, was sie will, dann machst du dich zum Deppen. Und zuletzt gibt sie dir den Laufpass, denn sie möcht ja nicht mit einem Deppen zusammen sein?«

Das leuchtete mir ein, aber wie sollte man sich richtig verhalten.

»Am besten, du zeigst deiner Angebeteten, dass du dich schon für sie interessieren würdest. Aber bloß bis zu einem gewissen Grad. Immer ruhig bleiben! Schließlich ist sie nicht die Einzige auf dieser Welt. Und dann läufst du – im übertragenen Sinn – ein bisserl weg, aber nur ganz langsam. Damit sie dir sicher nachkommt, wenn ihr dran gelegen ist.«

Ich saß still da und überlegte, was Max mir sagen wollte. Das mit dem Deppen leuchtete mir ein. Das mit dem Davonlaufen weniger. Wie sollte man wissen, wie schnell man laufen darf, damit einem das Mädchen noch nachkommt?

Max wusste, was ich dachte. Schon oft hatten wir über dieses Thema geredet.

»Du bist zu nett«, wiederholte er und schüttelte den Kopf. »Einfach zu nett.«

Er sah mich an wie ein Arzt einen Patienten, bei dem es wenig Hoffnung gibt.

2

Anytos und Meletos können mich zwar töten,
aber schaden können sie mir nicht.
(Epiktet)

Dienstag

Am nächsten Tag schien wieder die Sonne. Max faselte nach dem Mittagessen etwas von Erledigungen und war verschwunden. So hatte ich meine Ruhe zum Lernen. Erst beim Abendessen tauchte er wieder auf.

»Wo warst du?«, fragte ich und starrte verzweifelt auf die Salzkartoffeln, die wie immer lauwarm, etwas ranzig und schlicht ungenießbar waren. Gott sei Dank hatte ich beim Nachmittagstee einige Semmeln eingeschoben, die ich später in Ruhe essen wollte. Es heißt zwar, dass ein voller Magen nicht gerne studiert, aber ich konnte mich nicht konzentrieren, wenn ich Hunger hatte.

»Rat mal«, entgegnete mein Freund, ohne die ungenießbaren Knollen eines Blickes zu würdigen.

»Wahrscheinlich hast du die Nora besucht.«

Wo sonst sollte er gewesen sein.

»Genau.« Max lehnte sich im Stuhl zurück, während die Tischdiener die noch volle Schüssel mit den Kartoffeln abräumten.

»Und?«

»Wird schon.« Er grinste selbstsicher.

Pater Zeno, der heute Speisesaalaufsicht hatte, klatschte in die Hände, und die Schüler erhoben sich zum Tischgebet. Nachdem wir dem lieben Gott für eine Speise gedankt hatten, für die es meiner Meinung nach keines Dankes bedurft hätte, verließen wir den Speisesaal.

»Ich hab sie in der Arbeit getroffen. Dort hab ich mir den Alfa Romeo noch mal angeschaut. Danach waren wir in der Eisdiele«, resümierte Max seinen Nachmittag auf dem Weg nach draußen. Wir wollten eine kleine Runde drehen, denn ich brauchte etwas frische Luft, um später noch ein Kapitel Vergil zu übersetzen. »Sie hat früher gehen können, weil's momentan nicht viel zu tun gibt in der Firma.«

»Warum?«

»Der Laden läuft nicht gut, sagt Nora. Seit der alte Schmidt, also der Schwiegerpapa vom Direktor Laaf nicht mehr in der Firma ist, hat der Absatz bei den Motoren schwer nachgelassen. Ihr Chef meint, dass es an der billigen Konkurrenz aus Japan und an der Konjunktur liegt. Er hofft, dass es bald wieder aufwärts geht. Aber die Nora glaubt nicht daran. Sie hat sich vorsichtshalber schon nach einem anderen Job umgeschaut und will wechseln, wenn sich was ergibt.«

»Dabei waren die Geretsrieder Motorenwerke immer ein Vorzeigebetrieb«, meinte ich. »Da ist der Landrat jede Woche vorbeikommen, wenn er wieder in der Zeitung stehen wollt. Es hat geheißen, dass die Motorenwerke ein Beispiel für den Fleiß der Leut wären, die sich nach dem Krieg im Landkreis angesiedelt haben.«

»Aber im Moment kommt kein Landrat.« Max grinste. »Seit der alte Schmidt weg ist, geht's abwärts. Und vor einem Jahr ist dann ein gewisser Kornheim in den Laden eingestiegen. Er soll einen Haufen Geld mitgebracht haben. Der Kornheim leitet seitdem den Autoverkauf und die Werkstatt. Er kommt und geht aber, wie's ihm passt. Seit Ende letzter Woche ist er ganz verschwunden. Es heißt, er wär krank.« Max blieb stehen und schaute mich ernst an. »Ich hab mir den Kornheim von der Nora beschreiben lassen, und was meinst du, wie der Kerl aussieht?«

Ich brauchte nicht lange zu überlegen. »Blond und ein bisserl fett. Wie der Tote im Jaguar.«

»Bingo.« Max lachte und klatschte so laut in die Hände, dass einige Schüler auf dem Klosterhof zu uns herschauten. »Die Beschreibung passt genau. Und seit letztem Freitag ist der Kornheim nicht in die Arbeit gekommen. Komischer Zufall, nicht?«

Augenblicklich hatte ich wieder dieses blöde Gefühl in der Magengrube. Max witterte einen Mordfall. Ich hatte aber gar keinen Nerv für seine Ermittlungen. Bald begann die Abiturprüfung. Das bedeutete ausreichend Aufregung für meinen Geschmack.

»Bevor wir weitere Untersuchungen anstellen, brauchen wir natürlich noch eine Menge Informationen. Den Huber können wir vergessen, der bringt uns bloß wieder in Schwierigkeiten.«

»Mich kannst einstweilen auch rauslassen. Ich muss noch jede Menge lernen.«

»Ist ja schon gut.« Max hob beschwichtigend beide Hände. »Im Augenblick brauch ich dich eh nicht. Ich werd erst noch ein paar Mal mit der Nora reden müssen. Morgen treffen wir uns nach Dienstschluss. Vielleicht gehen wir ins Schwimmbad.«

Er pflegte mit allen Mädchen, die er kennenlernte, zum Baden zu gehen. Diesen Besuch machte er zur »Eilsache«, wie er sich ausdrückte. Er wollte nicht die Katze im Sack kaufen, sondern genau wissen, was die Damen zu bieten hatten und sich nicht von deren Talent bei der Kleiderwahl hinters Licht führen lassen. Also ging er mit ihnen ins Schwimmbad.

»Es gibt da bloß noch ein kleines Problem.« Sein Blick sagte mir, dass er etwas von mir wollte. »Kennst du einen gewissen Epiktet?«

Ich überlegte. »Den Namen habe ich schon mal gehört. Das ist so ein alter Lateiner oder Grieche. – Warum interessierst du dich dafür?«

Max knabberte an seiner Unterlippe, dann sagte er: »Die Nora ist eine ziemlich harte Nuss. Und blöd ist sie auch nicht. Sie möcht mit dem Telekolleg das Abitur nachholen und dann vielleicht studieren.«

»Und was hat das mit dem Epiktet zu tun?«

»Sie hat gesagt, dass ich mich morgen gar nicht bei ihr blicken lassen brauch, wenn ich das Handbüchlein der Moral vom Epiktet nicht kenn. Und wenn ich ins Schwimmbad mit ihr will, dann soll ich den ersten Vers auswendig lernen, und zwar in Latein oder Griechisch.« Er schluckte und sah etwas hilflos drein. »Sie sagt aber, Latein wär erotischer.«

»Super, Max. Dann passt ihr zwei ja hervorragend zusammen.« Ich musste lachen. »Wie erotisch findet sie es, dass du deinen Vierer in Latein nur durch außerordentliche Leistungen beim Spicken halten kannst?«

»Du weißt, dass Latein bei mir in erster Linie Brechreiz erzeugt. Da ist ein Vierer schon ein großer Erfolg.«

»Und du hast keine Angst, dass du dich zum Hanswursten machst?«

»Hanswurst? Ich? So ein Schmarrn.« Er strich seine Haare zurück. »Besondere Situationen erfordern halt besondere Maßnahmen.«

»Was heißt eigentlich Depp in Latein?« Ich überlegte. »Idiotus, deppus, stupidus. Klingt alles nicht besonders erotisch.«

Mein Freund wurde ärgerlich. »Die Nora ist kein kleines Mäderl, bei dem billige Tricks ziehen. Und das mit dem

Epiktet meint sie ernst.« Max fuhr sich mit der Zunge über seine schmalen Lippen. »Heut hat sie ein Kostüm angehabt, bei dem keine Fingerbreite Stoff weiter als einen halben Zentimeter von ihrem Elfenkörper weg war.« Max befeuchtete seine Lippen erneut. Anscheinend bekam er immer einen trockenen Mund, wenn er an Nora dachte. »Ich muss sie morgen im Badeanzug sehen. Verstehst du, ich muss. Und sie will es ja auch. Sonst hätt sie nicht Bedingungen gestellt, die ich zwar erfüllen kann, die mir aber schwerfallen. Wenn sie nicht zum Baden gehen möcht, hätt sie einfach nein gesagt. Sie wollt mir die Sache halt nicht zu einfach machen.«

Anscheinend hatte Nora den Spieß umgedreht. Sie bestimmte die Spielregeln.

Ich brauchte nicht lange zu überlegen, wie wir zu dem Büchlein kommen konnten. Sicher hatte Pater Ignaz, unser Bibliothekar, ein Exemplar. Doch Max brauchte sich nicht allein bei ihm blicken lassen. Ignaz konnte meinen langhaarigen Freund nicht ausstehen. Ich dagegen hatte einen sehr guten Draht zu dem schrulligen, rothaarigen Mönch. Denn ich half ihm regelmäßig beim Zuschneiden der Rosen im Klostergarten. Max war nur ein einziges Mal dabeigewesen, als er etwas von Ignaz gewollt hatte. Das war vor fünf Jahren. Später interessierten ihn die Rosen nicht mehr.

Wir hatten Glück, als die Patres nach dem Chorgebet aus der Kirche kamen. Ignaz trippelte neben Pater Aurelian, unserem Griechischlehrer, daher. Die beiden redeten oft miteinander, sie waren beide ausgewiesene Spezialisten für die klassischen Sprachen. Und sie liebten es, sich bei der Übersetzung schwieriger Textstellen zu streiten.

»Guten Abend.« Ich war an die beiden Mönche herangetreten, Max blieb einen Schritt hinter mir.

»Was gibt's?«, fuhr Aurelian mich an. Er mochte es nicht, von Schülern gestört zu werden.

»Ich wollt den Pater Ignaz um ein Buch bitten«, sagte ich und merkte, wie meine Hände feucht wurden.

Der rothaarige Pater neigte den Kopf nach links und sah mich schief an.

»Ich bräucht das Handbüchlein der Moral vom Epiktet.« Gott sei Dank war mir der Titel eingefallen. »Es könnt sein, dass im Abitur …«

»Der Epiktet?« Aurelian winkte ab. »Niemals. Der ist von der Satzbildung her zu simpel und vom Inhalt her zu kompliziert. Lernt lieber euren Platon, den Xenophon und den Aristophanes. Das wären meine Kandidaten für die Übersetzung. Mit dem Epiktet verschwendet ihr bloß eure Zeit.«

»Ich möcht aber …« Mir fiel nicht gleich ein, was ich wollte.

»Was?«

»… den Epiktet kennenlernen.«

»Gut.« Ignaz hob seine schmalen Schultern. »Der Kaspar ist immer da, wenn ich ihn brauche«, sagte er in Richtung Aurelian und lächelte dünn. »Da kann ich ihm auch einen kleinen Gefallen tun.«

Die beiden Mönche wechselten noch einige abschließende Worte, dann gingen wir zur Bibliothek.

»Warum hast du den langen Stockmeier mitgenommen?«, fragte Ignaz, als wir vor einem der geschnitzten Bücherregale standen. »Der ist doch sicher todfroh, wenn er das klassische Zeug bald hinter sich hat.« Er war direkt vor Max hingetreten und sah ohne Scheu zu dem zwei Köpfe größeren Kerl hoch.

»Ich interessier mich auch für …«, stotterte Max.

Weiter kam er nicht, da wurde er von Ignaz barsch unterbrochen.

»Red doch keinen Unsinn.« Geschickt holte Ignaz ein abgegriffenes Büchlein aus dem Regal und hielt es mir hin. »Dem Kaspar fehlt die Leidenschaft, sonst könnte er es zu einem tüchtigen Altphilologen bringen. Den klaren Verstand dazu hätte er. Aber du«, er deutete mit seinem mageren rechten Zeigefinger auf Max, »du hast überhaupt keinen Zugang zu geistigen Dingen. Ich beobachte dich schon seit Jahren. Du bist, was das Verständnis für höhere Werte angeht, ein hoffnungsloser Fall. Ich kann mir schon vorstellen, was du im Kopf hast. Partys wahrscheinlich, Mädchen und was weiß ich noch alles. Möglicherweise glaubst du, mit deinen langen Haaren würdest du aussehen wie ein Intellektueller, ein Philosoph. Damit kannst du andere täuschen, mich nicht. Du bist eine ganz profane Erscheinung. Für dich hätte die Realschule gereicht. Um was es hier geht«, er deutete auf das Büchlein, »wirst du niemals verstehen.«

Max war blass geworden, er stand da wie ein ausgeschimpfter Wurzler und schaute grimmig in den Boden.

»Haben Sie vielleicht auch noch eine Übersetzung?«, fragte ich den Mönch. »Wegen der schwierigen Stellen.«

»Nicht nötig«, meinte der Bibliothekar. »In der Ausgabe ist eine Übersetzung dabei, in Latein und in Deutsch. Außerdem sind noch ausgewählte Stellen von anderen Stoikern in dem Band. Du musst aber gut drauf aufpassen. Es ist ein Einzelstück.«

Ich bedankte mich. Dann verabschiedeten wir uns und gingen zurück in den Schülertrakt.

»Der spinnt doch, der alte Bücherwurm.« Max war sauer. »Was soll denn das überhaupt heißen: Für mich hätt die Realschule leicht gereicht. Der tut ja grad so, als wär ich schwachsinnig. Gott sei Dank bin ich aus dem angestaubten Kasten bald raus und brauch mir das fade Gesicht von dem alten Knacker nimmer anschauen.«

Im Studiersaal angekommen setzten wir uns auf unsere Plätze. Auch ich war neugierig geworden. Während sich mein Freund die ersten lateinischen Zeilen auf einen Zettel schrieb, anschließend immer wieder laut durchlas und versuchte, sie sich einzuprägen, hatte ich das Buch genommen.

Dort stand in einer kurzen Biographie, dass Epiktet im ersten Jahrhundert nach Christus gelebt hatte und Stoiker gewesen war. Ich überlegte, was ein Stoiker ist, und erinnerte mich, dass es sich dabei um Menschen handelt, die nicht leicht aus der Ruhe zu bringen sind. Wahrscheinlich war mein Vater Stoiker, ohne dass er es wusste. »Lass die Welt tanzen«, sagte er oft und kümmerte sich um seine eigenen Angelegenheiten. Es interessierte ihn einen Dreck, was andere Leute von ihm dachten oder über ihn redeten. Auch was sie taten, war ihm egal, solange es nicht seine Belange betraf. Und diese Belange endeten in der Regel an den Grundstücksgrenzen unserer Wiesen und Äcker.

Bei Epiktet verhielt sich die Sache etwas anders. Immerhin war der ja auch ein Philosoph. Epiktet unterschied, ob Dinge in der Macht des einzelnen Menschen stehen oder nicht. Und er meinte, dass man sich ausschließlich um die Bereiche kümmern solle, die man beeinflussen könne. Dies sind: Handeln, Wollen, Begehren und Ablehnen. Gesundheit, Besitz und Karriere dagegen sind nicht in unserer Macht und deshalb nicht von Wichtigkeit.

»Anytos und Meletos können mich zwar töten, schaden aber können sie mir nicht.« Das sollte verstehen, wer will.

Also legte ich das Buch zur Seite. Schließlich begannen bald die Prüfungen, und ich hatte Wichtigeres zu tun.

»Gib mir mal den Schinken«, sagte Max und nahm das Handbüchlein. Schweigend las er darin bis zum Bettgehen.

Ich überlegte, ob ihm die barschen Worte von Pater Ignaz so stark zugesetzt hatten, dass er ein neues Leben beginnen wollte.

»Und wird's was morgen?«, fragte ich Max auf dem Weg zum Schlafsaal.

»Womit?«

»Mit dem Schwimmbad, du Held.«

Er schlug sich an die Stirn. »Natürlich, das Schwimmbad. Hätt ich doch fast vergessen, dass ich morgen die Badehose mitnehmen muss, wenn ich zur Nora fahr.«

Er grinste blöde.

Was war los mit ihm? Warum beschwerte er sich nicht über die harten Auflagen seiner Holden. Max hasste es, Texte auswendig zu lernen, aber heute Abend war er sehr fleißig gewesen. Und warum sagte er nicht, dass der Epiktet ein Dummschwätzer sei. Er hatte bisher alle Philosophen, die uns in unserer umfangreichen humanistischen Ausbildung vorgestellt worden waren, so bezeichnet.

Irgendetwas stimmte nicht mit meinem Freund. Möglicherweise hatte es ihn ernsthaft erwischt.

Mittwoch

Am Mittwoch las Max nach der Schule ein knappes Stündchen in dem Handbüchlein der Moral, dann verschwand er. Als unser Präfekt beim Abendessen nach ihm fragte, sagte ich, er hätte Durchfall und könne sich nicht zu weit vom Lokus entfernen. Es gab Leberkäs, und die Klassenkameraden waren damit einverstanden, dass ich Max' Stück bekam. Schließlich hatte ich für ihn gelogen.

Mein Freund kam kurz nach Einbruch der Dunkelheit zurück. Er hatte mir ein Stück Käsekuchen mitgebracht, das ich an meinem Pult aß.

Er schaute zufrieden drein. Der Test war offensichtlich positiv verlaufen. Seine Haare waren noch nass vom Schwimmen, und er roch nach Chlor und einem schweren, exotischen Parfüm. Offensichtlich waren er und Nora sich nähergekommen. Natürlich sagte er nichts über seine Erkenntnisse aus dem Schwimmbad. Intimitäten plauderte er nie aus. Vielmehr berichtete er von den Motorenwerken: »Heut war der alte Schmidt in der Firma, und es hat einen Mordsstreit gegeben. Er hat so laut geschrien, dass es jeder im Haus mitgekriegt hat. Nach einer Viertelstund ist er aus dem Büro von seinem Schwiegersohn raus und davon wie der Blitz. Die Nora ist jedenfalls froh, wenn sie bald woanders anfangen kann. Sie glaubt, dass es die Firma nicht mehr lange gibt. Das fürchten auch ihre Kollegen.«

»Was hat denn der Schmidt noch in der Firma verloren?«, fragte ich kauend.

»Der Alte hat den Laden doch aufgebaut«, erklärte Max. »Er ist aus Schlesien gekommen und war Maschinenbau-Ingenieur. Nach dem Krieg hat er einen Kleinmotor entwickelt, den man für alle möglichen Maschinen verwenden kann. Der war leicht herzustellen und robust. Mit dem Motor hat er dann seine Firma hochgebracht. Als er vor zwei Jahren in den Ruhestand gegangen ist, haben über zweihundert Leute in dem Werk gearbeitet. Und die waren alle gut beschäftigt. In der Autowerkstatt, die der Schmidt bloß zum Spaß und als Abschreibemöglichkeit eingerichtet hat, waren damals nur zwei Mechaniker und ein Lehrling. Der Kornheim hat aber dafür gesorgt, dass es jetzt auch noch einen Autoverkäufer gibt, obwohl sich der vorne und hinten nicht rentiert. Wenn's gut geht, verkaufen sie zwei Autos im Monat.«

Max holte den Epiktet aus seinem Pult und begann darin zu lesen. Warum? Die Prüfung war doch positiv verlaufen, sonst hätte er keine nassen Haare gehabt und nach seinem Mädchen gerochen. Was wollte er noch mit dem Buch?

Oder hatte Nora weitere Forderungen gestellt? Wo Latein doch so erotisch war.

Donnerstag

Am nächsten Tag, genau eine Woche nachdem wir den Toten im Jaguar gefunden hatten, machte Max nach der Schule fast zwei Stunden lang Matheaufgaben. Dann war er weg, ohne mir zu sagen, was er vorhatte. Abends kam er zurück und musste sofort mit mir reden: »Heut war der alte Schmidt wieder in der Firma. Mit seiner Tochter.«

»Unserer Lovely Rita?«

Max verdrehte die Augen. »Soweit ich weiß, hat er keine andere.« Er hasste dumme Zwischenfragen. »Jedenfalls hat die Unterhaltung mit dem Herrn Direktor wesentlich länger gedauert als gestern, aber mit demselben Ergebnis. Es ist wieder gestritten worden, und dann ist der Alte davon wie ein Schachterlteufel. Allein. Lovely Rita ist eine halbe Stunde später mit ihrem Mann weg gefahren. Nora hat dann noch jemanden von der Geschäftsbank abwimmeln müssen. Der Bankmensch hat aber drauf bestanden, dass er morgen früh mit dem Laaf reden kann. Er hat es sehr wichtig gemacht.«

»Was heißt das?«

»Wenn die Bank dringend mit ihm reden will, steht dem Laaf vermutlich das Wasser bis zum Hals, und der Banker hat jetzt Angst um seine Kohle.«

Ich verstand nicht, was Max meinte. Also erklärte er mir einige Zusammenhänge, die ihm als Sohn eines Brauereibesitzers geläufig waren.

»Wennst ein Geschäft hast, brauchst Schulden. Wegen der Steuern, verstehst?« Ich nickte. Davon hatte ich gehört.

Max fuhr fort: »Wenn die Bank Angst hat, dass du das Geld nicht zurückzahlen kannst, rücken sie dir auf den Pelz. Das heißt, sie müssen unbedingt mit dir reden. Und zwar bevor ihnen die Felle, also das geliehene Geld, davonschwimmen.«

»Und du meinst, die Geretsrieder Motorenwerke gehen gerade den Bach runter?«, fragte ich.

»Alle Anzeichen sprechen dafür.« Max streckte mir seinen rechten Daumen entgegen. »Erstens gehen die Geschäfte schlecht. Zweitens kommt der alte Schmidt in die Firma und schreit rum. Möglicherweise, weil er sein Lebenswerk in Gefahr sieht.« Max hatte den Zeigefinger und nun auch noch den Mittelfinger ausgestreckt. »Und drittens kommt jemand von der Bank und will unbedingt mit dem Herrn Direktor reden.« Max machte eine kleine Pause und meinte dann versonnen. »Gott sei Dank hat mein Vater keine Anteile von dem Saftladen gekauft.«

Es gab Augenblicke, da kam Maxls Krämerseele trotz der langen Haare und seiner zur Schau getragenen Lässigkeit durch.

»Und was willst jetzt machen?«, fragte ich.

»Ich ruf den Papa an und sag ihm, dass er dem Laaf auf keinen Fall Geld leihen soll. Wahrscheinlich pumpt der Herr Direktor jetzt alle Bekannten im Landkreis an.«

Freitag

Es war der letzte Schultag meines Lebens. Die Lehrer versuchten uns noch ein paar Tipps für die bevorstehenden Prüfungen mit auf den Weg zu geben. Anschließend fuhren wir nach Wolfratshausen zu Max. Wir wollten bis zum Abitur zusammen lernen, und er meinte, in seinem Zimmer sei genug Platz für ein weiteres Bett und einen zweiten Schreibtisch. Er wollte mir in Mathe helfen, ich sollte mich dafür in Latein und Griechisch revanchieren.

Obwohl es nieselte, ging ich am Nachmittag allein an den Isarspitz. Dort setzte ich mich auf einen einsamen Findling, warf Steine ins Wasser und dachte darüber nach, wie es wohl mit Max und Nora und den Geretsrieder Motorenwerken weitergehen würde.

Auch an Karin, die blonde Kollegin von Nora, dachte ich. Ihr kleines, blasses Mädchengesicht kam mir immer wieder in den Sinn. Sie war sehr hübsch, das war auch Max aufgefallen. Doch sie hatte mich nicht angesehen, als wir an einem Tisch nebeneinander gesessen hatten.

Sicher hatte sie schon einen Freund. Ein so hübsches Mädchen musste einen Freund haben. Als ich zurückkam, war Max bereits weggefahren. Er wollte mit Nora ins Kino.

In der Nacht wachte ich mehrmals auf, doch Max war noch nicht da. Erst im Morgengrauen hörte ich ihn heimkommen.

Samstag

Wir lernten den ganzen Tag. Am Abend gingen wir in den »Sound«, die einzige Diskothek im Ort. Nora wollte später nachkommen. Kurz nach acht betraten wir den rauchgeschwängerten, dunklen Gastraum. Die laute Musik umfing uns wie ein dicker Nebel. Wir setzten uns an einen Tisch in der Nähe des Eingangs, wo man sich unterhalten konnte, ohne sich anschreien zu müssen. Dann bestellten wir Bier.

Max kam sofort auf Herrn Kornheim zu sprechen. Seit über einer Woche hatte ihn niemand mehr in der Firma gesehen. Es hieß, er sei krank. Doch keiner wusste, was ihm fehlte.

»Der ist sicher tot«, meinte Max. »Ich hab die Nora noch mal gefragt, wie er genau ausschaut. Sie redet nicht gern über den Kerl, aber die Beschreibung passt exakt auf unseren Toten im Jaguar. Und wenn das blöde Abi endlich vorbei ist, schauen wir mal nach, was unsere Lovely Rita und ihr aalglatter Mann an dem Donnerstagabend mit dem Kornheim gemacht haben. Bloß schad, dass wir noch so lange warten müssen. Ich kann's gar nicht mehr erwarten, bis der Spaß endlich losgeht.«

An seiner Stelle hätte ich mir mehr Sorgen über die anstehenden Prüfungen gemacht. Seine Fähigkeiten in Latein und Griechisch waren sehr übersichtlich. Doch darauf verschwendete Max keinen Gedanken. Er hatte seinen Studienplatz für Brauereiwesen sicher. Und so blöd, um im Abitur durchzufallen, würde er sich schon nicht anstellen.

»Wo ist die Nora eigentlich?«, wollte ich wissen und freute mich, dass gerade ein Titel von den Doors gespielt wurde.

»Die kommt erst später. Sie hat was von einem alten Jesuitenpater erzählt, den sie zusammen mit der Karin besuchen wollt.«

Kaum hatte er den Satz beendet, da kam Nora mit ihrer blonden Freundin die Eingangstür herein. Max hatte kein Wort gesagt, dass Karin auch mitkommen würde. Die Mädchen steuerten direkt auf unseren Tisch zu. Max bekam einen Kuss und mir gab Nora die Hand, nachdem sie sich gesetzt hatte. Karin lächelte zur Begrüßung schüchtern und rutschte auf die Sitzbank neben ihre Freundin. Ihr Gesicht wurde von einer überdimensionalen Hornbrille beherrscht. Dazu trug sie ein viel zu großes, verwaschenes Sweatshirt und eine alte Cordhose. Die Haare waren zu einem Pferdeschwanz gebunden. Meine Schwester hätte sich lieber den kleinen Finger abhacken lassen, als in einem solchen Aufzug in eine Disco zu gehen.

Nora nahm gleich einen Schluck von Max' Bier und erzählte, dass sie von einem Treffen mit einem Pfarrer kämen. »Er ist Jesuitenpater und heißt Bonifaz.«

»Ist das so ein krummes Männlein mit einem Sehfehler?«, fragte Max.

»Genau. Woher kennst du ihn?« Nora lächelte ihr schönstes Lächeln mit leicht geöffneten, dunkelrot geschminkten Lippen und strahlend weißen Zähnen dahinter.

Sie hätte Reklame für Zahnpasta oder Lippenstift machen können.

»Der Typ war schon öfters bei meinem Alten und holt mehr Geld aus ihm raus als der Wolfratshauser Stadtpfarrer. Und das will was heißen.« Max blinzelte verschmitzt. »Wie man ans Geld von den Leuten hinkommt, da kennen sich die Brüder alle aus.«

»Der Bonifaz ist eigentlich Krankenhausgeistlicher.« Nora warf einen Blick auf Karin und fuhr dann fort. »Er ist ein kleines, unscheinbares Männlein und hat oft Kopfweh wegen einer Kriegsverletzung. Da hat ihm jemand einen Gewehrkolben über den Schädel gezogen. Seitdem ist er auf einem Auge blind.«

Das Licht in der Disco ging aus. Die von einem Scheinwerfer angestrahlte Glaskugel an der Decke begann sich zu drehen und warf tausend dünne, weiße Strahlen in den Raum. Die erste Schieberrunde.

Max nahm Nora bei der Hand und zog sie auf die Tanzfläche. Eng umschlungen bewegten sie sich langsam zu »Samba Pa Ti«, dem ultimativen Schmachtschieber von Carlos Santana. Zwischen die beiden Tanzenden hätte kein Blatt Papier mehr gepasst.

Karin blieb sitzen. Sie hatte sich etwas nach vorne gebeugt und hielt die Knie mit beiden Händen umfangen. Ihr hübsches, kindliches Gesicht war sehr blass und nicht geschminkt.

»Was machst du eigentlich?« Ich meinte, ein Gespräch mit ihr beginnen zu müssen.

»Was soll die Frage?« Sie warf mir einen kurzen, scheuen Blick zu. »Ich arbeite bei den Motorenwerken im Büro. Das weißt du doch.«

»Und was machst du dort?«

Sie zuckte die Schultern. »Bürokram halt. Nichts Besonderes.«

Ich versuchte, die Unterhaltung in Gang zu bringen, und erzählte von dem Pink-Floyd-Konzert. Sie hörte still zu, ohne mich zu unterbrechen. Als ich mich über den Tisch zu ihr hinüberbeugte, damit ich bei der lauten Musik weniger schreien musste, rückte sie ein Stück weg.

»Ich tu dir schon nix«, sagte ich.

Einen Augenblick lang schaute sie mich ernst an, dann starrte sie wieder auf ihre Knie.

Dumme Ziege, dachte ich und wandte mich der Tanzfläche zu, die sich inzwischen gefüllt hatte.

»Bist du jetzt sauer?«, fragte sie plötzlich.

»Nein, wieso denn?«, log ich.

»Du weißt schon.« Wieder ein kurzer Blick. »Ich mag's halt nicht, wenn mir jemand zu …« Sie beendete den Satz nicht.

Wenigstens anschauen hätte sie mich können, wenn sie mit mir sprach.

Ich sah wieder zur Tanzfläche, wo Nora und Max zur Musik der Bee Gees tanzten. Die Schieberrunde war vorbei, und Max schleuderte schlaksig seine Beine abwechselnd nach vorne. Er hatte weniger Taktgefühl als eine Kaulquappe, doch das war ihm völlig egal. Nora dagegen bewegte sich mit knappen Bewegungen, aber sehr elegant. Wahrscheinlich konnte man auf diese Weise stundenlang tanzen, ohne ins Schwitzen zu geraten. Das hatte sie sicher zu Hause vor dem Spiegel geübt. Es sah jedenfalls sehr gut aus.

»Ich kann mich nicht besonders gut ausdrücken. Vielleicht hast du das schon gemerkt.« Karin schaute jetzt auch auf die Tanzfläche, wo Nora ihr zuwinkte. Sie winkte zurück, und dabei rutschte der linke Ärmel zurück. Für einen Augenblick sah ich eine dunkelrote, hässliche Narbe an ihrem linken Handgelenk. Sofort zog sie den Ärmel über die Verletzung und warf mir einen ängstlichen Blick zu, als hätte ich sie beim Stehlen erwischt.

Sie wusste, dass ich die Narbe gesehen hatte. Sie wusste, dass ich auf eine Erklärung wartete. Doch sie kniff die Lippen zusammen, schob beide Arme zwischen ihre Knie und starrte auf die Tischplatte.

»Warum wart ihr überhaupt bei dem Pfarrer?«, fragte ich, um nicht still dasitzen zu müssen.

»Wir haben seine Buchführung gemacht. Danach haben wir uns noch unterhalten.«

»Worüber?«

»Über Epiktet.« Sie hatte ihren schön geschwungenen Mund zu einem schmalen Strich zusammengekniffen und schaute nun zur Decke. »Kennst du ihn?«

»Ja.« Ich drehte ihr den Kopf zu.

»Das ist schön.« Zum ersten Mal sah Karin mir in die Augen, und in ihrem Blick lag etwas, das mir den Hals zuschnürte.

»Kennen ist zuviel gesagt. Ich weiß, dass es ihn gibt und dass er einer der bedeutendsten Stoiker ist. Außerdem hat Max die erste Strophe des Handbüchleins auswendig gelernt, damit die Nora mit ihm zum Schwimmen geht.«

»Das hat sie mir erzählt.« Karin lächelte ein wenig. Doch nach dem kleinen Ausflug zog sie sich gleich wieder in ihr Schneckenhaus zurück. »Sonst weißt du nichts von ihm?«

Ich fasste Mut. »Was sollt man denn von ihm wissen?«

Sie überlegte, wobei sie den rechten Ellbogen auf die Tischplatte setzte und den Kopf mit dem Daumen abstützte. Den Zeigefinger hatte sie vor ihren schönen Mund gelegt. Schließlich drehte sie sich zu mir her, nahm die hässliche Brille ab und schaute mich mit ihren großen dunkelblauen Augen traurig an. »Anytos und Meletos können mich zwar töten, schaden können sie mir aber nicht.«

Dieser Satz war nicht bloß auswendig gelernt. Aus Karins Mund hörte er sich eher an wie eine Erkenntnis, um die sie lange und hart gekämpft hatte. Und ich spürte in diesem Augenblick, dass sie diesen Satz nicht zu jedem sagte.

Ich wollte gerade nachfragen, wer Anytos und Meletos waren, und was der Satz bedeute. Doch ausgerechnet jetzt kamen Max und Nora Händchen haltend an den Tisch zurück. Nora setzte sich neben mich und zündete sich eine Marlboro an. Max holte Bier.

Hätten sie nicht noch ein bisserl tanzen können? Oder rausgehen zum Knutschen?

»Was willst du eigentlich mal werden«, fragte mich Nora und warf mit einer knappen Bewegung die langen Haare in den Nacken.

»Weiß ich jetzt noch nicht.« Ich schaute zu Karin hin, die ihre Brille wieder aufgesetzt hatte. »Vielleicht Lehrer. Da hat man oft Ferien und einen großen Vorteil vor den Schülern.«

»Welchen?«

»Man weiß immer, was in der nächsten Stunde drankommt.«

Nora lachte perlend, lehnte sich zurück und schlug die langen Beine übereinander. »Stimmt es wirklich, dass ihr öfter mal aus dem Beusl ausbüchst und erst spät in der Nacht zurückkommt? Ich dachte immer, dass es im Internat so streng ist.«

Ich überlegte, woher sie den Spitznamen des Internats kannte, aber Max hatte offensichtlich schon eine Menge erzählt. Und sicher hatte er heftig übertrieben.

»Oft kann man nicht verschwinden, das würd auffallen. Aber wenn man bescheiden ist und nur selten abhaut, müsst man schon extrem viel Pech haben, wenn man erwischt wird. Und über die Jahre lässt sich das Leben in einem Internat ganz gut einrichten. Man muss auch mal die Vorteile betrachten: Bei den Eltern zu Hause ist man doch ständig unter Kontrolle. Die sind zu zweit und haben bloß ein, zwei Kinder. Der Pater Zeno, unser Präfekt, hat die Aufsicht über mehr als zwanzig Burschen in unserem Alter.« Ich grinste. »Flöhe hüten ist leichter.«

»Ich habe mir schon oft überlegt, warum Max und du so gute Freunde seid.« Nora wartete einen Moment. Sie beobachtete genau, wie ich auf das Folgende reagieren würde. »Der Max ist so anders als du. Er hat lange Haare und ein schnelles Motorrad. Du wirkst eher still und bieder. Ihr zwei passt eigentlich gar nicht zusammen.«

Mir war klar, dass Max die auffälligere Persönlichkeit von uns war, doch bieder hatte ich mich nie gefühlt.

»Der Max ist mein Freund, nicht mein Zwillingsbruder«, sagte ich trocken. Ich versuchte, mir meinen Grant nicht anmerken zu lassen. »Ich brauch halt keine Haare bis zum Hintern, damit ich mich gut fühl. Und ein Motorrad kann ich mir nicht leisten.«

»Sei doch nicht gleich beleidigt.« Nora hob die gezupften Augenbrauen. »Ich hab's nicht so gemeint.«

Die Unterhaltung ging mir auf die Nerven, seit ich mit Karin nicht mehr allein war. Der Diskjockey spielte zu allem Überfluss nur noch miese Musik: Bay City Rollers und anderen Mist aus den Hitparaden.

Karin sagte kaum mehr ein Wort. Tanzen wollte sie auch nicht. Das sah ich ihr an und war froh darüber. Ich war kein besonders guter Tänzer und hatte mich bei jedem meiner bisherigen Versuche beobachtet und reichlich unwohl gefühlt.

Um zwölf musste Karin zu Hause sein. Max brachte sie und Nora mit dem Auto seines Vaters heim. Da er anschließend noch etwas Zeit mit seiner Liebsten verbringen wollte, verabschiedete ich mich vor der Disco von den zwei Mädchen und ging heim zu Max.

Im Bett dachte ich über die beiden nach. Hier die elegante, mondäne Nora, die man sich gut in jedem Modeprospekt vorstellen konnte. Daneben die schüchterne, unscheinbare Karin mit dem unmöglichen Pferdeschwanz, der hässlichen Brille und der Narbe am Handgelenk. Wie kam sie zu einer solchen Verletzung, und warum versteckte Karin sie unter dem alten Pullover? Ich musste nicht lange nachdenken. Karin hatte versucht, sich die Pulsader aufzuschneiden.

Der Satz »Anytos und Meletos können mich zwar töten, schaden können sie mir aber nicht« hatte möglicherweise mit dieser Narbe zu tun.

Doch warum interessierten sich die Mädchen für einen Philosophen, der vor knapp zweitausend Jahren gelebt hatte? Und warum steckten die beiden Mädchen zusammen? Irgendetwas verband die zwei. War es wirklich nur die Buchführung für Pater Bonifaz?

3

Man verzeiht einem Kind, das die Dunkelheit fürchtet. Doch tragisch ist es, wenn Männer das Licht fürchten.

(Platon)

Sonntag

Gegen neun Uhr stand ich auf, frühstückte und wiederholte dann unregelmäßige Vokabeln. Max kam kurz vor Mittag aus den Federn. Er war erst gegen Morgen heim gekommen. Seine Mutter meinte, dass er nur im Bett bleiben solle, so lange er wolle. Sicher bräuchte er momentan viel Ruhe.

Sein Vater sah die Sache etwas anders. »Schlafen kann der feine Herr, wenn die Prüfungen vorbei sind«, sagte der Bräu ärgerlich. »Für seine Weiber hat er schließlich auch genügend Zeit.«

»Sei doch nicht so kritisch mit dem Buben«, meinte seine Frau und setzte sich an den großen Tisch.

Zenzl, die schwere Köchin, werkelte am Küchenherd mit unglaublicher Geschwindigkeit. Die Bedienungen holten im Eilschritt Braten und andere Speisen. Der junge Hilfskoch schwitzte wie ein Schwerathlet, konnte aber trotz allen Bemühens nicht viel recht machen.

»Schau, der Kaspar ist schon seit ein paar Stunden auf. Aber unser Herr Sohn muss sich ausruhen, grad als würd er ein Kind kriegen. Bloß am Abend, wenn's zu seinen Weibern geht, da wird er putzmunter.« Herr Stockmeier nahm einen kräftigen Schluck von dem dunklen Bier, das er ganz besonders mochte und wofür seine Brauerei bekannt war.

»Jeder macht's ein bisserl anders«, versuchte ich Max zu entschuldigen. »Der Max hat in der letzten Woche aber wirklich viel gelernt«, log ich.

Frau Stockmeier lächelte zufrieden und beugte sich zu ihrem Mann über den Tisch. »Hörst du?«

Der Bräu verschränkte die Arme und lehnte sich im Stuhl zurück. Die Lehne ächzte unter dem enormen Gewicht des kräftigen, großen Mannes. »Der Kaspar würd dasselbe sagen, wenn unser Max letzte Woche Urlaub an der Riviera gemacht hätt. Der hängt den Max nicht hin, egal was der Kerl angestellt hat.«

Da ging die Tür auf, und Max betrat mit nassen Haaren die Küche. Er murmelte einen Gruß und setzte sich dann neben mich auf die Bank. Zunächst sagte niemand ein Wort, und der Küchenlärm erschien mir deshalb besonders laut. Der junge Koch brachte schließlich eine Terrine und stellte sie in die Mitte des Tisches.

»Sollen die Herrschaften die Suppen mit den Händen rausschöpfen?«, schimpfte die Zenzl aus dem Hintergrund. Der Hilfskoch brachte schnell einen Schöpfer.

Wortlos teilte Frau Stockmeier die Suppe aus, und schweigend begannen wir zu essen.

»Ist ja heut wieder eine Bombenstimmung«, meinte Max und schob den vollen Löffel in den Mund.

»Der Kaspar lernt seit Sonnenaufgang und du schläfst bis zum Mittagessen«, brummte sein Vater. »Da mach ich mir schon meine Gedanken.«

»Keine Sorge, Pa. Dein Liebling hat alles im Griff.«

»Da bin ich mir nicht so sicher.« Der Bräu legte den Löffel aus der Hand und ging mit dem Glas in der Hand in die Gaststube hinüber, um sich noch einmal ein frisches Bier einzuschenken.

»Der Papa meint's nicht so«, flüsterte Frau Stockmeier. »Er ist bloß nervös, weil du doch der erste in der Familie bist, der Abitur macht. Und sein Cousin Hubert hat gesagt, dass eher ein Frosch das Radfahren lernt, bevor du die Prüfung schaffst.«

»Dann kann sein Frosch schon mal mit dem Training anfangen.« Max grinste. »Ich hab halt meine eigene Art, mich vorzubereiten. Und wenn ich zu früh aufsteh, krieg ich's mit dem Magen und kann mich nicht mehr konzentrieren.«

»Ich versteh das ja, aber …« Max' Mutter unterbrach den Satz, da ihr Mann gerade in die Küche zurückgekehrt war.

Als Hauptgericht gab es heute Entenbraten. Vor allem die Knödel schmeckten unverschämt gut. Trotz deren Größe aß ich drei Stück.

Im Laufe des Essens wurde Herr Stockmeier versöhnlicher. »Nach der Prüfung arbeitest du ein paar Wochen im Tegernseer Bräuhaus. Die machen seit kurzem ein Pilsener, das sich sehen lassen kann. Vielleicht sollten wir das auch einmal probieren. Im Herbst geht's dann in Weihenstephan los. Dort kriegst bei der Tante Irmi ein Zimmer.«

»Ich mag nicht zur Irmi«, stöhnte Max und nahm noch ein Stück Braten. »Bei der in der Wohnung stinkt's wie in einem Bahnhofsklo. Da kann man nicht lernen.«

»Das stimmt«, meinte seine Mutter. »Die Irmi kocht doch jede Woch mindestens zwei Mal Kohlrabi. Und sie lüftet so selten.«

Max hatte einen anderen Vorschlag. »Viel besser wär's, wenn ich eine eigene Bude hätt. Da könnt ich mich dann voll auf das Studium konzentrieren.«

»Ich brauch nicht lange nachdenken, um mir vorzustellen, auf was du dich in einer solchen Wohnung konzentrieren würdest.« Der Bräu tauchte ein Stück Knödel ausgiebig in die dicke, braune Bratensoße. »Das hat zwei Haxn, lange Haare und einen Rock an.«

»Woran du immer denkst«, meinte Frau Stockmeier und sah streng zu ihrem Mann hinüber.

»Ich kenn doch meinen Pappenheimer.« Er schob das Knödelstück in den Mund und kaute. Das Thema wollte er aber nicht weiter vertiefen, also wandte er sich an mich. »Was hast du eigentlich nach dem Abitur im Sinn, Kaspar?«

Er sah mich freundlich an. Er mochte mich, seit wir uns vor fünf Jahren kennengelernt hatten. Seine Frau hingegen hätte wohl lieber einen gesellschaftlich gehobeneren Umgang für ihren Sohn gehabt. Meine bäuerliche Herkunft erschien ihr nicht standesgemäß.

Ich wollte gerade antworten, da stand Inspektor Huber unversehens im Raum. Niemand hatte ihn bei dem Lärm in der Küche und der Unterhaltung am Tisch gehört.

»Ich hab geklopft.« Der Polizist deutete zur Eingangstür. »Anscheinend hat mich niemand gehört, also bin ich einfach rein.«

Es war ihm sichtlich unangenehm, dass er gerade während des Mittagessens auftauchte.

»Ah, der Herr Inspektor.« Der Bräu kannte den Angesprochenen seit Jahren und winkte ihn heran. »Lassen Sie sich von der Zenzl ein Werkzeug geben und dann setzen Sie sich her. Wär ja eine Schand, wenn uns in Wolfratshausen ausgerechnet am Sonntag ein Gendarm verhungert.«

Max lachte. Frau Stockmeier sah wegen des eigenwilligen, ihr oft peinlichen Humors des Gatten betreten zur Decke. Auch mir war nicht nach Lachen zumute. Das Erscheinen des Polizisten bedeutete nichts Gutes. Immer wenn er auftauchte, geriet meine Welt durcheinander. Und ich konnte momentan kein Durcheinander gebrauchen. Wenn herauskam, dass wir einen Toten gefunden hatten, während wir eigentlich in unseren Betten im Beusl hätten schlummern sollen, war unser Abitur in Gefahr.

Der Inspektor stand einige Augenblicke unsicher da, bis ihm die Zenzl wortlos einen Teller und Besteck auf den Tisch richtete. Unschlüssig setzte er sich und ließ sich Braten vorlegen.

Nach einigen Bissen fragte der Bräu: »Was führt Sie zu uns? Hat die Zenzl eine Anzeige gekriegt wegen Beleidigung? Das könnt ich mir bei ihrem scharfen Mundwerk gut vorstellen. Und ruhiger wär's schon bei uns, wenn Sie unsere Köchin für ein paar Wochen mitnehmen. Aber wer macht dann die Arbeit?«

»Nein, gegen Ihre Köchin liegt nichts vor.« Huber versuchte zu lächeln und gleichzeitig einen großen Brocken zu schlucken. Bald merkte er, dass er das Fleischstück noch ein wenig kauen musste. Schließlich bekam er den Bissen durch den Schlund und erklärte, dass er mit Max und mir reden müsse.

»Haben die Buben was angestellt?«, fragte der Bräu. Sein Gesicht war ernst geworden.

»Sicher nix Schlimmes«, warf Frau Stockmeier ein.

Huber wirkte angespannt, sein Gesicht war noch blasser als sonst. »Angestellt haben sie nix, aber ich brauch eine Aussage von ihnen.«

»Warum?« Der Bräu war mit dem Essen fertig und beugte sich in Richtung Inspektor über den Tisch.

»Das kann ich Ihnen nicht sagen. Streng vertraulich.« Huber bereute sicher schon, die Einladung zum Essen angenommen zu haben, und mühte sich, die Reste auf seinem Teller möglichst schnell zu vertilgen.

»Der Max hat keine Geheimnisse vor uns«, bemerkte Frau Stockmeier. »Sie können also offen reden.«

Jetzt schob Huber den Teller weg, obwohl er noch nicht fertig war. »Ich muss mit den Burschen reden. Allein!«

Wenige Minuten später waren wir in Max' Zimmer. An meinem Völlegefühl war in erster Linie der Inspektor schuld, nicht die Knödel.

Huber begann sofort: »Gestern Vormittag ist eine Leiche in einer Felsspalte am Jochberg gefunden worden. Der Mann ist Direktor der Geretsrieder Motorenwerke und heißt Laaf.«

Max und ich saßen auf unseren Betten, der Inspektor auf dem Stuhl am Schreibtisch. Max schien sehr konzentriert.

»Und unterhalb vom toten Laaf ist noch ein zweiter Toter gelegen: Sein Kompagnon, der Kornheim.«

Mein ungutes Gefühl verstärkte sich, gerade so, als hätte ich Blähungen.

»Dem Laaf hat der halbe Kopf gefehlt. Der hat eine Ladung Schrot aus nächster Nähe ins Gesicht gekriegt. Der Kornheim hat keine schweren Verletzungen, bloß Kratzer. Woran der gestorben ist, wissen wir noch nicht.«

»Und was wollen Sie von uns?«, fragte Max und sah aus dem Fenster.

»Ihr habt doch einen Toten in einem Auto gefunden.« Huber holte ein Foto aus seinem braunen Jackett. »War das der Mann?«

Max nahm das Bild, und noch bevor ich einen Blick darauf werfen konnte, antwortete er: »Ich glaub nicht.« Jetzt erst reichte er mir das Foto. »Es war ja stockdunkel.«

Beim ersten Blick auf die Fotografie war mir klar, dass es sich um den Mann handelte. Er war korpulent, hatte dünne blonde Haare und trug dasselbe helle Sakko, das der Tote im Jaguar angehabt hatte. Das Gesicht hatte eine hellgrüne Farbe und seltsame dunkle Flecken. Der Körper lag unnatürlich verkrümmt auf einer Wiese. Links neben seinem Kopf war ein zertretener Kuhfladen.

Huber schaute jetzt zu mir her. »Kennst du den Mann, Kaspar?«

Ich wechselte einen kurzen Blick mit Max und wusste, dass es einen Grund gab, dass er gelogen hatte. Max hatte immer einen Grund. Also schüttelte auch ich den Kopf und gab Huber das Foto zurück.

»Schade«, meinte der Polizist, schob das Bild wieder ein und erhob sich. »Möglicherweise ist es ja gar nicht so wichtig, ob es der Mann aus dem Jaguar ist. Wir haben einen Verdächtigen, der ein Motiv hat und höchstwahrscheinlich zum Zeitpunkt des Verbrechens am Tatort war. Dass er nicht mit uns redet, macht den Mann noch verdächtiger. Die Angelegenheit sollte bald geklärt sein. Auf Wiedersehen, die Herren.«

Huber verließ den Raum, ohne sich noch einmal umzusehen.

»Warum hast du den jetzt angelogen?«, fragte ich Max. Mir war nicht ganz wohl bei der Sache..

»Damit wir im Beusl keinen Ärger kriegen.« Mein Freund wirkte gereizt. »Dem Huber trau ich zu, dass er nicht dichthält. Zum Schluss erfährt der Pater Zeno, dass wir in der Nacht eingestiegen sind. Und du weißt, was dann passiert.«

»Jetzt sind's auf einmal zwei Tote«, murmelte ich, und langsam wurde mir bewusst, was der Besuch des Inspektors bedeutete. Wir steckten mitten in den Ermittlungen für einen Mordfall. Und wenn bekannt wurde, dass wir den toten Kornheim gefunden hatten, konnte es uns die Zulassung zur Prüfung kosten.

»Wär ich an dem saublöden Abend bloß weitergefahren. Aber nein, ich muss mich ja um jeden Schmarrn kümmern. Jetzt haben wir den Salat.« Max lief schimpfend im Zimmer auf und ab.

»Max«, rief eine Frauenstimme. »Ma-hax«, wiederholte sie etwas lauter.

Das war Frau Stockmeier.

Max riss die Tür auf und schrie die Treppe hinunter: »Was gibt's denn schon wieder. Ich brauch meine Ruh, ich muss arbeiten.«

»Komm runter!«, hörte ich die Stimme seines Vaters. »Es ist Besuch für dich da. Zwei attraktive junge Damen. Und einen Pfarrer haben sie auch dabei. Vielleicht möcht dich eine heiraten.«

Max stieß einen ziemlich derben Fluch aus, lief dann aber mit langen Schritten nach unten. Ich folgte ihm wenig später.

Am großen Küchentisch saßen Nora, links daneben Karin und rechts von ihr ein kleines, krummes Männlein in einem verschlissenen dunklen Anzug. Als dieser koboldartige Mensch mit seltsam verdrehtem Kopf zu mir her lächelte, sah ich, dass sein linkes Auge von einem milchigen Schleier überzogen war. Die Pupille des rechten Auges hing starr im inneren Augenwinkel.

Während man normalerweise jemandem, mit dem man sich unterhält, das Gesicht zuwendet, musste dieser Mensch, um sein Gegenüber ansehen zu können, den Kopf nach rechts von der beobachteten Person wegdrehen. Er machte dadurch einen äußerst verschlagenen, ja geradezu diabolischen Eindruck.

»Das ist Pater Bonifaz«, stellte Nora den Mann vor. »Er wollte euch unbedingt kennenlernen.«

Sie war heute etwas blass. Möglicherweise hatte sie wenig geschlafen. Außerdem war sie nicht geschminkt.

Bonifaz hatte mir inzwischen die Hand gegeben, wobei er sie nur leicht berührte, gerade so, als wolle er etwas sehr Feines an meinen Handflächen ertasten. Nun sah ich ein kleines silbernes Kreuz am Kragen seines abgetragenen Anzugs.

»Eigentlich bin ich ja Pfarrer.« Er hielt den Kopf noch ein wenig schiefer und grinste. »Krankenhausseelsorger, um genau zu sein. Uns führen aber sehr profane Angelegenheiten hierher.«

Er wirkte verlegen und drehte den beinahe kahlen Kopf, um erst die beiden Mädchen, dann mich und zuletzt Max anschauen zu können. Aufgrund seiner Behinderung war das Alter des Mannes schlecht zu schätzen. Er mochte zwischen fünfzig und siebzig Jahre alt sein. Seine Stirn war niedrig, ein Kinn kaum vorhanden. Die schmalen Lippen und die dünnen Augenbrauen gaben zudem einen starken Kontrast zu der markanten, fleischigen Nase, die sein kleines, graues Gesicht beherrschte.

Max hantierte am Herd herum, anscheinend um Kaffee zu kochen. Die Köchin und auch die Eltern waren verschwunden. Am Sonntagnachmittag nahmen sie sich frei, machten Ausflüge oder besuchten die Verwandtschaft.

»Du hast mir erzählt, dass du schon zweimal einen Mordfall aufgeklärt hast«, begann Nora die Unterhaltung in Richtung Max. »Stimmt das? Oder hast du bloß angegeben?« Ihre Stimme hatte einen ungewohnt blechernen Unterton.

Langsam drehte sich mein Freund vom Herd weg und sah sie selbstbewusst an.

»Wenn ich sag, dass ich einen Mord aufgeklärt hab, dann stimmt das auch.« Er kam zwei Schritte zum Tisch her, obwohl das Wasser zu kochen begann. »Der Kaspar hat mir aber jedes Mal geholfen. Allein wär's nicht gegangen.«

Er drehte sich um, tat zwei Schritte zum Herd und begann, das Wasser in den Kaffeefilter zu gießen.

»Dann seid ihr vielleicht die Richtigen.« Pater Bonifaz bewegte den Kopf mehrmals hin und her, um Max und mich abwechselnd anschauen zu können.

»Um was geht's denn?«, fragte Max und schüttete weiter heißes Wasser in den Filter.

»Der alte Schmidt wird von der Polizei des Mordes verdächtigt.« Während des Redens war Nora aufgestanden und holte Kaffeetassen aus dem Wandschrank. Sie schien froh, nicht mehr still dasitzen zu müssen.

»Und warum?«, wollte Max wissen.

»Er soll seinen Schwiegersohn umgebracht haben«, flüsterte Bonifaz und senkte den Kopf.

»Den Toten hat man in einer Felsspalte am Jochberg gefunden, stimmt's?« Max grinste, während er erneut Wasser auf den Filter goss.

»Woher weißt du von dem Toten? Und wie kannst du so gut aufgelegt sein, wenn ein Mensch umgebracht worden ist und ein Unschuldiger verdächtigt wird?«, fuhr Nora ihn an. Ihre Bewegungen waren fahrig und nervös.

»Vor einer halben Stunde war der Inspektor Huber von der Kripo da und hat mir von zwei Leichen auf dem Jochberg erzählt. Außerdem hat er gesagt, dass sie einen Verdächtigen haben, der die Aussage verweigert. Der Inspektor wird seine Gründe haben, warum er den Schmidt für den Mörder hält.«

»Warum war der Polizist ausgerechnet bei dir?«, wollte Nora wissen.

»Wegen einem Verkehrsunfall, bei dem Kaspar und ich letzte Woche vorbeigekommen sind.«

In Augenblicken wie diesem bewunderte ich Max. Er hatte nicht gelogen, doch die Wahrheit hatte er eigentlich auch nicht gesagt.

Nora presste die Lippen aufeinander. Ob sie ihm glauben sollte? Warum kümmert sich die Kripo um einen Verkehrsunfall und plaudert bei den Ermittlungen Details von einem Schwerverbrechen aus?

»Herr Schmidt hat niemanden umgebracht, und er macht deshalb keine Aussage, damit nichts gegen ihn verwendet werden kann«, nuschelte Bonifaz und hielt den Kopf gesenkt, so dass man ihn nur schwer verstand. »Herr Schmidt kann niemanden umbringen. Das ist unmöglich.«

»Und wie kommt die Polizei drauf, dass er es war?«, fragte ich.

Nora hatte die Tassen auf dem Tisch verteilt und setzte sich wieder neben Pater Bonifaz. »Er soll vorgestern Nachmittag mit dem Landrover zu seiner Jagdhütte gefahren sein und von dort zum Jochberg. Auf dem Beifahrersitz hat noch jemand gesessen. Ein alter Bauer, der auf der Alm sein Vieh hütet, hat jedenfalls zwei Leute in dem Wagen gesehen.«

»Und wegen dem Auto wird der Schmidt verdächtigt?« Max zog die Augenbrauen hoch und schüttelte den Kopf. »Dann ist die Beweislage schon ein bisserl dünn, oder?«

»Tu nicht so arrogant«, keifte Nora. »Er wird verdächtigt, weil er der Polizei nicht sagt, wo er am Freitagnachmittag gewesen ist. Ein Nachbar hat gesehen, dass er um die Mittagszeit von Daheim weggefahren und erst spät abends wieder zurückgekommen ist.«

»Mit dem Landrover?«

»Nein – mit seinem Mercedes. Der Landrover steht immer auf dem Firmengelände. Mit dem werden die Unfallautos abgeschleppt. Außerdem nehmen ihn die Jäger.«

»Wer sind die Jäger?«

»Die Leute aus der Familie Schmidt beziehungsweise der Firma, die einen Jagdschein haben und im Revier vom alten Schmidt zur Jagd gehen. Seine Tochter, sein Schwiegersohn, der Kornheim und er selbst.«

Der Kaffee war fertig durchgelaufen, und Max brachte die volle Kanne an den Tisch, wo er jedem seine Tasse voll schenkte. Dann setzte er sich neben mich. Schweigend schüttete er Milch und vier Löffel Zucker in seine Tasse. Mit ernstem Gesicht rührte er um.

»Gibt es sonst noch Beweise gegen den Schmidt?«

»Richtige Beweise nicht. Doch jeder weiß, dass er in letzter Zeit ständig mit seinem Schwiegersohn gestritten hat. Es sind harte Worte gefallen.« Bonifaz hatte den Kopf gehoben und sah Max schief an.

»Aber er braucht doch bloß zu erzählen, was er an dem Nachmittag getan hat. Dann hat er ein Alibi – und fertig.« Für Max war die Sache ganz einfach.

Der Pater zuckte die Achseln. Wollte er uns nicht alles sagen, oder wusste er auch nicht mehr?

»Und wie kommen Sie drauf, dass er es sicher nicht war?«, hakte Max nach.

Bonifaz lehnte sich zurück und schloss die Augen, dann begann er langsam und leise: »Ich kenne Herrn Schmidt schon lange, sehr lange. Er spendet jedes Jahr eine beträchtliche Summe für bedürftige Menschen. Ich bekomme das Geld und gebe es nach eigenem Gutdünken weiter. Karin und Nora helfen mir seit ein paar Wochen bei der Buchführung. Dieser Schreibkram ist nämlich nicht meine Stärke.« Vorsichtig nahm der Mönch einen kleinen Schluck schwarzen Kaffee. »Herr Schmidt spendet, ohne mit den Leuten, die von seinen Gaben profitieren, in Kontakt zu kommen. Das ist ihm wichtig. Er will auch keine öffentlichen Ehrungen. Unter gar keinen Umständen.« Wieder trank er ein kleines Schlückchen. »Schmidt hat nach dem Krieg die Geretsrieder Motorenwerke gegründet und war dabei ungemein tüchtig. Er hat Tag und Nacht gearbeitet, jahrelang. Und oft hat er Leuten geholfen, die in Not waren. Selten direkt, meist über Mittelsmänner, zum Beispiel über mich.«

»Das ist sehr schön von ihm«, warf Max ein. »Doch sein soziales Engagement bedeutet nicht, dass er niemanden umbringen kann. Schließlich hat er sich mit seinem Schwiegersohn nicht vertragen. Vielleicht hat er ihn so sehr gehasst, dass er …«

Bonifaz unterbrach ihn. »Nein, nein. Er hat es nicht getan, ganz sicher nicht.« Nun legte er die Stirn in die rechte Hand, die er auf dem Tisch aufgestützt hatte. »Wir kennen uns sehr gut. Deshalb haben wir heute über seine Situation geredet. Und wisst ihr, was er zu mir gesagt hat?«

Er sah sich in der Runde um, und wir zuckten die Achseln. Woher hätten wir das wissen sollen?

Jetzt redete Bonifaz etwas lauter: »Er war Offizier und hat im Krieg Dinge tun müssen, für die er möglicherweise viele Jahre Zuchthaus oder sogar den Strick verdient hätte. Das sagt er selbst.« Bonifaz schluckte. »Aber dafür wurde er nie zur Rechenschaft gezogen. Doch jetzt sieht es so aus, als würde er für etwas bestraft, wofür er nichts kann.«

Wir saßen betreten da. Aus der mäßig besuchten Gaststube hörte man gelegentlich ein Lachen.

»Er glaubt, auf diese Weise würde ihn die Gerechtigkeit gewissermaßen einholen. Aber die Polizei macht einen Fehler, wenn sie ihn verdächtigt. Ich bin mir jedenfalls sicher, dass Herr Schmidt mit dem Tod der beiden Männer nichts zu tun hat.«

Den letzten Satz hatte der Geistliche so leise gemurmelt, wie er seinen Monolog begonnen hatte. Mit verzerrtem Gesicht starrte er vor sich hin.

»Du musst ihm helfen, Max. Du musst.« Nora packte den Oberarm meines Freundes.

Der hatte die Ellbogen auf den Tisch gestützt und das Kinn auf die rechte Faust gelegt. Er dachte nach.

Schließlich lehnte er sich zurück und streckte seine langen Beine weit von sich. »Gut, ich schau, was ich rausfind. Ein bisserl Sherlock Holmes vor den Prüfungen tut mir sicher gut, allein schon wegen der Durchblutung meiner grauen Zellen.« Demonstrativ massierte er mit beiden Zeigefingern seine Schläfen. »Am besten wär's natürlich, wenn mein Doktor Watson auch mitmacht.«

Damit hatte ich gerechnet, doch ich winkte sofort ab.

»Also mich könnt ihr aus der Sache raus lassen. Ich hab nämlich was Wichtiges vor. Ich möcht gern mein Abitur schreiben. Um die Toten vom Jochberg muss sich schon die Polizei kümmern oder wer auch immer Zeit und Lust dazu hat.« Ich verschränkte die Arme und bemühte mich, möglichst selbstbewusst dreinzuschauen.

Max rührte mit dem Löffel in seinem Kaffee, er blieb ruhig. Nora dagegen schob ihre Tasse mit einer fahrigen Bewegung zur Seite. Dann beugte sie sich über den Tisch zu mir herüber und fauchte mich an: »Also bist du bloß ein kleiner feiger Hosenscheißer, und die tollen Geschichten, die mir der Max von euch beiden erzählt hat, sind erstunken und erlogen.«

Ich hob die Hand und versuchte ein Lächeln, um sie zu beruhigen. Da zischte sie: »Das ist doch nicht zu fassen. Es ist ihm nicht bloß egal, ob jemand unschuldig angeschwärzt wird. Nein, jetzt grinst er auch noch blöde.«

Max versuchte sie zu besänftigen, indem er ihr die Hand auf die Schulter legte. Doch sie stieß ihn weg. »Wie kannst du nur einen solchen Kerl zum Freund haben. Ich fass es nicht.«

Sie war aufgesprungen, behielt mich aber im Auge wie ein Tiger die wehrlose Gazelle.

Ich überlegte, warum Nora sich benahm wie ein durchgeknallter Teenager, dem die Mama die Lieblingsjeans weggeworfen hatte. Wieso war es ihr so wichtig, dass Max und ich einen Ausweg für den alten Schmidt fanden?

»Es ist nicht recht, dass du so redest, Nora.« Bonifaz hatte den Kopf gehoben, wie er es immer tat, wenn er etwas sagen wollte. »Natürlich ist es Aufgabe der Polizei, den Täter zu finden. Und der Kaspar hat im Augenblick eine Menge zu lernen. Da können wir ihm keine Vorwürfe machen.«

Der kleine Mönch erhob sich. Wir hatten alles besprochen und Noras Auftritt war ihm offensichtlich peinlich. Max dagegen blieb ruhig sitzen und schaute mich erwartungsvoll an. Für ihn war die Unterhaltung noch nicht beendet. Doch es war nicht Max, der mich umschwenken ließ. Auch nicht Noras Geschimpfe oder der kleine Pater. Es waren die traurigen dunkelblauen Augen von Karin, die mich fragend anschauten. Auf keinen Fall sollte Karin mich für einen feigen Hosenscheißer halten.

»Gut«, hörte ich mich sagen. »Ich helf dem Max. Aber meine Zeit …«

Ich brauchte nicht weiterzureden. Max schlug mir kräftig auf die Schulter. »Dann müssen wir halt ein bisserl früher aufstehen. Du kriegst deine Zeit zum Lernen, das versprech ich dir.«

Er erhob sich und ging zur Küchentür, öffnete sie und gab jedem unserer Besucher zum Abschied die Hand. Nora sagte beim Hinausgehen, dass sie heute Abend keine Zeit für ihn hätte. Vielleicht war sie sauer.

Bevor Karin den Raum verließ, warf sie mir einen langen, ernsten Blick zu. Eine Warnung? Oder wollte sie mir etwas anderes mitteilen? Jedenfalls hatte sie mich noch nie so angesehen.

»Wie fangen wir die Geschichte am besten an?« Max hatte nach dem Abendessen über eine Stunde im Bett gelegen und zur Decke gestarrt. Erst jetzt kam er auf den Mordfall zu sprechen. »Auf alle Fälle müssen wir uns den Tatort anschauen. Gleich morgen Früh. Wir müssen rausbringen, wie gut der alte Senner sieht. Vielleicht hat sich der ja verschaut und es war gar nicht der Schmidt, der in dem Landrover gesessen hat.«

»Meinst du, die Bauern schicken einen Blinden auf die Alm? Ein Senner muss gute Augen haben, damit er die verirrten Viecher wiederfindet. Außerdem muss er sehen, ob mit den Tieren alles in Ordnung ist.«

Wenn es um praktische Dinge ging, konnte Max unglaublich naiv sein.

»Vielleicht sollten wir vorher noch mit dem Inspektor reden«, fuhr ich fort. »Der hat uns nicht viel erzählt.«

»Da hast Recht. Mich würd vor allem interessieren, woran der Kornheim gestorben ist.«

Ich nickte.

»Heut ist Sonntag«, überlegte Max. »Am Sonntag Abend kommt der Huber mit seinen Spezln normalerweise zum Schafkopfen zu uns in die Wirtschaft. Schauen wir mal, ob er da ist.«

Schon war er vom Schreibtisch aufgesprungen und bei der Tür.

Unten in der verrauchten Wirtsstube fanden wir den Inspektor mit seinen drei Kartenfreunden an einem Ecktisch. Als wir dazu kamen, sah er nur kurz auf, um dann mit dem Herzober zu stechen.

»Wir hätten was zu reden mit Ihnen«, begann Max und trat näher an den Kartentisch heran.

»Jetzt nicht«, zischte der Inspektor. »Ich spiel grad ein Solo.«

Konzentriert zog er ein Ass und legte es langsam auf den Tisch.

»Da geh her«, lachte ein Mitspieler und stach die Karte, die anderen beiden schmierten.

Huber warf uns einen bösen Blick zu, als wären wir schuld daran, dass seine Sau gestochen worden war. Schließlich verlor Huber das Spiel und zahlte den anderen je fünfzig Pfennige aus.

»Schaut, dass ihr einen vierten Mann als Vertretung auftreibt, dann kann ich mit euch reden.« Huber mischte die Karten und beachtete uns nicht weiter.

Max ging in die Küche und suchte seinen Vater, der nur ungern einen guten Schafkopf ausließ. Ich wartete so lange und beobachtete die nächsten Runden. Huber spielte im Gegensatz zu seinen Kollegen sehr unkonventionell. Erst nach einigen Spielen begriff ich, dass er es liebte, ein Risiko einzugehen. Das Spiel der Anderen war vorhersehbar, das des Inspektors nicht. Schließlich kam Max mit seinem Vater zurück, der ohne viele Worte Hubers Platz einnahm.

»Und? Wie wird gespielt bei den Herren Beamten?«, fragte der Bräu vergnügt in die Runde. »Mit oder ohne Bescheißen?«

Huber, Max und ich setzten uns an einen kleinen Tisch neben der Eingangstür, und mein Freund kam gleich zur Sache: »Wir helfen Ihnen, die Morde am Jochberg aufzuklären, wenn wir von Ihnen erfahren, was Sie wissen.«

»Woher der plötzliche Eifer?« Der Inspektor schaute Max prüfend an und meinte: »Ich denk nicht, dass ich eure Hilfe brauche. Und zu erzählen gibt's auch nicht viel, die Angelegenheit ist praktisch erledigt.«

»Warum?«, fragte Max.

»Wir haben bloß noch kein Geständnis vom Schmidt, unserem Hauptverdächtigen. Aber das kommt sicher noch. Vielleicht schon morgen.«

»Woran ist der Kornheim gestorben? Ist der auch um'bracht worden?«, wollte Max wissen.

Huber lehnte sich zurück und betrachtete erst Max, dann mich ohne Eile.

Schließlich begann er: »Warum soll ich's euch nicht sagen. Beim Schafkopfen hab ich heute eh kein Massel. Und morgen steht das meiste in der Zeitung.« Er trank einen Schluck aus dem Bierglas, das er an den Tisch mitgebracht hatte. »Auf dem Jochberg am Hirschgrat haben wir den Laaf und seinen toten Geschäftspartner, den Kornheim, gefunden. Am Rand war eine Schrotflinte gelegen.

Auf der Flinte waren keinerlei Fingerabdrücke. Der Laaf hatte bloß noch die Hälfte von seinem Gesicht, das war kein schöner Anblick. Und der Kornheim war noch halb gefroren.«

»Was? Halb gefroren?« Ich musste lachen.

»Genau.« Huber trank einen weiteren Schluck. »Der tote Kornheim war wahrscheinlich einige Tage in der überdimensionalen Gefriertruhe im Jagdhaus vom Schmidt gelegen. Der hat sie für die geschossenen Hirsche einrichten lassen.«

»Woher wissen Sie, dass der Kornheim ausgerechnet in der Gefriertruhe vom Schmidt war?«, fragte Max.

»Unsere Leute von der Spurensicherung sind schließlich nicht auf der Brennsuppen dahergeschwommen«, meinte Huber. »Die haben Haare vom Kornheim in der Truhe gefunden. Also steht fest, dass der Kornheim schon seit ein paar Tagen tot ist, sonst wär er nicht so gut durchgefroren gewesen wie eine Sau im Kühlhaus. Seine Leiche hat aber ganz dunkle Flecken. Gefrierbrand, haben die Fachleute gesagt. Er ist also zwischendurch mal aufgetaut worden.«

»Wieso?« Max schüttelte den Kopf.

»Das wissen wir noch nicht. Vielleicht ist er für einen Tag aus der Gefriertruhe rausgeholt worden, damit er nicht zu früh entdeckt wird. Beim wiederholten Einfrieren gibt's jedenfalls dunkle Flecken, und das nennt man Gefrierbrand.«

»Unsere Köchin kontrolliert immer die Hendl, ob mit denen alles in Ordnung ist. Die wär also mit dem Kornheim nicht einverstanden gewesen.« Max und ich lachten, der Inspektor nicht.

»Jedenfalls ist die gefrorene Leiche vom Kornheim in die Schlucht geworfen worden.« Huber schnaufte tief. »Und dem Laaf hat jemand aus nächster Nähe den Kopf mit

Schrot weggeschossen, dann die Fingerabdrücke von der Büchse abgewischt und sie liegenlassen.«

»Wie kommen Sie drauf, dass es ausgerechnet der Schmidt war, der den Laaf umgebracht hat?«, fragte Max.

»Mit dem Landrover ist in erster Linie der Schmidt gefahren. Außerdem hat er kein Alibi.«

»Der Landrover gehört ihm?«

»Nein.« Huber schluckte. »Das Fahrzeug gehört der Firma, und da hat es auch die meiste Zeit gestanden. Der Schmidt hat den Landrover aber immer genommen, wenn er auf die Jagd gegangen ist.«

»Am Freitagnachmittag war der Wagen weg?«

Huber nickte.

»Hat jemand gesehen, dass es der Schmidt war, der damit weggefahren ist?«, fragte ich.

»Nicht direkt«, meinte der Inspektor.

»Was heißt das?« Offensichtlich hatte ich meinen Finger in eine wunde Stelle gelegt.

»Ab Freitag Mittag war niemand mehr in der Firma. Wegen der schlechten Auftragslage. Also konnte keiner sehen, wie der Schmidt den Wagen genommen hat.«

»Da steht Ihr Verdacht aber auf ganz wackligen Füßen.« Max grinste.

»Jetzt pass mal auf, du Amateurdetektiv.« Huber wurde grantig. »Ich hab Vorgesetzte im Genick, und die wollen Ergebnisse. Allein schon wegen der Zeitung. Fahndungserfolge brauche ich, verstehst du, und keine schlauen Sprüch.«

»Und wenn er gar nicht auf dem Jochberg war, der Schmidt.« Ich beobachtete jede Regung in Hubers Gesicht.

»Dann soll er uns halt sagen, wo er am Freitag Nachmittag gewesen ist.« Der Inspektor hatte sich eine Zigarette angezündet. »Er hat jetzt genug Zeit zum Nachdenken. Den Landkreis darf er bis auf Weiteres nicht verlassen.«

»Es gibt viele Gründe, warum einer nicht reden mag. Vielleicht hat der Schmidt eine Geliebte und möcht nicht, dass es aufkommt«, meinte Max.

»Die kann er doch ohne weiteres haben. Seine Frau ist vor ein paar Jahren gestorben.« Huber inhalierte tief und lehnte sich zurück.

»Ist der Kornheim vergiftet worden?« Max wechselte abrupt das Thema.

»Wie kommst du darauf?«, fragte Huber zurück.

»Weil er keine Verletzungen gehabt hat, als wir ihn im Auto gefunden haben«, meinte mein Freund.

Der Inspektor zog unwirsch die Augenbrauen hoch. »Also war es doch der Kornheim, der tot in dem Jaguar gesessen ist?«

Max nickte.

»Ich hab's euch eh nicht geglaubt, dass ihr den Mann auf dem Foto nicht kennt. So viele Tote liegen in unserem Landkreis nicht rum.« Er verschränkte die Arme. »Ihr wisst also, dass die Leiche keine Spuren von Gewalteinwirkung aufgewiesen hat. Eine Vergiftung wäre möglich. Die Pathologen haben bei den ersten Untersuchungen aber nichts gefunden. Wegen der Leichenflecke und des Gefrierbrands sind die Untersuchungen jedoch schwierig. Der Kornheim hatte nach Aussage seines Hausarztes ein schwaches Herz, außerdem war er zuckerkrank. So einer kann schnell und ohne Vorwarnung sterben.« Huber grinste anzüglich. »Außerdem hatten er und der Laaf einen deftigen Tripper. Unsere Spezialisten könnten sich gut vorstellen, dass sie sich ihr Souvenir von derselben Dame geholt haben. Die Untersuchungen laufen noch.«

Dieses Detail amüsierte den Inspektor sichtlich.

»Wie kommt die Leich vom Kornheim in die Gefriertruhe vom Schmidt?«, fragte Max. Es wunderte mich, dass er nichts zu dem Tripper sagte. »Wenn der Kornheim ohne

Fremdeinwirkung gestorben ist, hätt man seinen Tod doch problemlos melden können.«

»Freilich, aber dann wären sofort die Zahlungen von seinem Konto an die Firma eingestellt worden.«

Max machte ein fragendes Gesicht, und Huber bemühte sich, die Umstände genauer zu erklären: »Die Geretsrieder Motorenwerke haben nur noch existiert, weil der Kornheim jede Woche einen Haufen Geld reingesteckt hat. Der Laaf war praktisch pleite. Aus dem Grund war der scheinbar lebende und regelmäßig zahlende Kornheim eine Art Überlebensgarantie für die Firma. Zumindest kurzfristig.«

»Woher wissen Sie das?«, fragte ich.

»Von der Bank. Momentan läuft alles problemlos weiter, denn der alte Schmidt bürgt mit seinem Privatvermögen für die Schulden. Er hat praktisch die Rolle vom Kornheim übernommen.«

»Hat eigentlich niemand nach dem Kornheim gefragt, als er tagelang nicht heimgekommen ist? Frau? Freundin?« Ich konnte mir nicht vorstellen, dass eine Person verschwindet, ohne dass es jemandem auffällt.

»Der Kornheim hat ganz allein gelebt. Ohne Frau, Kinder, Freunde. Mit seiner Familie hat er schon vor ein paar Jahren gebrochen. Und Geld hatte er genug. Damit hat er sich sein Hobby finanziert: die Beteiligung an den Motorenwerken.«

»Und warum liegt er nicht mehr gemütlich in der Gefriertruhe vom Schmidt. Da hätt er's doch noch eine Zeitlang ausgehalten«, überlegte Max.

Huber zündete sich eine weitere Zigarette an. »Wir wissen noch nicht, wer den toten Kornheim in die Truhe gelegt hat. Einen Schlüssel zur Jagdhütte hatten bloß der Schmidt, der Kornheim und der Laaf. Nachdem zwei der drei Herren tot sind, gehen wir davon aus, dass der Dritte bis zu den Ohren in der Sache drin steckt. Und das ist der Schmidt.«

Huber schaute nun in Richtung Schafkopftisch.

»Sagen Sie bitte niemandem, dass wir es waren, die den Toten im Jaguar gefunden haben.« Max war sehr ernst geworden. »Wir fliegen sofort aus dem Beusl raus, wenn die Kutten erfahren, dass wir in der Nacht unterwegs waren. Und mein Vater beißt mir den Kopf runter, wenn ich eine Woche vor dem Abitur von der Schul flieg.«

»Macht euch deshalb keine Sorgen. Eure Namen werden bei den Ermittlungen nicht erwähnt, das versprech ich euch.«

Der Inspektor stand auf und ging zu seinen Kartenbrüdern zurück. Dort räumte Max' Vater umgehend seinen Platz. Er war von seiner Frau schon geschimpft worden, weil er sich bei einer vollen Gaststube zum Kartenspielen hinhockte und nicht um die Gäste kümmerte.

Max und ich verließen die Gaststube, holten in der Küche noch drei Paar Regensburger und einige Scheiben Brot, weil wir beide mit leerem Magen nur schlecht einschlafen konnten. Dann gingen wir hinauf in unsere Kammer.

Ich wiederholte einen Lateintext, Max dagegen hatte es sich auf seinem Bett bequem gemacht und las konzentriert in dem Büchlein über die Stoiker. Als ich müde wurde und mich hinlegte, hatte er es immer noch in den Händen.

Montag

Aus weiter Entfernung hörte ich einen Wecker klingeln, konnte mir aber nicht vorstellen, gemeint zu sein. Beim vorsichtigen Öffnen meines linken Auges hatte ich nämlich festgestellt, dass es noch dunkel war.

»Auf geht's«, rief Max und zupfte an meiner Bettdecke. »Du brauchst doch Zeit zum Lernen, hast du gesagt. Von nix kommt nix.«

Jetzt zog er mir die Decke ganz weg.

»Spinnst du?« Ich richtete mich auf. »Wie spät ist es denn? Warum weckst du mich?«

»Der frühe Vogel fängt den Wurm. Ich mach uns schnell einen Kaffee. Bis ich wiederkomm, hast du den Saustall hier in Ordnung gebracht.«

Schon war er weg. Der Wecker neben seinem Bett zeigte vier Uhr. Max musste verrückt geworden sein.

Ich versuchte, die herumliegenden Bücher und Hefte in Stapeln zu sortieren. Nach einer knappen Viertelstunde kam Max zurück und stellte ein Tablett auf seinen Schreibtisch. Dann goss er zwei Tassen Kaffee ein und tauchte eine der mitgebrachten Rohrnudeln in die braune Brühe. Mir war eigentlich noch nicht nach essen, doch Max bestand darauf. Schließlich muss man schauen, dass Leib und Seele beieinanderbleiben.

Noch bevor wir mit dem Kaffee fertig waren, zog Max sein Mathebuch aus einem Bücherstoß. Er meinte, dass ich mich gleich besser fühlen würde, wenn wir zunächst ein paar der Lücken in meiner logischen Gehirnhälfte schließen würden.

Knappe vier Stunden lang ließ Max mich eine Aufgabe nach der anderen rechnen. Die Theorie zu den einzelnen Themenbereichen interessierte ihn nicht, seiner Meinung nach reine Zeitverschwendung. Die Aufgaben müsse man lösen können, das wäre wichtig.Um halb neun gingen wir in die Küche zu einem ausgiebigen Frühstück. Es gab Stockwürste. Als ich der Zenzl erzählte, dass wir schon seit vier Stunden auf wären, glaubte sie mir nicht.

»Geh weiter, Kaspar. Dass der Maxl um viere in der Früh aufsteht und lernt, das kannst jemandem erzählen, der sich die Hosen mit der Beißzange anzieht. Den Kerl hab ich in den Ferien noch selten vor zehne gesehen.« Sie wischte sich die Hände an der Schürze ab und wandte sich wieder dem Herd zu.

»Du kannst es schon glauben, Zenzl«, sagte mein Freund und häutete gerade seine dritte Wurst. »Ich hab ein ganz neues Leben angefangen. Und nach dem Essen fahren wir für ein paar Stund ins Beusl. Da gibt's Vorbereitungsstunden für die Lateinprüfung.«

Ich schaute Max überrascht an. Von diesen Stunden hatte ich noch nie gehört.

»Ihr werdet halt einen Ausflug machen bei dem schönen Wetter«, meinte die Köchin und kam mit einer Schüssel gekochter Kartoffeln an den Tisch, um sie zu schälen.

»Nix Ausflug.« Max schob das letzte Stück Wurst in den Mund und ein großes Stück Semmel hinterher. »Harte Arbeit, meine Liebe, harte Arbeit.«

Er lief in sein Zimmer und kam mit unseren Jacken und den Motorradhelmen zurück. Ich stand auf und folgte Max auf den Hof.

»Was soll der Schmarrn mit den Vorbereitungsstunden?«, fragte ich leise.

»Wir müssen uns den Tatort anschauen«, meinte er und setzte seinen Helm auf. »Lernen können wir später noch. Aber wenn erst mal eine Horde Neugierige über den Tatort getrampelt ist, dann sehen wir gar nix mehr.«

Er startete die Maschine und ich musste mich beeilen, damit er nicht ohne mich losfuhr.

Über Geretsried und Königsdorf ging es Richtung Alpen. Es war herrliches Wetter und frühsommerlich warm. Von Kochel aus fuhren wir den Kesselberg hinauf. Die vielen engen Kurven machten Max enormen Spaß, und er nahm sie so schnell, dass zweimal eine Fußraste auf dem Teer

Funken schlug. Oben parkte er die Kawasaki, und wir begannen den Aufstieg zum Jochberg.

»Warum sind wir nicht raufgefahren?«, reklamierte ich. »Es gibt doch eine Forststraße.«

»Die privaten Wege sind alle gesperrt«, erklärte Max, der meines Wissens noch nie freiwillig auf einen Berg gestiegen war. Er verwies in diesem Zusammenhang immer auf den Fortschritt und die Erfindung von elektrischen Seilbahnen. Am Jochberg gab es aber keine.

»Der Schmidt ist doch auch mit dem Auto gefahren.«

»Der hat hier sein Jagdrevier und sicher eine Sondergenehmigung.« Max atmete schwer. »Außerdem steht nicht fest, dass es der Schmidt war, der am Freitag mit dem Landrover raufgefahren ist. Du hast doch gehört, was der Bonifaz gesagt hat. Und die Argumente vom Huber, warum es der Schmidt gewesen sein soll, waren schon ein bisserl dünn.«

Das erste Stück ging es steil bergan. Wir mussten beide tüchtig schnaufen. Erst als es flacher wurde, begann Max wieder zu reden.

»Zunächst müssen wir uns überlegen, wie der Kornheim in die Gefriertruhe gekommen ist. Da gibt's ganz unterschiedliche Möglichkeiten.«

»Und die wären?«, fragte ich.

»Wir wissen bloß, dass er am Donnerstagabend tot im Auto gesessen ist. Dann hat ihn jemand eingefroren, damit die Zahlungen an die Firma weiterlaufen. Für die Einlagerung in die Gefriertruhe kommen der Laaf und der Schmidt infrage, denn niemand sonst hat einen Schlüssel zum Jagdhaus.«

»Unsere Lovely Rita könnt's auch gewesen sein. Sie kann den Schlüssel von ihrem Mann genommen haben.«

»Unmöglich«, winkte Max ab. »Der Kornheim war so fett, mindestens zwei Zentner. Und den Mordskerl vom

Auto zur Gefriertruhe schleppen, das hätt sie niemals geschafft.«

Wir gingen nun auf freiem Feld und bewunderten das herrliche Panorama. Vor allem der Blick Richtung Herzogstand und Heimgarten war traumhaft.

»Warum ist der Kornheim eigentlich nicht in der Gefriertruhe geblieben?«, überlegte ich.

»Dasselbe ist mir auch schon durch den Kopf gegangen. In der Firma hätt man sagen können, dass er nach seiner Krankheit noch einen längeren Kuraufenthalt angetreten hat und erst in ein paar Monaten zurückkommt. So hätt man wirklich Zeit gewonnen. Nicht bloß eine Woche.«

»Es muss also was passiert sein. Sonst hätt man den Toten nicht so schnell ausgelagert.«

»Genau«, sagte Max. »Wie könnt's gewesen sein?« Er blieb stehen. »Der alte Schmidt hat nix davon, wenn der Kornheim verschwindet. Er hat in der Firma nix mehr zu sagen. Außerdem war er am Donnerstagabend bei der Feier nicht dabei. Also kommt bloß der Laaf in Frage. Der findet den Kornheim tot im Auto und lagert die Leiche anschließend im Jagdhaus von seinem Schwiegervater ein. Die Überweisungen vom Konto des Toten laufen jetzt so lange weiter, bis er ihn aus der Gefriertruhe wieder rausholt. Einmal muss er die Leiche kurzfristig auslagern, weil sein Schwiegervater ins Jagdhaus kommt. Bei der Gelegenheit taut sie ein bisserl auf. Davon kommt der Gefrierbrand mit den Flecken.«

»Blöderweise findet der Schwiegervater den toten Kornheim schließlich doch zwischen den Rehrücken und stellt seinen Schwiegersohn zur Rede«, führte ich den Gedanken weiter. Soweit erschien die Sache logisch. Nun wurde es schwieriger. »Um den Mitwisser, der ihm eh auf die Nerven geht, aus der Welt zu schaffen, lässt der Laaf den alten Schmidt über die Klinge springen.«

»Das wäre der vernünftige Ablauf«, lachte Max. »Aber der Mensch denkt, Gott lenkt. In unserem Fall fehlt dem Laaf das halbe Gesicht und nicht seinem Schwiegervater.«

»Also lässt der Schmidt den Laaf über die Klinge springen, weil er seine Gefriertruhe für Sachen verwendet, die nicht den Hygienevorschriften entsprechen. Vielleicht hat er dem Toten die Schuhe nicht ausgezogen, bevor er ihn in die Truhe gelegt hat.«

Max lachte erneut, dann schüttelte er den Kopf und versuchte wieder ernst zu werden. »Was kann passiert sein, dass der Schmidt seinen Schwiegersohn umbringt?« Er schaute kurz zu mir her. »Abgesehen von den Hygienevorschriften.«

Während wir den Grat entlang zum Gipfel hinaufstiegen, überlegte ich, was passiert sein könnte: »Vielleicht hat der Schmidt seinem Schwiegersohn geholfen, den toten Kornheim zu beseitigen und anschließend haben sie gestritten. Schließlich ist es dem Alten zu bunt geworden, und er hat den Laaf über den Haufen geschossen.«

»Das glaub ich nicht. Da passt ja gar nix zusammen. Erst helfen sie sich gegenseitig bei der Beseitigung der Leiche, und dann schießt der eine den anderen aus nächster Nähe ins Gesicht.« Max schüttelte unzufrieden den Kopf. »Der Täter hat einen unsäglichen Hass auf den Laaf gehabt. Sonst kann einer sowas gar nicht. Nicht aus nächster Nähe.« Max stockte. »Wir haben eine wichtige Person bisher außer acht gelassen.«

»Du meinst die Frau vom Laaf, unsere Lovely Rita?«

»Genau. Aus der Gefriertruhe hätt sie den Kornheim sicher nicht allein rausgebracht. Aber für den Mord an ihrem Mann –« Max brach den Satz ab und blieb stehen. »Die Alte hat gelogen, als sie uns weismachen wollt, dass nicht der tote Kornheim, sondern ihr schlafender Mann im Auto gesessen ist.«

»Vielleicht wollt sie jemanden schützen.«

»Gut möglich«, meinte Max. »Jedenfalls steckt sie bis über die Ohren in der Sache drin.«

»Warum hast du eigentlich dem Huber nicht gesagt, dass sie dir den Motorradhelm zurückgegeben hat? Den Inspektor hätt sicher auch interessiert, dass sie uns erzählt hat, ihr Mann wär schlafend in dem Jaguar gesessen und nicht der Kornheim.«

»Spinnst du«, fuhr Max mich an. »Wenn die Alte erfährt, dass wir mit der Polizei zusammenarbeiten, rennt sie gleich zum Zeno, und der schmeißt uns eine Woche vor den Prüfungen aus der Schul. Und dann beißt mir mein Vater den Kopf ab, weil sein Cousin Hubert doch recht gehabt hat, dass ich niemals das Abitur krieg.«

Max hatte recht. In Sachen Lovely Rita mussten wir vorsichtig sein.

»Schau, da drüben sind ein paar Rindviecher. Der Senn kann nicht weit weg sein.«

»Was willst du von dem?«, fragte ich.

»Wer soll denn sonst wissen, wo die zwei Toten gefunden worden sind. Außerdem hat er doch den Landrover entdeckt. Vielleicht hat er sogar genau gesehen, wer drin gesessen ist.«

»Sicher steht irgendwo noch ein Polizist rum, der auf den Tatort aufpasst.«

»Schmarrn«, meinte Max. »Die stellen doch keinen Beamten an einen Tatort, wenn die Sache praktisch aufgeklärt ist, wie der Inspektor gesagt hat. Die Spezialisten von der Spurensuche sind schon fertig.«

Das klang logisch. Also gingen wir zu den Rindern, und unversehens befanden wir uns umringt von etwa fünfzig Tieren, die uns zum Teil neugierig musterten und näher kamen, zum Teil keine Notiz von uns nahmen. Einige blieben vorsichtig blinzelnd auf Distanz – sie schienen keine guten Erfahrungen mit Menschen gemacht zu haben. Da niemand zu sehen war, gingen wir zu der in einer Mulde gelegenen Almhütte, aus deren Kamin Rauch aufstieg. Als wir uns bis auf etwa zwanzig Meter genähert hatten, kam ein großer, hagerer Mann mit blauer Arbeitshose, kariertem Hemd und einem breiten Filzhut aus der Hütte. Er hielt den Kopf mit dem kräftigen grauen Haar ein wenig nach vorne gebeugt und sah uns misstrauisch an.

»Grüß Gott«, rief ich und kam noch ein paar Schritte näher. »Sind Sie der Senner hier.«

»Wer will das wissen?«, fragte er, ohne den Gruß zu erwidern.

»Wir sind Schüler aus Heiligenbeuern und machen in ein paar Tagen Abitur. Und auf den Bergen kann man sich gut vom Lernen erholen«, meinte Max.

»Aha, Studenten seid's.« Jetzt schlurfte der Alte langsam auf uns zu. »Ich hab schon Angst gehabt, ihr kommt's von der Zeitung. Mit der will ich nämlich nix zu tun haben.«

»Wie kommen S' jetzt da drauf«, fragte Max scheinheilig. »Warum sollt jemand von der Zeitung was von Ihnen wollen?«

»Ja wegen der zwei Toten am Hirschgrat hinten.« Er beobachtete genau, wie wir reagierten.

»Davon hab ich gehört«, sagte Max und setzte sich auf einen der Felsbrocken nahe der Hütte.

Dann holte er eine Halbe Bier aus dem Rucksack und gab sie mir. Ich freute mich, dass sie noch schön kühl war. Max zog zwei weitere Flaschen heraus und hielt dem alten Senner eine hin.

Der überlegte nur einen Augenblick und meinte dann: »Geht's her zur Hütt'n, da ist besser sitzen.«

Er nahm die Bierflasche und schlurfte uns voraus zur Almhütte, wo er es sich auf der Bank neben der Eingangstür bequem machte.

»Und schön frisch is' auch noch«, grinste er, nachdem er die Flasche mit seinem Taschenmesser geöffnet und den ersten Schluck genommen hatte. »Ich trink bloß Wasser auf der Alm, weil ich alles auf dem Buckel rauftragen muss. Da überlegst dir jedes Pfund, das du in den Rucksack tust.«

»Gibt's keinen Weg hierher, den man mit dem Auto fahren kann?«, fragte Max scheinheilig.

»Einen steinigen Feldweg gibt's, aber da brauchst schon einen Jeep, sonst kommst nicht weit.«

»Und Sie haben keinen solchen Jeep?«, wollte ich wissen, nachdem ich mich neben Max auf die Bank gesetzt hatte.

»Bist narrisch?«, lachte der Alte. »Ich hab doch keinen Geldscheißer. Mit unserer kleinen Landwirtschaft daheim müssen wir froh sein, dass wir uns einen alten Käfer leisten können. Und hier heroben verdient man auch keine Reichtümer.« Er trank einen großen Schluck und schaute dann auf das Etikett. »Vom Bräu von Wolfratshausen ist das Bier. Nicht schlecht.«

Mit einem Zug trank er die Flasche leer und gab sie Max zurück. »Ihr könnt's noch hocken bleiben, ich muss nach meinen Viechern schauen. Die meisten sind den ersten Sommer hier heroben und kennen sich noch nicht aus. Da heißt's aufpassen.«

»Können wir mitkommen?«, fragte Max und war schon aufgesprungen. »Der Kaspar kommt selbst aus der Landwirtschaft, den interessiert das auch.«

Er deutete auf mich.

»Der Kaspar bist du.« Nun sah mich der Alte freundlich an. »Mein Vater hat so geheißen, aber heutzutage gibt's den Namen fast nimmer. Schad drum.«

Ohne sich weiter um uns zu kümmern, ging er los zu seinen weiß-braun gefleckten Rindern. Wir tranken schnell aus und verstauten die leeren Flaschen im Rucksack. Dann eilten wir hinter dem Senn her.

Er ging durch seine weit auseinander gezogene Herde und zählte die Tiere. Schließlich blieb er stehen und schaute verdrossen drein. »Herrschaftzeiten, die damische Kalbin vom Zwickmeier ist schon wieder davon. Die macht mir mehr Schwierigkeiten als alle anderen Viecher miteinander.«

Nun ging er schneller, und wir hatten einige Mühe, ihm zu folgen, denn jeder seiner Schritte war den Unebenheiten des Geländes angepasst. Schließlich kamen wir keuchend über eine Bergkuppe und sahen etwa hundert Meter entfernt am Rand einer Schlucht ein kugelrundes junges Rind stehen.

Der Senn pfiff, und sofort schaute das Tier in unsere Richtung. »Da geh her, Zenzl, da geh her«, rief der Hüter. »Geh weiter, Zenzl, damisches Vieh!«

Das Tier sah zu uns herüber, muhte zur Begrüßung und setzte sich dann in Bewegung. Schließlich lief es mit hoch aufgestelltem Schwanz auf uns zu. Ein paar Meter vor dem Hüter kam es zum Stehen. Es hatte einen herzförmigen Fleck am linken Auge. Wenn Max und ich nicht dabei gewesen wären, hätte der Senn die Zenzl wohl berühren dürfen. So traute das Tier der Sache jedoch nicht und hielt einige Meter Abstand.

»Da drüben am Hirschgrat, wo die Zenzl grad noch gestanden ist, da hab ich die zwei Toten am Samstag in der Früh gefunden.« Er deutete zu der Stelle, wo wir das eigenwillige Tier zuerst gesehen hatten.

»Wann?«, fragte Max.

»Um sechse ungefähr. Ich bin gleich runter ins Tal und hab's gemeldet. Beim Wirt hab ich gewartet, bis die Polizei kommen ist. Mit denen bin ich rauf auf die Alm und hab ihnen die Bescherung gezeigt.«

»An was sind die zwei gestorben?«

»Dem einen hat eine Schrotladung den halben Kopf weggerissen. Der ist gleich unterhalb vom Grat gelegen. Der andere ist noch weiter unten gewesen. Der war gefroren, haben die Polizisten gesagt.«

»Und wie sind die zwei hier rauf gekommen?«, fragte Max beiläufig.

»Der Geländewagen vom Schmidt ist ja noch da gestanden. Direkt neben dem Grat. Der ist am Freitag Nachmittag raufgefahren. Ich habe ihn gesehen.«

»Wann?«

»Nach fünfe, das Wunschkonzert in Bayern 2 ist grad angegangen. Ungefähr eine halbe Stund später ist ein Schuss gefallen, aber ich hab mir nix Schlimmes dabei gedacht. Wild gibt's eh zu viel. Wegen meiner kann schießen, wer mag. Ob er einen Jagdschein hat oder nicht, ist mir wurscht.«

»Sie haben sich also nicht um den Schuss gekümmert«, wiederholte Max.

»Nein.«

»Haben Sie gesehen, wer in dem Auto gesessen hat, als es raufgefahren ist.«

»Nicht genau. Zwei Leut waren vorne drin. Mehr hab ich aus der Entfernung nicht erkannt.« Der Senner wandte sich ab. »Ich hab jetzt keine Zeit mehr für euch. Ich muss zurück zu meine Viecher. – Aber kommt's ruhig einmal wieder. Und dann bringt's mir wieder ein Bier mit. Es darf auch mehr sein als eine Halbe. Servus.«

Er drehte sich um und ging zurück zu seiner Herde. Die Zenzl, die mich aufgrund ihres Umfangs und ihrer forschen Art an die Köchin vom Bräu erinnerte, tappte selbstbewusst hinter ihm her.

»Und – wie geht's jetzt weiter?«, wollte ich von Max wissen.

»Wir schauen uns den Tatort an.«

Er schritt mit seinen langen Beinen in Richtung Hirschgrat. Die Stelle war leicht zu finden, da das Gras am Rande der Schlucht arg zertreten war. Bis dorthin ging eine Art Feldweg, der aufgrund der ausgewaschenen Fahrrillen und weit hervorstehenden Steine mit einem normalen Auto nicht zu befahren war. Man konnte aber frische Spuren von Fahrzeugen erkennen. Max meinte, das wären Geländefahrzeuge von der Polizei gewesen.

»Das hätt ich mir auch so denken können«, gab ich zurück. »Mit seinem Kadett wird der Inspektor nicht raufgekommen sein.«

Max untersuchte nun in aller Ruhe den Tatort. Er fand einige Zigarettenstummel, die aber nicht alle vom Inspektor stammten. Manche hatten einen Filter, andere nicht. Die Stelle war übersät von Kuhfladen. Offensichtlich hielten sich die neugierigen Rinder gerne dort auf.

Schließlich kletterte Max vorsichtig den Steilhang hinunter. Dort mussten die Leichen gelegen haben. Einige Zweige der Büsche waren abgebrochen und kleine Latschen ausgerissen. Wahrscheinlich hatten sich dort die Feuerwehrleute festgehalten, als sie die Toten bargen. Einige Meter unterhalb des Grates meinte ich dunkle Flecken auf dem spärlichen Gras und den Latschennadeln zu erkennen. Blutspuren vielleicht. Möglicherweise Gehirnmasse. Bei dem Gedanken wurde mir schlecht. Ich setzte mich auf einen Steinbrocken.

Max stieg weiter den Abhang hinunter, wo es immer steiler wurde. Zuerst hatte ich Angst, er könne abrutschen, doch er war beim Kraxeln sehr geschickt.

Nach einer guten halben Stunde kam er wieder nach oben und streckte seinen mageren Körper. Offensichtlich tat ihm vom Klettern das Kreuz weh. Dann schüttelte er unwillig den Kopf und suchte nun den Rand des Abhangs ab. Hier waren viele Leute herumgelaufen. Ich konnte mir nicht vorstellen, dass noch irgendwelche Spuren zu finden waren.

»Nix wie Kuhscheiße«, meinte Max enttäuscht.

Der Abstieg vom Jochberg ging schnell, und bald schon fuhren wir durch das Loisachtal zurück nach Wolfratshausen. Die Köchin hatte einen Kalbsbraten mit Bandnudeln für uns warm gehalten. Während wir aßen, erzählte Max, dass wir heute ein wunderschönes Jungrind gesehen hätten, das genauso geheißen hätte wie sie.

»Es passt nicht schlecht, wenn die Bauern ihre Viecher nach mir taufen«, meinte die Zenzl, die sich zu uns an den Tisch gesetzt hatte und ihren Milchkaffee schlürfte. »Schließlich gibt's beim Bräu auch kein größeres Rindvieh als mich. Wer außer mir würd den ganzen Tag in der Küch stehen und den jungen Herrschaften das Essen aufwärmen. Und dafür kann ich mir dann das fade Gesicht vom Chef anschauen.«

»Ist der Papa heut nicht gut aufgelegt?«, wollte Max wissen.

»Der ist in letzter Zeit unausstehlich. Ich hoff bloß, dass deine Prüfungen bald vorbei sind. Vielleicht wird er dann wieder normal.«

Nach dem Essen gingen wir in unsere Studierstube. Max übersetzte widerwillig einen Lateintext, ich wiederholte die Mathematikaufgaben vom Morgen. Nach zwei Stunden nahm Max das Handbüchlein und las darin.

»Machst du eine Fleißaufgabe, damit die Nora wieder mit dir zum Baden geht?«, fragte ich.

»Wir brauchen nicht mehr ins Schwimmbad. Ich weiß inzwischen ganz gut, wie sie ausschaut.« Er sah nicht von seiner Lektüre auf.

»Haben die Eltern von der Nora eigentlich nix dagegen, dass du bis in der Früh bei ihr bleibst?«

»Das kriegen sie gar nicht mit. Nora hat eine eigene Wohnung. Ihre Eltern hab ich bis jetzt noch nicht kennengelernt.«

»Und die Wohnung kann sie sich leisten?«

»Offensichtlich. Sie verdient nicht schlecht bei den Motorenwerken. Außerdem arbeitet sie am Wochenende manchmal in einer Boutique in München.«

»Warum liest du eigentlich immer wieder in dem Handbüchlein?«

Er zuckte die Achseln und sah kurz auf. »Ist wirklich hochinteressant, worüber sich die alten Knacker Gedanken gemacht haben.«

»Wieso?«

»Der Epiktet hat sich nix um die Meinung der Anderen geschissen.« Max schlug die erste Seite auf. »Er sagt, dass man sich bloß um die Dinge kümmern soll, die einen selbst betreffen. Und wenn jemand schlecht über dich redet, dir eine runterhaut oder dich sogar umbringt, dann brauchst du dir deswegen keine Sorgen zu machen. Es geht dich nämlich gar nix an.«

»So ein Schmarrn!«, sagte ich, froh über die Pause von der lästigen Mathematik.

»Natürlich ist das nicht leicht zu verstehen.« Max war bisher noch niemandem, der sich mit ihm angelegt hatte, eine Ohrfeige schuldig geblieben. »Aber diese Einstellung hilft Leuten, denen Schlimmes passiert ist. – Nora kennt einen Haufen solcher Menschen, Leute, denen im Krieg was zugestoßen ist oder danach. Gerade in Geretsried sind viele, die bei der Vertreibung fürchterliche Sachen erlebt haben. Misshandlungen, Vergewaltigung, Mord. Ihre Eltern kommen aus dem Sudetenland.«

»Die Wehrmacht hat sich vorher in der Tschechoslowakei und in Polen auch nicht benommen wie die Heilsarmee«, meinte ich.

»Natürlich nicht, aber die Soldaten haben doch ebenfalls schlimme Dinge erlebt. Warum, glaubst du, wollen so viele nicht über diese Zeit reden.«

Mir fiel mein Vater ein, der nur sehr ungern von seinen Kriegserlebnissen berichtete. Und wenn, dann sprach er nicht von Siegen und geselligen Abenden am Lagerfeuer, sondern von Angst, Dreck und Lügen.

Man könne sich gar nicht vorstellen, was in einem solchen Dreckskrieg gearbeitet und gelitten wird, sagte er einmal. Er und seine Kameraden hatten anfangs geglaubt, dass sie es für ihre Mütter, Väter und Geschwister aushalten müssten. Deshalb haben sich alle angestrengt und die Strapazen ertragen, obwohl sie oft tagelang nicht schlafen durften und wochenlang nichts Warmes zu essen bekamen. In Wirklichkeit haben die Schweine von den Sondereinheiten in den besetzten Gebieten Millionen von Leuten umgebracht. Er und seine Kameraden mussten an der Front die Schnauze dafür hinhalten, dass in Auschwitz und Treblinka Juden und andere unschuldige Leute in aller Ruhe und Gründlichkeit umgebracht werden konnten. Wenn er daran denkt, wird ihm heute noch schlecht.

Max blätterte in dem Büchlein herum, bis er die richtige Stelle fand: »Anytos und Meletos können mich zwar töten, schaden aber können sie mir nicht.«

»Und das heißt?«, fragte ich und hob die Augenbrauen. Ich kannte den Satz von Karin.

Max überlegte. Das Folgende war ihm wichtig, und er ließ sich Zeit, bis er die richtigen Worte gefunden hatte. »Wenn dir ein Unrecht zugefügt wird, musst du es möglicherweise ertragen. Du darfst aber nicht zulassen, dass es dich als Menschen verändert. Sonst hat das Unrecht Macht über dich gewonnen.«

Dies war wahrscheinlich der komplizierteste Satz, den ich bis dahin von Max gehört hatte. »Ich hab es zuerst auch nicht kapiert«, fuhr Max fort, »aber Nora hat es mir erklärt. Und die weiß es von Bonifaz.«

»Warum befasst sich ein steiler Zahn wie die Nora mit solchen Sachen?«, fragte ich und merkte im gleichen Augenblick, dass es keine besonders schlaue Bemerkung gewesen war.

»Ich bin froh, dass sich die Nora mit anderen Dingen beschäftigt als mit irgendwelchem Geschwätz aus der Verwandtschaft.«

»Aber warum tut sie das?«, wollte ich wissen.

Max zuckte die Achseln. »Der Bonifaz hat einen großen Einfluss auf sie.«

»Wie kommt sie auf den Bonifaz? Normalerweise treffen sich hübsche, junge Frauen mit jungen, schönen Männern wie mir. Im Notfall nimmt sie auch einen wie dich. Und bis vor ein paar Tagen hast du nie gefragt, ob dir jemand, der dir blöd kommt, auch wirklich zu nahe treten kann. Bis vor ein paar Tagen hast du dem Kerl eine runtergehaut und fertig.«

Max schwieg. Er wusste, dass ich Recht hatte.

Den Kaffee tranken wir am späten Nachmittag. Die Zenzl hatte extra für uns einen Nusszopf gemacht, weil Nüsse doch gut für das Hirn sein sollen. Sie selbst aß wenig Kuchen, denn sie hatte Diabetes und musste sich jeden Tag Insulin spritzen.

Gerade als wir in unsere Studierkammer zurück wollten, kam Nora gefolgt von Pater Bonifaz und Karin durch die Hintertür in die Küche.

Max gab erst dem Geistlichen, dann Karin und zuletzt Nora die Hand. In Anwesenheit des Paters wollte er sie offensichtlich nicht küssen. Zenzl lotste die neuen Gäste ohne Umstände an den großen Küchentisch und stellte ihnen einen Kuchenteller mit einem gewaltigen Stück

Zopf vor die Nase, das sie mit flinken Bewegungen aufschnitt. Schließlich verließ sie schnellen Schrittes die Küche. Sie wusste, dass die Besucher ungestört mit uns reden wollten.

Max erzählte sofort von unseren Beobachtungen an der Unglücksstelle. Er betonte, dass der Senner sehr gut sah. Der Tatort selbst war von den Polizisten zertrampelt worden. Außer unzähligen Kuhfladen hätten wir nichts Auffälliges gefunden.

»Der Schmidt war's jedenfalls nicht«, bemerkte Bonifaz so gleichgültig, als würde er über das Wetter reden.

»Aber ihr zwei Experten könnt offensichtlich keine Beweise dafür liefern?«, meinte Nora und verschränkte die Arme.

Ihre Augen wanderten mehrmals zwischen Max und mir hin und her.

»Der Tatort gibt jedenfalls nix her.« Max hatte sich seiner Freundin zugewandt. »Vielleicht sollten wir mehr über die Hintergründe wissen. Du kennst doch die Verhältnisse bei den Geretsrieder Motorenwerken. Du und Karin, ihr sitzt im Büro bei den Chefs, da bekommt man Vieles mit. Wie ist denn der Kornheim überhaupt in die Firma gekommen?«

Nora richtete sich auf und strich die langen, dunklen Haare mit einer Handbewegung nach hinten.

»Der Kornheim ist vor einem guten Jahr in die Firma eingestiegen. Er war ein Studienfreund vom Laaf. Die zwei haben zusammen Betriebswirtschaft studiert. Der Laaf war dann viele Jahre im Ausland, in Brasilien und weiß der Teufel wo.« Sie verstummte plötzlich und begann von Neuem. »Damit ihr die Zusammenhänge versteht, muss ich weiter ausholen und mit dem Laaf anfangen. Vor ungefähr vier Jahren hat er die Tochter vom alten Schmidt geheiratet. Zuerst hat er als eine Art Geschäftsführer in der

Firma gearbeitet. Solange der alte Schmidt noch das Sagen hatte, ist alles wunderbar gelaufen. Vor zwei Jahren ist der Senior aber aus der Firma ausgestiegen und hat seiner Tochter alles überschrieben. Die hat sich noch nie um den Betrieb gekümmert und ihrem Mann freie Hand gelassen. Und der hat dann den Betrieb völlig umstrukturiert und einige fatale Fehlentscheidungen getroffen.«

»Welche?« Max war ganz Ohr.

»Als erstes hat er den Einfluss der alten Werksmeister gestutzt. Die hatten bis dahin das Sagen in der Produktion.« Sie schluckte und fuhr fort. »Mein Vater war einer von ihnen, Karins Vater auch. Sie haben nach dem Krieg zusammen mit dem alten Schmidt die Geretsrieder Motorenwerke aufgebaut. Da hat es noch keine 42-Stunden-Woche gegeben. Die haben damals gearbeitet, als wär's jeden Tag um ihr Leben gegangen. Am Samstag habe ich meinen Vater nicht oft gesehen. Aber bezahlt hat er gut, der alte Schmidt, das musste man ihm lassen. Und als ein Arbeitskollege vom Papa in die große Stahlpresse gekommen ist, wo es ihm die Hand zerquetscht hat, da hat sich der alte Schmidt um alles persönlich gekümmert: um das Geld für die Operation, die Prothese, die Umschulung und natürlich auch um die Familie.«

Sie trank einen Schluck Limonade.

»Der alte Schmidt hat auch dafür gesorgt, dass seine Arbeiter Bauland in Geretsried kaufen konnten. Er hat mit dem Stadtrat irgendwas gedreht. Der Schmidt hatte überall seine Finger drin. Mein Vater hat jedenfalls ein Grundstück gekauft und zusammen mit Arbeitskollegen ein Haus gebaut. Jahrelang gab es kein freies Wochenende mehr. Denn nachdem unser Häuschen fertig war, musste Vater natürlich bei seinen Freunden mithelfen. Der alte Schmidt hat ihnen am Wochenende den Firmenlastwagen geliehen. Es gefiel ihm, wenn ›seine Leute‹ wieder ein eigenes Zuhause hatten. Die meisten kamen aus dem Sudetenland oder aus Schlesien und hatten nach dem Krieg alles verloren. Der alte Schmidt hätte nie einen seiner Leuten rausgeschmissen, auch wenn er ein bisschen älter war und das eine oder andere Zipperlein hatte.«

»Aber warum ist der Laaf mit den Leuten so umgesprungen?« Max machte ein ungläubiges Gesicht.

»Die waren ihm zu teuer, und er hat geglaubt, dass ungelernte Hilfsarbeiter genauso gut arbeiten wie die Stammbelegschaft.« Nora schlug die Beine übereinander und lehnte sich zurück. »Das ist natürlich gründlich in die Hosen gegangen. Einige der besten Meister, vor allem die jungen, sind gegangen. Sie wurden durch Aushilfen ersetzt. Das hatte natürlich Folgen: Die Motoren aus Geretsried wurden immer schlechter, und bald wollte sie keiner mehr haben. Dann ist der Laaf mit den Preisen runtergegangen, um mit der Konkurrenz mithalten zu können, wie er sagte. Zur Kompensation hat er eine Vergünstigung nach der anderen gestrichen: Den Essenszuschuss, das Weihnachtsgeld und so weiter. Und wieder haben einige Facharbeiter gekündigt. Nach amerikanischem Vorbild hat der Laaf dann einen Spezialisten für Qualitätssicherung eingestellt. Der lief den ganzen Tag mit Anzug und Krawatte in den Werkshallen rum und hat Zettel mit schlauen Arbeitsanweisungen verteilt. BTW, Best Team Work heißt das Konzept. Den Motoren haben die Zettel nicht viel geholfen. Vor etwa einem Jahr hat die Firma jedenfalls vor dem Konkurs gestanden.«

»Aber die Firma gibt's doch noch«, warf ich ein.

»Aber bloß, weil der Kornheim plötzlich da war und einen Haufen Geld in den Laden reingesteckt hat.« Nora trank noch einmal einen kleinen Schluck. »Woher er das Geld hatte, weiß niemand. Jedenfalls hat sich der Kornheim von Anfang an mit dem Laaf prächtig verstanden. Sie sind oft zusammengesteckt, auch in der Freizeit. Sie sind zur Jagd gegangen und sonst wo hin.«

»Was heißt: Sonst wo hin?«, fragte Max.

»In Kneipen, Diskos, Nachtclubs. Was weiß ich?« Sie stützte ihr schmales Kinn auf den rechten Zeigefinger. »Dabei waren sie ein seltsames Pärchen: Der Laaf war ein großer, gutaussehender Mann mit einem Auftreten, als hätte er die Welt erfunden. Der Kornheim lief meist grinsend einen Meter hinter ihm her wie ein Hündchen. Er war klein, dick und hatte nur noch wenige Haare. Außerdem konnte er niemandem in die Augen schauen.« Sie grinste. »Bei Frauen hat er sowieso immer ganz woanders hingeschaut.«

»Warum steckt jemand einen Haufen Geld in eine marode Firma? Doch nicht, weil er so gerne mit dem Chef ein Bier trinkt«, überlegte Max.

»Es wird gemunkelt, dass der Kornheim sein Geld nicht zum Spaß in die Firma investierte. Möglicherweise hätte ihm der Laden bald gehört. Es soll da einen Vertrag geben.«

»Vielleicht hat jemand dafür gesorgt, dass es nicht dazu kommt«, meinte Max nachdenklich. »Für den Laaf gäb's auch eine ganze Menge potenzieller Mörder, nachdem er mit seinen Angestellten so umgesprungen ist.«

»Sicher sind einige der Mitarbeiter stocksauer auf ihn.« Nora hielt einen Moment inne. »Aber von denen bringt keiner seinen Chef um. Einen Sack über den Kopf und jeder darf drauf hauen. Darüber ist geredet worden. Aber bellende Hunde beißen nicht.«

Obwohl sich Bonifaz nur leise räusperte, hatte er sofort unsere Aufmerksamkeit. »Der Schmidt hat jetzt ein schlechtes Gewissen. Er hat seinem Schwiegersohn das Geld nicht gegeben, das er doch so nötig gebraucht hätte.«

»Welches Geld?«, fragte Max.

Bonifaz versuchte, freundlich zu schauen, doch es kam nur eine Fratze dabei heraus: »Herr Kornheim war tot und ruhte in der Gefriertruhe. Also brauchte Herr Laaf jemanden, der in Zukunft Geld in die Firma pumpen würde. Die Motorenwerke machen jeden Monat ein gewaltiges Defizit. Am Samstag letzter Woche, zwei Tage nach dem Tod seines Geschäftspartners, ist der Laaf zu seinem Schwiegervater gegangen und hat ihn um finanzielle Unterstützung gebeten. Laaf war sogar bereit, auf seine Ratschläge zu hören. Aber der wollte ihm nicht helfen. Er wolle sein Erspartes nicht in ein bankrottes Unternehmen mit einem unfähigen Geschäftsführer stecken, sagte er.«

»Hat der Schmidt da schon gewusst, dass der Kornheim als Leiche in seiner Gefriertruhe liegt?«, fragte Max.

»Zu dem Zeitpunkt noch nicht.«

»Wann hat er es erfahren?«

»Als er ihn tot in seiner Gefriertruhe gefunden hat«, antwortete der Pater trocken.

»Und wann war das?«

»Ende letzter Woche.«

»Wann genau?«

»Am Donnerstag.« Bonifaz blieb ganz ruhig.

»Und dann ist er zu seinem Schwiegersohn in die Firma gefahren und hat mit ihm gestritten?«, fragte ich.

»Richtig.«

»Woher wissen Sie das alles?«

»Schmidt hat es mir erzählt.« Bonifaz tat so, als wäre es das Normalste von der Welt.

»Aber warum ist der Schmidt nicht zur Polizei gegangen, wenn er eine Leiche in seiner Gefriertruhe findet?«, fragte Max.

»Wegen der Familie und wegen des Skandals, in den auch seine Tochter und die Firma verwickelt worden wären«, sagte der Jesuit.

»Er wollte die Sache also intern lösen«, meinte Max.

»Gewissermaßen.« Bonifaz brauchte einige Augenblicke, bis er die richtigen Worte fand. »Erst sollte der Laaf aus der Firma ausscheiden. Dann wollte er helfen.«

»Und es könnt nicht sein, dass der Schmidt seinem Schwiegersohn sowohl beim Ausstieg aus der Firma als auch beim Ausstieg aus dem Erdenleben ein bisserl behilflich war?«, fragte Max.

»Nein«, entgegnete Bonifaz ernst; es klang endgültig.

Max wandte sich nun an Nora und Karin: »Wann habt ihr den Kornheim zuletzt lebend gesehen?«

»Auf einer Betriebsfeier in der Firma am Donnerstag vor einer Woche.« Zum ersten Mal hatte Karin etwas gesagt. Leise, aber konzentriert.

»Wart ihr auch auf der Feier?«, fragte ich.

»Klar, wir haben schließlich für die Getränke und die belegten Brote gesorgt.«

»Und wer war noch da?«

»Die Herren Laaf und Kornheim, die Frau Laaf und einige Geschäftsfreunde.«

»Wie viele Leute insgesamt?«

»Vielleicht zehn.« Karin sah Nora an, und die nickte. »Die meisten der ursprünglich Eingeladenen sind gar nicht gekommen. Einige haben sich nicht einmal entschuldigt. Über der Firma kreiste doch schon der Pleitegeier.«

»Und wie lange hat die Party gedauert?«

»Die letzten Gäste sind um elf gegangen. Nora und ich wurden anschließend von Herrn Kornheim heimgefahren. Da hat er noch gelebt.« Karin versuchte zu lächeln.

»Er hat euch also zuerst heimgebracht, und dann ist er nach Hause.« Max überlegte. »Und da ist euch nix aufgefallen?«

»Er hatte Kopfschmerzen, außerdem war er ein bisschen angetrunken.«

»Trotzdem habt ihr euch von ihm fahren lassen.«

»Besser als zwei Kilometer laufen. Außerdem war er oft besoffen«, meinte Nora und bedeutete mit einer Handbewegung, dass ihr die Ausfragerei auf die Nerven ging. Sie wechselte das Thema. »Welche Möglichkeiten gibt es, Herrn Schmidt zu entlasten? Deshalb sind wir schließlich gekommen.«

»Ganz einfach.« Max lehnte sich zurück. »Entweder wird der richtige Täter überführt, oder der Schmidt sagt endlich aus, wo er am Freitagnachmittag war. Wenn er ein vernünftiges Alibi hat, ist er aus dem Schneider.«

»Eine andere Möglichkeit gibt es nicht?«, fragte Karin leise. Ihr kleines Gesicht wurde schmal.

Max schüttelte den Kopf.

Pater Bonifaz warf erst einen Blick auf Nora, dann auf Karin. Schließlich stand er auf und meinte, wir hätten ihnen sehr geholfen.

»Warum haben wir nicht gesagt, dass wir den toten Kornheim in seinem Auto gefunden haben?«, fragte ich Max später im Zimmer.

»Ich weiß nicht.« Max sah von seinem Buch auf. »Aber ich hab das Gefühl, dass uns der Bonifaz und die zwei Mädels auch nicht alles erzählen, was sie wissen.«

»Wie kommst du darauf?«

»Es ist nur ein Gefühl. Ich kann's dir nicht erklären.«

Später fuhr Max zu Nora und blieb die ganze Nacht weg.

4

Die Wahrheit siegt durch sich selbst,
die Lüge braucht stets einen Komplizen.
(Epiktet)

Dienstag

Am späten Nachmittag polterte jemand die Treppe herauf und klopfte hart an die Tür. Dann wurde sie aufgerissen, und Inspektor Huber stand mit hochrotem Kopf im Türstock.

Ich saß am Schreibtisch. Max lag im Bett und war von der Tür aus nicht zu sehen.

»Wo ist der Kerl? Mit dem Max hab ich ein Hühnchen zu rupfen.«

Er stürmte in den Raum und sah meinen Freund, der aus seinem Nickerchen aufgeschreckt war und sich den Schlaf aus den Augen rieb. Sofort war Huber bei ihm und baute sich schnaubend vor dem Bett auf.

»Ich bin gerade angerufen worden, dass der Schmidt nicht mehr verdächtigt wird. Eine gewisse Nora war in Garmisch auf dem Polizeirevier und hat bezeugt, dass sie mit dem Herrn Schmidt und ihrer Freundin den ganzen Freitag Nachmittag zusammen war. Sie waren in München im Kino.«

»Na und?«, fragte Max.

»Du steckst hinter dieser Sache, stimmt's?« Huber sah Max zornig an. »Ohne dich wären die zwei Püppchen nie darauf gekommen, die Polizei anzulügen.«

Huber zog ein Päckchen Zigaretten aus seinem Sakko und steckte sich eine an. Woher wusste der Inspektor, dass Max Nora kannte?

»Ich mag's nicht, wenn Sie hier rauchen.« Max gähnte ausgiebig und sah mit müden Augen zu dem vor ihm stehenden Polizisten auf.

»Und ich mag's nicht, wenn gelogen wird, dass sich die Balken biegen.« Huber nahm einen tiefen Zug und blies den Rauch in Richtung Max.

Der stand auf, ging zum Fenster, öffnete es und hing seinen langen Oberkörper in die frische Luft.

»Ich hab mit der Sache nix zu tun. Ob Sie's mir glauben oder nicht.« Max drehte sich um. »Ich kenn die Nora gut, sehr gut sogar.« Er tat zwei Schritte auf den Polizisten zu. »Aber ich hab ihr nicht gesagt, dass sie die Polizei anlügen soll. So gut sollten Sie mich kennen.«

»Ich war gerade in den Motorenwerken und hab mit dieser Nora gesprochen. Sie hat mit dir über die Angelegenheit geredet. Und von dir weiß sie, dass dem Schmidt nur ein wasserdichtes Alibi helfen kann.«

»Sie werden das Alibi sicher überprüfen«, meinte Max und verschränkte die Arme.

»Natürlich werden wir das tun. Aber es ist fraglich, ob etwas dabei heraus kommt. Jedenfalls stinkt die Sache zum Himmel.« Achtlos warf der Polizist seine Zigarette aus dem Fenster. »Aber ich werde die Wahrheit herausfinden. Und ich werde dabei keine Rücksicht nehmen. Nicht auf deine Freundin und auch nicht auf dich. Hier geht es um ein Kapitalverbrechen, das lückenlos aufgeklärt werden muss.«

Huber stürmte aus dem Zimmer und schlug die Tür hinter sich zu.

Max setzte sich auf sein Bett und stützte den Oberkörper mit den Ellbogen auf den Oberschenkeln ab. Es dauerte eine ganze Weile, bis er mit dem Nachdenken fertig war.

»Komm, wir fahren zur Nora!« Er holte seinen Helm und die Motorradjacke aus dem Schrank, in den er sie am Morgen achtlos hineingeworfen hatte. »Die spinnt wohl. Lügt einfach die Polizei an, damit der alte Schmidt aus dem Schneider ist. Und ich hab ihr auch noch erklärt, was sie zu tun hat.«

»Aber es könnt doch stimmen«, meinte ich.

»Was?« Max hatte sich zu mir umgedreht.

»Dass die beiden mit dem Schmidt am Freitag zusammen waren.«

»Und das fällt ihnen jetzt erst ein, nachdem der Schmidt der Hauptverdächtige ist und ich dem Bonifaz gesagt hab, dass ein vernünftiges Alibi die einzige Möglichkeit ist, den Schmidt zu entlasten? Komm, wir fahren zu ihr. Sie wollt eh heut Nachmittag ihre Eltern besuchen.«

Max rannte die Treppe hinunter, ich folgte ihm. An der Geschwindigkeit, mit der wir Richtung Geretsried fuhren, merkte ich, dass er schlecht aufgelegt war.

Noras Eltern wohnten in einem kleinen Haus in Geretsried-Stein. Das Anwesen war hübsch, und in dem kleinen Ziergarten neben der Eingangstür standen einige bunte Gartenzwerge.

Wir klingelten, und nach wenigen Augenblicken stand ein dunkelhaariger, etwa fünfzigjähriger Hüne im Türstock. Er war beinahe so groß wie Max, aber wesentlich breitschultriger.

»Was gibt's?«, fragte er und sah uns mit seinen schwarzen Augen misstrauisch an.

»Wir suchen die Nora.« Max trat einen Schritt zurück. Offenbar war er dem Mann noch nie begegnet.

»Du bist der Max, oder?«

»Ja.«
»Was willst du von dem Mädel?«
»Ich muss reden mit ihr. Unbedingt.«
»Sie ist bei dem einäugigen Pfaffen.«
»Und wo wohnt der?«
»Beim Großen Munitionsbunker, im Nebengebäude.« Der Riese fuhr sich mit der linken, stark behaarten Pranke durch das schüttere, dunkle Haar. »Wenn ihr sie trefft, dann sagt ihr, sie soll mal wieder heim kommen. Ihre Mutter macht sich Sorgen. Ich auch.«
»Wird ausgerichtet.«
Wir grüßten und gingen zum Motorrad. Der Mann blieb in der Türe stehen und sah uns nach.
Wenige Minuten später hatten wir den alten Munitionsbunker erreicht. Er war nach dem Krieg nicht gesprengt worden wie die meisten anderen. Wahrscheinlich hätte man eine so große Ladung gebraucht, dass dabei alle Geretsrieder Fensterscheiben drauf gegangen wären. Neben dem Bunker stand ein kleines Häuschen, dem der Putz von der grauen Außenwand bröckelte. Hier also wohnte Pater Bonifaz.
Diesmal ging ich voran und klopfte an die alte Holztür, da die Klingel an einem braunen Kabel neben dem Türstock herunterhing und offensichtlich nicht mehr funktionierte. Nach einiger Zeit hörten wir schlurfende Schritte. Die Tür wurde geöffnet, und Pater Bonifaz blinzelte uns entgegen.
»Kommt rein! Mit euch habe ich schon gerechnet.«
Er ging zur Seite, und wir traten in den finsteren Hausgang, dessen Boden aus alten Holzdielen bestand, die knarzten und sich bereits in ihre Bestandteile aufzulösen drohten. Ein dumpfer Geruch von Moder und Mäusedreck hing in der Luft. Wir blieben stehen. In dem fensterlosen Hausgang war es finster geworden, nachdem Bonifaz die

Haustür geschlossen hatte. Nun ging er an uns vorbei und öffnete die gegenüber liegende Tür. Wir betraten einen muffigen Raum mit einem Fenster, das wohl gegen Kriegsende das letzte Mal geputzt worden war.

An einem mit Büchern und Zeitungen überladenen Tischchen saßen Nora und Karin. Sie sahen uns stumm entgegen. Auch sie schienen auf uns gewartet zu haben.

Ich freute mich, Karin zu sehen. Doch mein Blick blieb nur kurz bei ihr hängen, um dann rechts und links die Wände entlang zu streifen. Dieser Raum war der fremdartigste, den ich bis dahin gesehen hatte.

Sämtliche Wände waren über und über vollgehängt mit Hunderten von Kruzifixen: Kleine und große, Kruzifixe aus Holz und solche aus Porzellan oder Metall, schöne und hässliche, neue und alte. Sie hingen ohne erkennbare Ordnung kreuz und quer durcheinander. Ich war so irritiert, dass ich zunächst völlig vergaß, weshalb wir eigentlich hergekommen waren.

Manche Kruzifixe zeigten einen trotzigen Jesus, andere einen gedemütigten oder resignierenden. Einige Gesichter zeigten Stolz und Sendungsbewusstsein. Anderen standen die Schmerzen und Qualen der Geißelung und des langen Kreuzwegs in den Augen. Einige hatten einen kräftigen, durchtrainierten Körper, andere waren mager und ausgemergelt. Viele hatten Augen und Mund geschlossen. Einige hielten sie offen, als wollten sie die Menschen oder Gottvater für die erlittenen Qualen anklagen und ihren Vorwurf laut hinausschreien: »Vater, Vater, warum hast du mich verlassen?«

Doch trotz dieser Unmenge an Darstellungen eines grausam getöteten Menschen hatte der dunkle Raum nichts Erdrückendes. Er hatte aber auch nichts von einem Museum. Es war keine Sammlung von sakralen Gegenständen. Hinter den vielen Kreuzen steckte etwas anderes.

Max stand neben mir. Auch er starrte wortlos auf die Wände.

»Sie gefallen euch, nicht?« Bonifaz war zu uns herangetreten. »Es ist selten, dass sie jemandem gefallen. Die meisten Leute haben Angst vor dem Gekreuzigten. Und wenn es so viele sind, haben sie noch mehr Angst.«

Er ging nach links, wo ein großer, wurmstichiger, nur mehr einarmiger Schmerzensmann hing und streichelte ihm zärtlich über die Wange.

»Niemand weiß, wie er ausgesehen hat, dieser Jesus von Nazareth. Man glaubt, dass er ein schöner Mann war. Vielleicht tut sich ein schöner Mensch leichter, die Leute zu überzeugen. Ein Hässlicher hat aber nicht so viele Neider und wird vielleicht eher ernst genommen. Oder er wird bemitleidet. Davon kann ich ein Lied singen.« Nun tasteten seine Finger zart über Kopf und Brust. »Ich mag ihn sehr, diesen Zimmermann aus Nazareth. Ich kann gar nicht genug von ihm kriegen, wie ihr seht.« Er blinzelte. »Und wir sind ein gutes Gespann.«

Bonifaz kicherte, dann war für einige Augenblicke Ruhe.

Ich hatte damit gerechnet, dass Max sofort loslegen würde. Bis zum Betreten dieses Raumes war er sehr wütend gewesen. Doch jetzt war die Luft raus, und mein Freund wusste erst nicht recht, wie er beginnen sollte.

»Der Huber war bei mir.« Alle Blicke richteten sich auf Max. »Er denkt, dass ihr zwei ein Alibi für den Schmidt arrangiert habt.« Max schluckte und schaute abwechselnd zu Nora und Karin. »Ich hab's dem Inspektor nicht gesagt, aber ich bin mir sicher, dass ihr gelogen habt.«

Max schaute Nora enttäuscht an.

»Was hätten wir denn machen sollen?«, fragte sie mit belegter Stimme. »Hoffen, dass der wirkliche Täter bald gefunden wird und der unschuldige Herr Schmidt dann frei kommt?«

»Jedenfalls muss man bei der Wahrheit bleiben«, murmelte Max.

»Aber es ist die Wahrheit.«

»Was?«

»Dass wir am Freitag den ganzen Nachmittag mit Herrn Schmidt zusammen waren.«

»Und warum fällt euch das jetzt erst ein?«

»Dafür gibt's Gründe.« Noras Mund wurde schmal wie ein Strich. Sie wollte offensichtlich nichts mehr dazu sagen.

»Das mit der Wahrheit musst du mir erklären«, mischte sich Pater Bonifaz ein. »Ich habe noch nie verstanden, was Wahrheit bedeutet. Vielleicht kannst du es mir sagen.«

Er ging zu dem kleinen Tisch und räumte zwei Stühle frei, auf denen Max und ich Platz nehmen sollten. Die Bücher und Schriftstücke, die darauf lagen, ließ er achtlos zu Boden fallen.

»Wahrheit gibt es in der Mathematik: Eins und eins sind zwei, nicht drei! Zwei ist wahr, drei ist unwahr. So einfach ist das.« Max war mit seinem Beispiel zufrieden.

»Und du glaubst, das Leben wäre eine große Mathematikaufgabe?«, fragte Bonifaz mit schiefem Kopf.

Er betrachtete Max neugierig wie ein Kunstwerk, das ihn zwar interessierte, von dem er aber nicht wusste, was es darstellen sollte.

»Natürlich nicht«, entgegnete Max. »Aber hier geht es nicht um irgendwelche philosophischen Erläuterungen. Hier geht's ausschließlich darum, was der Schmidt am Freitagnachmittag gemacht hat. Und das hat mir noch niemand genau sagen können.«

»Wir sind mit ihm in München gewesen, das habe ich gerade erzählt«, brummte Nora und bemühte sich, beleidigt dreinzuschauen

»Wer?«, fragte Max.

»Die Karin und ich.« Nora starrte auf den Boden.

»Und was habt ihr in München getan?«

»Wir waren einkaufen.« Nora schlug nun die Beine übereinander und sah Max herausfordernd an. »Die Tochter vom Schmidt hatte nämlich Geburtstag, und er wusste nicht, was er ihr schenken sollte.«

»Und dafür hat er euch mitgenommen?« Max glaubte ihr kein Wort. »Und warum hat er das nicht gleich gesagt, als ihn die Polizei danach gefragt hat? Dann hätt er sich einen Haufen Ärger sparen können.«

Nora hob die Schultern und stieß etwas Luft zwischen ihren Lippen heraus. Karin hatte während der Auseinandersetzung den Kopf zur Seite gewandt und starrte auf den einarmigen Christus, den Bonifaz gerade gestreichelt hatte. Sie wollte mit der Sache offensichtlich nichts zu tun haben.

»Ist es wirklich so wichtig, dass der Schmidt erst jetzt damit rausrückt, was er am Freitag getan hat?«, fragte Bonifaz und schaute Max nachdenklich an.

»Das ist sehr wichtig.« Max hielt seinem Blick stand.

»Es gibt Gründe, warum er es nicht früher gesagt hat.« Noras Stimme klang brüchig. »Erst nachdem wir ihm erklärt hatten, dass es keine andere Möglichkeit gibt, hat er mit der Polizei geredet und zu Protokoll gegeben, dass wir am Freitag zusammen in der Stadt waren. Karin und ich haben es bezeugt.«

Max hatte die Ellbogen auf die Knie gestützt und den Kopf in seine Hände gelegt. Er schüttelte ihn mehrmals sehr langsam.

Nach etwa einer Minute, in der niemand im Raum etwas sagte, stand Bonifaz auf und meinte: »Ich muss jetzt ins Krankenhaus. Wenn ihr noch dableiben wollt, bitte.«

Wir wollten nicht und erhoben uns. Bonifaz gab jedem die Hand. Dann verließen wir schweigend das Haus.

»Du sollst dich daheim rühren«, sagte ich zu Nora. »Deine Eltern machen sich Sorgen.«

»Kannst du mich hinfahren?« Sie wandte sich an Max, der bereits den Sturzhelm aufgesetzt hatte.

Der schaute geradeaus, als hätte er die Bitte nicht gehört. Dann legte er seinen Kopf einige Augenblicke auf die Lenkergabel seiner Kawasaki. Er musste nachdenken, ihm schien etwas Wichtiges in den Kopf gekommen zu sein.

»Kannst du mich zu meinen Eltern bringen?«, wiederholte Nora ungeduldig. »Du wolltest sie doch kennenlernen.«

»Ja, natürlich.« Max hob den Kopf und blinzelte. Dann versuchte er zu lächeln. Doch seine Augen blieben ernst.

Ich gab Nora meinen Helm. Sie nahm ihn umständlich und setzte ihn auf, wobei sie peinlich darauf achtete, dass ihre Haare nicht durcheinander gerieten.

»Kümmert euch nicht um mich. Ich komm schon irgendwie heim«, sagte ich. »Vielleicht nehm ich den Bus.«

Max hob grüßend die rechte Hand, dann brauste er davon. Nora saß eng hinter ihm und hatte die Hände auf seine Oberschenkel gelegt.

»Ein komischer Heiliger, dieser Bonifaz«, meinte ich zu Karin gewandt.

Sie drehte mir das Gesicht zu und lächelte. »Vielleicht hast du recht, und er ist wirklich ein Heiliger. Er hat schon vielen Leuten geholfen. Mir auch.« Einige Sekunden lang schaute sie mich prüfend an, dann fragte sie leise: »Magst du mich heim begleiten? Es ist nur eine Viertelstunde.«

Ich brachte gerade noch ein kurzes Ja heraus. Mehr hätte ich nicht reden können. Mein Mund war plötzlich staubtrocken, als hätten sich alle meine Speicheldrüsen gegen mich verschworen und auf einmal ihre Arbeit eingestellt.

Die ersten paar hundert Meter gingen wir schweigend. Tausend Gedanken schossen mir durch den Kopf. Vielleicht sollte ich jetzt einen Scherz machen, wie Max mir geraten hatte. Aber nichts schien mir weniger geeignet als eine witzige Bemerkung, um ein Gespräch zu beginnen. Warum hatte sie mich gebeten, sie nach Hause zu begleiten? Warum sagte sie jetzt kein Wort? Sicher hatte sie einen Freund. So hübsch, wie sie war, musste sie einen Freund haben. Vielleicht hält sie mich für einen netten Kerl, aber … Ich sei zu nett, hatte Max gesagt. Ich hatte aber die Schnauze voll davon, ein netter Kerl zu sein.

Da begann sie: »Wenn ich dich und den Max sehe, dann denke ich oft, dass ihr gar nicht zusammenpasst. Genausowenig wie die Nora und ich.« Sie lächelte scheu. »Max hat immer eine große Klappe. Du kannst auch mal ruhig sein, das gefällt mir.«

Ich schluckte und starrte auf den Kiesweg vor mir.

Nach einigen Schritten fing sie wieder an: »Mit der Nora ist es dasselbe. Sie steht immer im Vordergrund, ob in der Arbeit oder sonst wo. Ich dagegen werde kaum beachtet.«

»Hättest du nicht gerne mehr Aufmerksamkeit? Wenn ich da an meine Schwester denke …«

Plötzlich wusste ich nicht mehr weiter. Ich rede nur Unsinn, schoss es mir durch den Kopf. Ich sollte irgendetwas Originelles sagen oder dass sie hübsch sei. Vielleicht sollte ich versuchen, ihre Hand zu nehmen. Wenn ich Glück hatte, würde sie es sich gefallenlassen.

»Bist du schon lange mit Max befreundet?«, fragte sie.

»Seit ich im Beusl bin«, entgegnete ich, froh, dass sie das Gespräch wieder aufgenommen hatte. »Fast sechs Jahre.«

»Und?«

»Er ist mein bester Freund. Vielleicht der einzige.«

Karin dachte eine Weile nach. Dann begann sie erneut. »Ich kenne Nora schon seit meiner Kindheit. Unsere Väter kommen aus demselben Dorf im Sudetenland und sind dick befreundet. Sie arbeiten zusammen in den Motorenwerken und haben gemeinsam einen Schrebergarten. Dort treffen sie sich, wenn sie einen heben wollen.«

»Kommt das öfter vor?«

»In letzter Zeit schon.«

Wir gingen eine Strecke wortlos.

»Nora ist drei Jahre älter als ich«, begann Karin von Neuem. »Ich kam als Lehrling in die Firma, als sie mit ihrer Ausbildung gerade fertig war. Anfangs konnte ich ihr nichts recht machen. Sie ging mir fürchterlich auf die Nerven mit ihrer ständigen Besserwisserei. Aber seit ein paar Wochen ist sie richtig nett zu mir. Wir gehen nach der Arbeit sogar manchmal ein Eis essen oder ins Kino. Sie ist wie eine ältere Schwester.«

»Ihr seid aber sehr verschieden, oder?«

»Das kann man wohl sagen.« Karin lächelte ihr bezauberndes Lächeln, bei dem immer wieder neue Grübchen in ihrem runden Gesicht auftauchten und verschwanden.

»Wie kann sie sich eine eigene Wohnung leisten?«, fragte ich. Meine Schwester wäre sicher schon ausgezogen, wenn sie genug Geld verdient hätte. Die Einsamkeit unseres Einödhofes ging ihr auf die Nerven.

»Nora hat eine kleine Erbschaft gemacht, sagt sie.«

»Von wem?«

»Keine Ahnung, Herr Kommissar.« Wieder lächelte Karin, und wieder erschienen diese kleinen Grübchen, die meinen Pulsschlag beschleunigten.

»Stimmt es, dass du mit der Nora und dem Schmidt am Freitag im Kino warst?« Ich musste diese Frage einfach stellen. »Und warum rückt der Schmidt erst jetzt mit der Sprache heraus?«

Die Grübchen verschwanden. Ich war ein solcher Idiot! Immer sagte ich die falschen Dinge zur falschen Zeit.

Karin presste die Lippen aufeinander und ging jetzt schneller. Schließlich waren wir vor einer großen Wohnanlage angekommen, und Karin blieb stehen. »Es gibt Gründe, warum der Schmidt erst jetzt gesagt hat, wo er am

Freitag war. Doch es ist besser, wenn sonst niemand diese Gründe erfährt. Vor allem du nicht.«

Nun wandte sie sich ab und ging zum Hauseingang. Dort drückte sie auf eine Klingel und wartete, bis ein leises Summen zu hören war. Sie lehnte sich gegen die schwere Glastür und ging ins Haus.

Bevor sie die Treppe erreichte, drehte sie sich noch einmal um und schaute zu mir her. Ernst. Dann hob sie die rechte Hand und bewegte die Finger ein klein wenig. Gleichzeitig flog ein neuer Ausdruck über ihr reizendes Gesicht, und ein kleines Grübchen erschien auf der linken Wange.

Nun wusste ich, dass sie keinen Freund hatte, und dass es allein an mir lag.

Ich ging zu Fuß zurück nach Wolfratshausen. Gehen ist nicht der richtige Ausdruck, ich flog. Wäre mir beim Überqueren der Straße ein Auto über die Zehen gefahren, ich hätte es wohl kaum bemerkt. Karin war gerne mit mir zusammen, sonst hätte sie mich nicht gebeten, sie nach Hause zu begleiten. Und sie mochte es, wenn ich schwieg. Ich konnte mir die Sache nur selbst verderben – vor allem wenn ich von den Toten am Jochberg oder dem alten Schmidt sprach. Doch was interessierten mich diese Leute? Ich wollte Karin für mich gewinnen. Alles andere hatte keine Bedeutung.

Sie hatte sich umgedreht und mir zugewunken. Und sie war schön wie ein Sommertag. Sobald ich an sie dachte, hatte ich ein wohliges, warmes Gefühl.

Doch immer wieder schweiften meine Gedanken ab. Welche Gründe konnte es geben, dass der Schmidt sein Alibi zunächst verschwiegen hatte? Und warum sollte gerade ich nicht erfahren, welche Gründe es waren? Nur ein Motiv erschien mir plausibel: Dadurch, dass sich die Polizei auf den Schmidt konzentrierte, hatte der wirkliche Täter Zeit gewonnen – Zeit, um Beweise verschwinden zu lassen oder um sich aus dem Staub zu machen.

Aber wen wollte der Alte decken? Ich musste nicht lange nachdenken, um auf die Lösung zu kommen.

»Lovely Rita«, murmelte ich vor mich hin, »seine Tochter natürlich.«

5

Aus Habsucht entstehen alle Verbrechen
und Übeltaten.
(Cicero)

Mittwoch

Max wurde vormittags ans Telefon gerufen. Das war ungewöhnlich, denn um diese Uhrzeit rief nie jemand an. Als er ins Zimmer zurückkam, hatte er ein großes Fragezeichen im Gesicht. »Der Schmidt möcht mit uns reden. Wir sollen zu den Motorenwerken kommen.«

»Warum?«, fragte ich mich.

Natürlich hatte ich nichts dagegen. Schließlich würde ich Karin dort sehen. Ich hatte die ganze Nacht an sie gedacht und kaum ein Auge zu getan.

Eine halbe Stunde später standen wir im Büro der Motorenwerke. Karin und Nora waren auch da; Nora im dunklen Hosenanzug, den ich schon einmal an ihr gesehen hatte. Karin dagegen war kaum wiederzuerkennen. Sie trug ihre langen blonden Haare ganz nach der Mode offen mit einem Mittelscheitel. Im Gegensatz zu unseren bisherigen Begegnungen aber war sie geschminkt. Die Augen waren mit Lidschatten betont, sie hatte Make-up aufgetragen und einen dezenten, hellroten Lippenstift.

»Ihr seid zu früh dran«, begrüßte uns Nora. »Aber wenn ihr was Interessantes sehen wollt, dann solltet ihr gleich mitkommen. Herr Schmidt hat eine Betriebsversammlung einberufen. Nach der Versammlung möchte er euch kennenlernen. Ohne euren Tipp …«

»Ich hab niemandem einen Tipp gegeben«, knurrte Max, »Ich hab bloß die Möglichkeiten aufgezählt, wie er den Verdacht los wird.«

»Ist ja auch egal.« Nora räumte noch schnell einige Papiere vom Schreibtisch. »Jedenfalls solltet ihr euch das Spektakel anschauen. Der Chef hat versprochen, dass sich niemand bei der Versammlung langweilen wird.«

Wenige Minuten später standen wir in der großen Werkshalle der Geretsrieder Motorenwerke. Der Raum war voller Männer in Arbeitskleidung. Es roch nach Schweiß, Schmieröl und kaltem Zigarettenrauch. Vor einem Podest, auf dem ein provisorisches Rednerpult aufgebaut war, standen ein Schweißgerät und eine kleine Drehmaschine.

Als Herr Schmidt die Halle betrat, wurde es augenblicklich ruhig. Er war ein dunkelblonder, kleiner, auffallend drahtiger Mann, dem der untere Teil des rechten Ohres fehlte. Am auffallendsten war jedoch die gewaltige Adlernase, die er selbstbewusst in die Höhe reckte, als wäre er ein Jagdhund, der gerade Witterung aufgenommen hat. Alles an ihm strotzte vor Selbstbewusstsein und Vitalität. Keine seiner Gesten ließ daran denken, dass er gestern noch Hauptverdächtiger in einem Mordfall gewesen war.

Er ging direkt zum Rednerpult, sprang die zwei Stufen des Podestes hinauf und wandte sich dem Publikum zu. Langsam ließ er seine grauen Augen über die Belegschaft schweifen, bis alle ruhig waren.

Dann begann er mit lauter, durchdringender Stimme: »Meine Damen und Herren, liebe Kollegen, ihr wisst, dass euer früherer Chef nicht mehr lebt, und es tut mir leid, dass ich darüber keine Trauer empfinden kann, obwohl er auch noch mein Schwiegersohn war.«

In der folgenden kurzen Pause hätte man eine Feder zu Boden fallen hören können.

»Es tut mir außerdem leid, dass ich euch zwei Jahre lang eine solche Niete als meinen Nachfolger zugemutet habe. Doch ich konnte nicht wissen, dass sich aus einem brauchbaren Geschäftsführer, der er unter meiner Führung gewesen ist, ein völlig unfähiger Direktor entwickeln würde.«

Wieder ließ Schmidt seinen Blick über die Mitarbeiter gleiten.

»Doch wir werden uns nicht mit den Fehlern der vergangenen zwei Jahre beschäftigen. Wir müssen hier und heute«, er deutete auf einen Punkt vor seinen Füßen, »das Rad herumreißen und wieder in die richtige Spur kommen. Und Herr Buchwald, der Leiter des BTW, will die Sache in die Hand nehmen.«

Aus der ersten Reihe löste sich ein kleines, mageres Männchen in einem sehr gut geschnittenen dunkelgrauen Anzug. Er trug eine dicke, dunkelrandige Brille und hatte auffallend wulstige Lippen. Schnellen Schrittes kam er zu Herrn Schmidt auf die Bühne. Die Leute begannen zu tuscheln, doch als Schmidt ein Zeichen machte, war sofort wieder Ruhe.

»Sehr geehrter Herr Direktor Schmidt, liebe Mitarbeiter«, begann Buchwald selbstbewusst. »Ich bin sehr glücklich, dass unsere Firma mit Best Team Work die Flaute meistern will. Ich habe schon einiges zur Lösung unserer Probleme ausgearbeitet.«

Niemand klatschte. Schmidt trat einen Schritt nach vorne und verschränkte die Arme. Mit einem süffisanten Lächeln betrachtete er den etwa gleich großen Buchwald und fragte so laut, dass alle Anwesenden es verstehen konnten: »Sie geben den Leuten doch Anweisungen, nach denen sie die einzelnen Komponenten unserer Motoren herstellen und dann zusammenbauen sollen?«

»Ja«, antwortete Buchwald lächelnd.

»Und der Alt Hans hat so zu schweißen, wie Sie ihm das vorschreiben?«

»Entschuldigung, aber wer ist Herr Alt?«, fragte Buchwald.

»Wie lange arbeiten Sie schon hier?«, fragte Schmidt zurück.

»Gut eineinhalb Jahre.«

»Und da kennen Sie den Alt nicht?« Schmidt sah sein Gegenüber an, als hätte er einen Schwachsinnigen vor sich. »Dann wird's Zeit, dass Ihnen einer Ihrer besten Leute mal vorgestellt wird.« Er winkte.

In die Menge der Arbeiter kam Bewegung. Ein untersetzter, blonder Mann im blauen Overall kam nach vorn und stellte sich vor die Bühne. Ihm war nicht wohl, so alleine dazustehen, und er trat verlegen von einem Bein auf das andere.

Schmidt deutete auf ihn. »Der Hans Alt ist der beste Schweißer, den ich je gesehen habe. Der schweißt, wenn's denn sein muss, einem Gaul seinen Schweif wieder an den Hintern.«

Alles lachte.

Schmidt hob die rechte Hand. »Und jetzt kommen Sie daher und machen dem Alt Vorschriften, wie der zu schweißen hat.« Seine Stimme hatte nun einen blechernen Klang.

Augenblicklich war es wieder vollkommen ruhig. Niemand wollte ein Wort verpassen.

»Dann müssen Sie ganz schön gut sein.« Schmidt tat einen Schritt auf Buchwald zu. »Und das sollten Sie uns jetzt mal vorführen.«

Schmidt sprang von der Empore hinunter und bat einen älteren Mitarbeiter in den vorderen Reihen um seinen Arbeitskittel. Damit eilte er zurück zu Herrn Buchwald und drückte dem erstaunten Mann das nicht mehr ganz saubere Kleidungsstück in die Hand.

Buchwald war die Farbe aus dem Gesicht gewichen. Er stand auf der Bühne, und langsam wurde es in der Werkshalle wieder lauter. Die Leute lachten, einige deuteten auf den armen Kerl. Es war klar, dass er auf dem Altar des Neubeginns geschlachtet werden sollte.

»Ruhe, meine Freunde! Bitte Ruhe!« Schmidt lächelte und hob die Arme. »Vielleicht ist das Schweißen nicht die Spezialdisziplin von Herrn Buchwald. Vielleicht möchte er uns lieber einen Bolzen drehen.« Er wandte sich an den Qualitätsbeauftragten. »Sie haben doch auch Anweisungen für unsere Dreher geschrieben, oder?« Nun drehte sich Schmidt zum Publikum und rief: »Ist der Kurt Jugesch da, der den Lehrlingen das Drehen beigebracht hat?«

Unter lautem Gejohle öffnete sich eine Schneise, durch die ein etwa sechzigjähriges Männlein nach vorne gehumpelt kam.

»Bin schon da, Chef, bin schon da.«

»So, jetzt wollen wir aber mal was sehen von unserem Herrn Buchwald. Er muss ja wirklich eine Kanone sein, wenn er sich traut, dem Jugesch vorzuschreiben, wie ein Bolzen gedreht wird.« Schmidt sprang von der Bühne, ging zur Drehmaschine und schaltete sie ein. Das monotone Surren der hochtourig laufenden Walzen erfüllte die Werkshalle.

Buchwald stand alleine auf der Bühne und versuchte sich zu rechtfertigen: »Aber diese Vorschriften sind doch eher theoretischer Natur.«

»Unsere Motoren sind aber praktischer Natur«, rief Schmidt in die Menge.

Alles grölte vor Vergnügen. Schmidt ließ seine Leute aber nur einige Sekunden gewähren, dann machte er ein Zeichen, und augenblicklich kehrte wieder Ruhe ein.

»Nachdem wir das Spielchen öffentlich begonnen haben, wollen wir es auch öffentlich beenden.« Er sprang zurück auf die Bühne und wandte sich Buchwald zu. Ein gefährliches Blitzen lag in seinen Augen. »Sie haben gerade gezeigt, dass Sie von den Dingen, für die Sie sich Vorschriften ausdenken, keine Ahnung haben.«

Buchwald wollte protestieren, doch Schmidt ließ ihn nicht zu Wort kommen. »Wie soll man so etwas bezeichnen? Arroganz oder Blödheit?« Er trat einen Schritt an Buchwald heran. »Außerdem kennen Sie nach eineinhalb Jahren in der Firma die Belegschaft nicht. Das nehme ich Ihnen persönlich übel.« Er tippte Buchwald mehrmals mit dem rechten Zeigefinger an die Brust. »Das bedeutet nämlich, dass Sie keinen Respekt vor den Leuten haben, die hier jeden Tag ihre harte Arbeit verrichten.«

Wieder wollte Buchwald etwas erwidern, und wieder redete Schmidt einfach weiter.

»Und für diese …«, Schmidt suchte das richtige Wort und fand es erst nach einer Pause, »für diese Leistungen streichen Sie ein fürstliches Gehalt ein, ein Vielfaches von dem, was der Alt und der Jugesch kriegen.«

Schmidt musterte den Qualitätsmanager mit einem angewiderten Blick.

»Ich hätte gute Lust, wegen mangelnder Leistung einen Teil Ihres Gehaltes zurückzufordern.« Er tat noch einen Schritt auf Buchwald zu, der zurückwich. »Aber ich habe für solche Sperenzchen keine Zeit. Deshalb schmeiße ich Sie schlicht und formlos raus, hier und heute und vor allen Leuten. Wenn Sie klug sind, kündigen Sie bis morgen, dann kann ich ein wohlwollendes Arbeitszeugnis gerade noch vertreten. Sollten Sie mir aber Schwierigkeiten machen, zerr ich Sie vor den Kadi.« Er stand ganz nahe vor Buchwald und sah dem jungen Mann in die Augen. »Und wenn ich mit Ihnen fertig bin, dann können Sie froh sein, wenn

Sie noch einen Job auf dem Oktoberfest kriegen und dort die Herrentoiletten sauber machen dürfen.«

Buchwald stand auf der Bühne und starrte erst in Schmidts arrogantes Gesicht, dann auf einen sehr fernen Punkt an der hinteren Wand der Halle. Er war leichenblass geworden und seine wulstigen Lippen bewegten sich in alle Richtungen, als würde er ein Gespräch führen, bei dem die Worte seinen Mund nicht verlassen wollten.

Schmidt wandte sich nun seinen Mitarbeitern zu und würdigte Buchwald von diesem Moment an keines Blickes mehr. Mit dem war er fertig.

»Ab heute weht hier wieder ein anderer Wind«, rief Schmidt in die Menge. »Richtet die Arbeitsplätze so her, wie sie früher waren, und schneidet aus den Arbeitsanweisungen Klopapier. Wenn man sich mit dem Unsinn den Arsch abwischt, dann ist er wenigstens für etwas gut.«

Das Lachen der Belegschaft ließ die Spannung in der Halle augenblicklich zusammenbrechen.

»Ab morgen gehen wir in die Offensive, und zwar ohne diesen ganzen Firlefanz.«

Ein ungeheurer Jubel schlug dem kleinen Mann mit der großen Nase entgegen. Er lächelte siegessicher und winkte. Auf dem Weg zur Ausgangstür musste er viele Hände schütteln.

Max und ich verließen zusammen mit den Mädchen die Werkshalle. Wir standen noch keine Minute im Freien, da kam Schmidt daher.

»Der große Blonde mit den langen Haaren muss Max Stockmeier sein.« Schmidt stand nun direkt vor meinem Freund, schien von dessen Größe jedoch nicht im Geringsten beeindruckt.

Er drückte erst Max und dann mir die Hand. Sein Händedruck war kräftig und routiniert. Doch die Hand war kalt und schweißnass.

»Ihnen und der Nora habe ich es zu verdanken, dass ich heute diese Vorführung machen konnte. Bis gestern hatte ich keine Zeit, mich um den Betrieb zu kümmern. Ständig wollte die Polizei etwas von mir.« Er blinzelte uns freundlich zu. »Jetzt ist der Spuk endlich vorbei, und wir werden den Laden wieder auf Vordermann bringen. Kommen Sie mit, meine Herren! Ich würde gerne eine Tasse Kaffee mit Ihnen trinken.«

Schmidt machte eine einladende Geste, dann ging er voran ins Verwaltungsgebäude. Karin eilte an ihren Schreibtisch, wo das Telefon klingelte. Nora sollte den Kaffee kochen.

Max und ich folgten Schmidt in den ersten Stock, wo er direkt in das Büro von Siegfried Laaf ging. Wir folgten ihm in den großen, hellen Raum. Laafs riesiger Schreibtisch war das Einzige, was noch an den ehemaligen Direktor erinnerte. Er war mit einer grauen Plane abgedeckt.

»Zunächst eine Klarstellung: Mir macht so eine öffentliche Hinrichtung wie die vom Buchwald keinen Spaß«, begann Schmidt. Wir hatten es uns in einer Sitzgruppe aus dunklem Leder bequem gemacht hatten. »Aber es war notwendig, einen zum Sündenbock zu machen und ihn vor allen Leuten abzufertigen. Und dieser blasse Bürokrat mit seinen schwachsinnigen Zettelchen hat sich als Opfer geradezu aufgedrängt. Er hat auch Mitschuld am Niedergang der Firma.«

Ich überlegte, wie weit dieser Mann gehen würde, wenn es seinem Betrieb von Nutzen war.

Schmidt holte eine Packung Stuyvesant aus dem Sakko und hielt sie Max und mir hin. Nachdem wir abgelehnt hatten, zündete er sich seine Zigarette mit einem geschmacklosen, hellgrünen Tischfeuerzeug aus Speckstein an. Nach dem ersten Zug beugte er sich nach vorne, stützte die Ellbogen auf die Knie und lächelte.

»Sie sind also der junge Bräu, der unserer Nora den Kopf verdreht hat. Und das ist Ihr Spezl, mit dem Sie Ihre Kriminalfälle lösen?«

Schmidt sah mich auf eine distanzlose, beinahe unverschämte Weise an, die mir sehr unangenehm war. Er mochte sechzig, höchstens fünfundsechzig Jahre alt sein. Seine Bewegungen waren aber nicht die eines alten Mannes. Das schüttere, hellblonde Haar war sorgfältig frisiert und nach hinten gekämmt. Er hatte schmale Lippen und ungewöhnlich flinke, graublaue Augen, die keinen Augenblick stillhielten. Er hätte als gutaussehend durchgehen können, wäre da nicht eine breite Narbe an der rechten Halsseite gewesen. Am oberen Ende der Narbe fehlte das halbe Ohr. Sicher handelte es sich um eine Kriegsverletzung.

»Warum haben Sie uns hierher bestellt?«, fragte Max.

»Aus Dankbarkeit.« Er nahm einen tiefen Zug. »Ohne euch wäre ich immer noch Hauptverdächtiger in einem Mordfall, weil ein übereifriger Kriminalinspektor einen schnellen Erfolg bei seinen Ermittlungen brauchte.«

»Aber der Inspektor hat doch bloß seine Pflicht getan.« Ich meinte, Huber verteidigen zu müssen.

»Das sehe ich anders.« Mit einem Mal war alle Freundlichkeit aus Schmidts Gesicht verschwunden. »Ich bin unschuldig. Mehrmals habe ich diesem Huber versichert, dass ich niemanden umgebracht habe. Zunächst wollte ich mich halt nicht zu meinem Alibi äußern. Das war mein Recht.«

»Und warum nicht?«

»Das geht Sie nichts an«, meinte er arrogant lächelnd.

»Wofür haben Sie einen Landrover?« Max wechselte abrupt das Thema.

»Manchmal brauchen ihn die Mechaniker, um ein liegengebliebenes Fahrzeug abzuschleppen. Manchmal hab ich ihn genommen oder meine Tochter. Manchmal sind auch mein Schwiegersohn und sein Freund, der werte Herr Kornheim, damit herumgefahren. Vor allem zur Jagd.«

»Wo sind sie auf die Jagd gegangen?«, fragte ich.

»Die zwei hatten kein eigenes Revier.« Schmidt drückte seine Zigarette in den ebenfalls geschmacklosen, hellgrünen Aschenbecher aus Speckstein. »Mein Schwiegersohn war ein großer Abstauber. Der hat alles mitgenommen, was zu bekommen war. Auch meine Tochter. Er hat sie bloß wegen des Betriebes geheiratet, dieser hinterhältige, verlogene Kerl.«

Nun machte Schmidt eine kleine Pause, und ich überlegte, warum er uns das alles erzählte. Dieser Mann war kein Schwätzer, der Familieninterna ausplaudert, um Konversation zu machen. Er bestimmte, was wir wissen sollten, und versuchte, das Gespräch in seinem Sinn zu lenken.

»Ich habe mich vor zwei Jahren völlig aus der Firmenleitung zurückgezogen. Das war ein Fehler. Nun konnte der feine Herr Laaf sein wahres Gesicht zeigen. Er wollte einen Betrieb nach amerikanischem Muster.«

Schmidt lehnte sich zurück und schlug die kurzen Beine routiniert übereinander.

»Es ging ihm nur um Gewinnmaximierung. Klingt gut, nicht wahr? Dabei werden alle Betriebseinheiten auf ihre Kosten hin durchleuchtet. Anschließend wird Abteilung für Abteilung nach billigeren Lösungen gesucht. Als erstes hat man die Lehrlinge an die Fließbänder gestellt und deren Meister auch. Eine vernünftige Ausbildung gab's von da an in den Motorenwerken nicht mehr. Dann hat mein Schwiegersohn für die Produktion nur noch ungelernte Kräfte eingestellt, keine Maschinenbauer mehr. Die waren ihm zu teuer. Gleichzeitig hat er etliche gutbezahlte Facharbeiter rausgeekelt. Die jüngeren von ihnen haben woanders Arbeit gefunden, die alten nicht. Gott sei Dank sind die meisten noch da.«

»Aber wenn die Kosten fallen, müsste der Betrieb doch mehr Gewinn abwerfen«, meinte ich.

»Das funktionierte ein paar Monate lang ganz gut«, gab Schmidt zu. »Dann kamen die ersten Reklamationen. Und die Reklamationen häuften sich, weil sich bei der Produktion immer mehr Fehler eingeschlichen haben. Schließlich ist dieser Buchwald für das Qualitätsmanagement eingestellt worden. Von da an …«

Es klopfte, und Nora kam mit dem Kaffee ins Büro. Sie stellte ihn lächelnd auf den Tisch und ging wieder.

»Von da an ist der Laden richtig den Bach runtergegangen«, beendete Schmidt den Satz und beugte sich nach vorne, um den Kaffee in die drei Tassen einzuschenken. »Dieser Buchwald war unser Tod auf Raten. Er meinte bereits nach einer Woche, er würde sich besser auskennen als erfahrene Mitarbeiter, die schon über zwanzig Jahre in der Firma arbeiten. In Windeseile brachte er Vorschriften für die Produktion heraus. Anhand dieser Vorschriften sollten selbst Anlernkräfte in der Lage sein, Motoren zu bauen.«

»Das hat den älteren Mitarbeitern nicht gefallen, oder?« Max beobachtete jede von Schmidts Bewegungen.

»Es kamen sogar Drohbriefe. Die sind jetzt bei der Polizei«, sagte Schmidt.

»Weiß man, von wem?«, fragte ich.

»Die Autoren von Drohbriefen schreiben in der Regel ihre Adresse nicht auf den Umschlag.« Schmidt lächelte milde. »Sie waren vor allem an meinen Schwiegersohn gerichtet. Man warf ihm die schlechte Absatzlage und das ungeliebte Qualitätsmanagement vor – mit Recht. Weder der Buchwald noch mein Schwiegersohn hatten besonders viel Ahnung von Qualität. Und von Menschenführung schon gar nicht.« Er hatte sich zurückgelehnt. »Die beiden konnten sich nicht vorstellen, was eine vernünftige Berufsausbildung bedeutet. Für die zwei gab es nur Ingenieure und

Hilfsarbeiter. Und nichts dazwischen. Ich dagegen habe meine Firma mit Facharbeitern aufgebaut. Von denen hat jeder als Lehrling wochenlang an der Werkbank gestanden und gefeilt. Die haben alle ein Gespür für Metall und sind stolz auf das, was sie können.«

»Singen Sie uns jetzt das Hohelied auf die deutsche Handwerkskunst«, fragte Max, und ich hörte am Klang seiner Stimme, dass er den Schmidt nicht mochte. »Es war nicht okay, wie Sie den armen Herrn Buchwald vor versammelter Mannschaft fertiggemacht haben. Mir ist richtig schlecht geworden bei dem Schmierentheater. Sie hätten ihn doch in aller Ruhe entlassen können und fertig. Musste es eine öffentliche Hinrichtung werden?«

»Ach, der junge Herr ist sensibel.« Schmidt nippte an seinem Kaffee und fixierte Max, während er die Augen zusammenkniff. »Aber ganz ohne Schmerzen gelingt ein solcher Umbruch nicht. Das ist genauso wie beim Kinderkriegen.« Er stand auf und ging zum Fenster. Das Folgende konnte er wohl im Sitzen nicht sagen. »Ich habe einen Neuanfang gebraucht, und zwar einen drastischen. Ich musste die Truppe neu einschwören. Sie sollten alle dabei sein, wenn der alte Unsinn mit eisernem Besen rausgekehrt wird.«

Max verdrehte die Augen zur Decke, doch Schmidt fuhr ungerührt fort. »Denken Sie, was Sie wollen! Aber mit meinen stockkonservativen Grundsätzen habe ich ein schönes Unternehmen aufgebaut. Ich habe viel Geld verdient, das gebe ich zu. Aber den Leuten in der Firma ist es auch nicht schlecht gegangen. Mein Schwiegersohn dagegen hat die Firma mit seinen schwachsinnigen Ideen in kurzer Zeit an den Rand des Ruins gebracht. Je mehr Gesetze, desto verdorbener ist der Staat, hat mal ein Philosoph gesagt. Und je mehr Vorschriften, desto schlechter die Produktion, sage ich.«

Er trank nun den letzten Schluck aus seiner Tasse und stellte sie geräuschvoll auf den Tisch.

Dann fuhr er fort: »Ich kenne diese Sorte gut gekleideter Herren mit ihren wichtigen Schreiben noch aus dem Krieg. Alle paar Tage ist irgendein Heini vom Generalstab an die Front gekommen und hat große Töne gespuckt. Über Strategie und solchen Unsinn. Aber sie sind bloß gekommen, wenn's gerade nicht gekracht hat. Wenn's gefährlich wurde, hat man keinen von den Typen gesehen. Da sind sie in einem sicheren Plätzchen weit hinter der Front gesessen und haben sich neue Pläne für eine Offensive oder andere taktische Finessen ausgedacht. Wenn's gekracht hat, brauchte man Leute wie den Alt oder den Jugesch. Leute, die nicht schlau daherreden, sondern auf die man sich verlassen kann.«

Er war mit seinem Statement zu Ende, und wir sollten uns jetzt verabschieden.

»Warum war sich der Huber so sicher, dass Sie der Täter sind?«, fragte Max. Er dachte gar nicht daran zu gehen, bevor er erfahren hatte, was er wissen wollte.

»Ich habe mit meinem Schwiegersohn viel gestritten in letzter Zeit. Dabei fielen böse Worte.« Schmidts Stimme wurde nun dünner. »Die Ehe meiner Tochter war nicht besonders glücklich. Außerdem habe ich einen Schlüssel für den Landrover und fahre gelegentlich damit.«

»Aber das war doch nicht alles?« Max schüttelte den Kopf.

»Es war mein Gewehr, mit dem sich mein Schwiegersohn erschossen hat.« Schmidt beobachtete Max und mich sehr genau. »Meiner Meinung nach hat er sich selbst umgebracht und wollte es einem anderen in die Schuhe schieben. Das würde zu ihm passen.«

»Unmöglich«, meinte Max. »Niemand kann sich selbst erschießen und anschließend die Fingerabdrücke abwischen. Und es waren keine Fingerabdrücke auf der Waffe.«

»Was weiß ich, wie er das hingekriegt hat«, brummte Schmidt. »Ich war's jedenfalls nicht.«

»Pater Bonifaz hat auch gesagt, dass Sie es nicht gewesen sein können.« Max beugte sich ein wenig nach vorne. »Wie kommt er darauf?«

»Ich war im Krieg, das habe ich bereits erwähnt. Und als Offizier war ich oft in Situationen, in denen ich meine Pflicht zu erfüllen hatte, ohne auf den einzelnen Soldaten Rücksicht zu nehmen.« Schmidts Oberkörper straffte sich. »Ich habe viele Menschen sterben sehen. Am Tod von einigen bin ich schuld.« Er schluckte. »Und glauben Sie mir: Ich könnte niemanden mehr umbringen. Ich könnte es nicht – und mein Bruder weiß das sehr gut.«

»Ihr Bruder?«, fragte ich überrascht.

»Pater Bonifaz ist mein Bruder. Hat er das nicht gesagt?«

Nachdem wir die Motorenwerke verlassen hatten, gab es für uns nur einen Weg. Wir mussten zu Pater Bonifaz, um ihn zu fragen, was für ein Spiel er spielte.

Es dauerte nur einige Minuten, dann stoppte Max seine Kawasaki vor dem Bunker. Mit den Helmen unter dem Arm gingen wir zum Nebenhäuschen und klopften. Nach einer Weile hörten wir Geräusche, dann kam jemand zur Tür. Zunächst ging sie nur einen Spalt auf. Erst als wir uns zu erkennen gaben, öffnete Bonifaz. Er stand im Schlafanzug in der Tür.

»Entschuldigung, wir wollten nicht stören.« Die Situation war mir sehr peinlich.

»Ihr werdet einen Grund für euren Besuch haben. Also kommt rein.«

Bonifaz ließ die Tür offen stehen, drehte sich um und ging in den Raum mit den vielen Kruzifixen. Wir folgten ihm.

»Ich weiß, dass man während des Tages nicht im Pyjama rumlaufen soll. Aber heute ist Föhn, und ich habe fürchterliche Kopfschmerzen.« Er rieb sich die Augen.

»Wenn es nicht passt, dann gehen wir wieder«, sagte ich. Meine Schwester hat auch manchmal Kopfschmerzen, und dann ist sie unausstehlich.

»Nein, bleibt nur.« Er versuchte zu lächeln. »Mögt ihr einen Kaffee?«

Wir nickten, und der Pater verließ den Raum. Wahrscheinlich Richtung Küche, falls er einen solchen Luxus überhaupt besaß. Max schaute mit verschränkten Armen zur Tür. Die Kreuze an den Wänden sollten ihn nicht ablenken. Er war hergekommen, um sich zu beschweren.

Bonifaz kam mit drei Tassen schwarzen Kaffees auf einem Tablett zurück, ohne Milch und ohne Zucker. Die Milch sei ihm sauer geworden, sagte er, und der Zucker ausgegangen. Wir setzten uns an das kleine Tischchen und nippten skeptisch an dem dunklen Gebräu. Dieses Getränk war schlicht ungenießbar. Ich stellte meine Tasse gleich nach dem ersten Schluck zur Seite. Max auch.

»Sie haben uns nicht gesagt, dass der Schmidt Ihr Bruder ist«, begann er.

»Wäre das wichtig gewesen?«, fragte der Mönch.

»Natürlich!«, erwiderte Max.

»Warum?«

»Weil ich dann gewusst hätt, dass Sie nicht objektiv sind.«

»Das versteh ich nicht.«

»Sie haben zu Ihrem Bruder doch eine engere Beziehung als zu den meisten anderen Menschen, oder?«

Bonifaz zog eine Schnute und überlegte einen Augenblick. Dann begann er: »Wahrscheinlich bin ich euch wirklich eine Erklärung schuldig.« Er blinzelte. »Der Schmidt ist zwar mein Bruder, aber ehrlich gesagt mag ich ihn nicht besonders.«

Er rückte seinen Stuhl zurecht und holte tief Luft.

»Er ist ein paar Jahre älter als ich und war immer der Tüchtigere. Ihr könnt euch gar nicht vorstellen, wie tüchtig er schon als Kind war. In der Schule hatte er lauter Einser. Kein Witz, nichts als Einser. Er hätte es nicht ertragen, etwas nicht zu wissen oder nicht zu können. Immer musste er der Erste sein, immer der Beste. Als dann die braunen Mordbrenner das ganze Land mit ihrem Hass und ihren Organisationen überschwemmten, war mein Bruder wieder vorne dabei. Jeden Nachmittag war Treffen der HJ; mit Kriegsspiel, mit Marschieren und mit Absingen dämlicher Lieder. Manchmal haben sie die Schaufensterscheiben der jüdischen Geschäfte im Ort eingeworfen. Es konnte sogar vorkommen, dass mein Bruder am Vormittag als Messdiener in der Kirche war und am Nachmittag das Geschäft vom Goldstein mit einer blöden Parole angeschmiert hat. Man mag denken, er war jung und fehlgeleitet und ...«

Bonifaz brachte den Satz nicht zu Ende. Stattdessen nahm er einen Schluck Kaffee. Ihm schien er zu schmecken.

»Mein Bruder war immer vorne dabei, voller Begeisterung und ohne Fehler zu machen. Er war sportlich, ehrgeizig und überaus intelligent. Dummerweise ist er genau so klein geraten wie ich. Darüber hat er sich oft bei den Eltern beschwert. Als er seinen Militärdienst ableistete, war es dasselbe. Immer war er der Erste, immer der Beste. Gegen Ende seines Studiums ging der Krieg los. Mein Bruder wurde als Reserveoffizier gleich eingezogen und flott befördert. Als er irgendwo in Russland mit seiner Kompanie unter entsetzlichen Verlusten einen Brückenkopf halten konnte, bekam er das Ritterkreuz und eine Titelgeschichte im Völkischen Beobachter. Er wurde aber alleine fotografiert, damit niemand sah, wie klein er von Statur war. Es hätte blöd ausgesehen, wenn der Kriegsheld neben ein paar hochgewachsenen Ariern von der SS gestanden hätte.

Den Krieg hat er überlebt. Gott allein weiß, wie er das geschafft hat. Anfang fünfundvierzig musste seine Frau mit den beiden Kindern Breslau verlassen. Auf dem Weg in den Westen ist sein Sohn an einer Lungenentzündung gestorben. Mein Bruder schiebt es immer noch auf die Russen. Jedenfalls ist die Frau mit der Tochter hier in Geretsried gelandet. Ein paar Monate später kam er nach. Zuerst war er wie paralysiert durch den verlorenen Krieg und den Verlust seines Sohnes.«

Bonifaz kniff die Augen zusammen und strich sich mit beiden Händen über den fast kahlen Kopf den Nacken hinunter. Man konnte ihm die Kopfschmerzen förmlich ansehen.

Trotzdem fuhr er mit leiser Stimme fort: »Er war während des Krieges Offizier bei einer motorisierten Einheit. Nun müsst ihr wissen, dass in einem Krieg wesentlich mehr gewartet wird als gekämpft. In der freien Zeit hat er zusammen mit technisch interessierten Kameraden einen Motor entworfen, der sehr robust und gleichzeitig sparsam ist. Diesen Motor wollte er nun in Geretsried bauen und setzte dafür alles in Bewegung, wie es seine Art war.

Bald hatte er beste Beziehungen und bekam einen Kredit zur Firmengründung. Als Produktionsgebäude konnte er einen ehemaligen Munitionsbunker nutzen. Dann hat er sich die richtigen Leute gesucht, und dafür hatte er immer schon ein unglaubliches Gespür. Außerdem versteht er es, die Menschen für seine Sache zu begeistern. Bei der Wahl der Mittel ist er dabei nicht gerade zimperlich.«

Ich musste an Schmidts Ansprache in der Werkshalle denken.

»Mit der Firma ging es schnell aufwärts. Zuerst verschrottete er Fahrzeuge der Wehrmacht. Er produzierte daraus Schubkarren, Schaufeln und alles Mögliche, was man nach dem Krieg brauchte. Dann begann er mit den Motoren. Mitte der Fünfzigerjahre war er bereits steinreich und besaß einen schönen Mercedes und ein kleines Sportflugzeug.«

»Das ist ja eine richtige Bilderbuchkarriere«, meinte Max. »Aber Sie sehen nicht so aus, als wären Sie von den Erfolgen Ihres Bruders sonderlich begeistert.«

Bonifaz verschränkte die Arme und starrte auf den Boden. »Nein, begeistert bin ich nicht. Auch wenn mir mein Bruder mehr als ein Mal aus der Patsche geholfen hat. Das Haus, in dem wir sitzen, gehört auch ihm.«

»Da hätt er aber leicht mal was richten können«, meinte ich.

»Wollte er ja, aber ich war dagegen. Mir reicht, was ich hier habe.« Bonifaz schaute kurz auf. »Ich habe nämlich andere Ziele als mein Bruder.«

Das war offensichtlich.

»Ich war als Kind eher kränklich, auch in der Schule klappte es nicht so gut. Ich hatte außerdem keinen Spaß an den Nachmittagen bei der HJ. Ständig wurde mir mein Bruder als Vorbild hingestellt. Mein Vater war sehr stolz auf ihn, ich war das schwarze Schaf. Mich dagegen widerte seine rücksichtslose Tüchtigkeit an. Oft war ich mit Absicht schlampig oder stellte mich dumm an. Auf keinen Fall wollte ich werden wie er.

Ich hasste ihn, ihn mit seinem Fleiß, seinem Eifer und seiner Gründlichkeit. Es ekelte mich an, wie er mit demselben ernsten und entschlossenen Gesichtsausdruck Vokabeln lernte, an Paraden teilnahm, die Schaufensterscheiben vom Herrn Goldmann in der Markstraße einwarf und am Sonntag zur Kommunion ging.«

Bonifaz machte eine kleine Pause. »Ich langweile euch doch nicht, oder?«

Max und ich schüttelten den Kopf. Also fuhr der seltsame Jesuit fort. »Der Krieg begann, und ich bekam ohne Probleme mein Abitur – schließlich brauchte man Offiziere. Aus der Offizierschule bin ich aber schon in der ersten Woche rausgeflogen. Schließlich wurde ich einfacher Soldat. Ohne große Begeisterung rannte ich ein paar Monate in der Armee des Größten Feldherren aller Zeiten herum. Quer durch Europa. Erst Frankreich, dann Holland und schließlich Jugoslawien. Dort wurden Truppen für den Einsatz in Russland zusammengestellt, und plötzlich hatte ich Alpträume. Jede Nacht sah ich tote Soldaten im Schnee liegen, einzeln und zu Haufen zusammengeworfen. Manche der Gesichter kannte ich. Es waren Kameraden aus meiner Einheit.

Ob ihr es glaubt oder nicht, ich wusste sofort, dass es sich um eine Warnung handelt. Irgendjemand schickte mir diese Alpträume, und ich musste meine Vorkehrungen treffen. Aber ich hatte nicht viel Zeit. Und was konnte ich tun? Wenn ich die Träume richtig deutete – und das war nicht schwer –, dann erwartete mich in Russland der Tod. Und wenn ich mich weigerte, dorthin zu gehen, dann hätten sie mich sofort an die Wand gestellt. Ich hatte solche Angst, dass ich sogar über Selbstmord nachdachte, um dem Schrecken ein Ende zu setzen.«

Bonifaz machte eine kleine Pause, und ich überlegte mir, wie oft er diese Geschichte wohl schon erzählt hatte. Der Vortrag klang sehr routiniert.

Was Max wohl darüber dachte? Er ließ den kleinen Mönch keinen Moment aus den Augen.

Mit leiser Stimme fuhr Bonifaz fort: »Ich habe mich schließlich daran erinnert, dass ich als Kind eine Lähmung der Gesichtsnerven gehabt hatte. Das war meine einzige Chance: Ich ließ die linke Gesichtshälfte herunterhängen, das Augenlid, die Wange und den Mund. Ich begann zu sabbern, und ständig lief mir der Speichel aus dem linken Mundwinkel. Außerdem klagte ich über starke Kopfschmerzen. Unser Truppenarzt kannte die Symptome, und glücklicherweise hatte ich schon bei der Musterung angegeben, dass ich als Kind an einer Fazialislähmung gelitten hatte. Da Kälte sehr schlecht für diese Erkrankung ist, wurde ich wieder nach Frankreich geschickt, nicht nach Russland. Dort spielte ich in regelmäßigen Abständen meine Gesichtslähmung und wurde von da an in der Feldküche eingesetzt. Ich überlebte den Krieg relativ unbeschadet. Meine Kameraden landeten in Stalingrad. Was da passiert ist, wisst ihr.«

Wieder machte er eine kleine Pause. Das Reden strengte ihn offensichtlich an. Doch er war noch nicht fertig.

»Am Kriegsende war es vorbei mit meinem Glück. Bei der Gefangennahme schlug mir ein amerikanischer Soldat den Gewehrkolben ins Gesicht. Seine Truppe hatte einen Tag zuvor ein Konzentrationslager befreit. Die Augen von dem Kerl waren voller Hass, als er auf mich zu trat, sein Gewehr hoch hob und es mir ins Gesicht stieß. Ich war nicht der Einzige, der an diesem Tag geschlagen wurde, doch die anderen hatten nur gebrochene Nasen, ausgeschlagene Zähne oder ein blaues Auge. Doch dieser Schlag hat mein Leben von Grund auf verändert. Zuerst hatte ich fürchterliche Kopfschmerzen, dann zog ein milchiger Schleier über mein linkes Auge. Es wurde innerhalb weniger Tage blind. Am rechten Auge waren die Muskeln verletzt, nach zwei Wochen konnte ich den Augapfel nicht mehr bewegen.«

Bonifaz hob den Kopf.

»Ihr könnt euch nicht vorstellen, wie oft ich diesen Amerikaner verflucht habe. Ich hatte ihm doch nichts getan, und er zerstörte aus einer Laune heraus mein Leben. Ich habe die folgenden Monate ständig davon geträumt, ihm auch den Schaft eines Karabiners ins Gesicht zu schlagen. Doch ich hätte nicht nach dem ersten Schlag aufgehört. Ich hätte wieder und wieder …«

Bonifaz fuhr sich mit dem Handrücken über die Stirn, auf der Schweißtropfen erschienen waren.

»Nach kurzer Gefangenschaft bin ich in ein Lazarett nach München gekommen. Dort gab es den Jesuitenpater Gabriel, der während des Krieges in Dachau inhaftiert gewesen war. Er erzählte mir von der Willkür und Grausamkeit in dem Konzentrationslager. Unvorstellbare Dinge.

Dieser Jesuit hat gesehen, wie Menschen zu Versuchszwecken umgebracht wurden. Wie Leute totgeschlagen oder aufgehängt wurden, weil sie ein Stück Brot gestohlen hatten. Vom Hunger ganz zu schweigen. Nach der Befreiung sind bei den Lagerinsassen die Emotionen umgeschlagen. Aus Angst und Lethargie wurden Hass und Rache.

Gabriel hat sich viel Zeit für mich genommen. Er hat mich angehört, und ich habe ihm alles erzählt. Dann hat er mir die Eigendynamik von Hass und Rache erklärt. Er prophezeite mir, dass ich mein ganzes Leben vergiften würde, falls ich nicht auf andere Gedanken käme. Und wenn ich nicht den Rest meines Lebens in einem solch vergifteten Ambiente verbringen wollte, so gäbe es nur zwei Lösungen: Entweder ich konnte meinem Übeltäter verzeihen – das wäre die christliche Variante. Oder aber ich dürfte meine Verletzung nicht so ernst nehmen.«

Bonifaz lächelte. Max schaute ihn verständnislos und doch fasziniert an.

»Ein großer Hass verfolgt dich Tag und Nacht. Er wird dein Herr und Meister und bestimmt, was du denkst und fühlst. In jedem Augenblick drückt er dir seinen Stachel ins Fleisch. Der Jesuit hat mir nichts vom lieben Gott erzählt. Er hat mir bloß ein kleines Büchlein gegeben, das Handbüchlein der Moral von Epiktet. Ich wollte es erst nicht lesen, also hat er mir zwei amerikanische Zigaretten versprochen, wenn ich es täte. Ich rauchte damals sehr gerne, und kein Mensch sonst hatte gute amerikanische Camel-Zigaretten.

In einer Stunde war ich fertig damit, und ich habe es am selben Tag noch etliche Male gelesen. In dem Buch steht, dass man sich lediglich um sein eigenes Denken, Wollen und Handeln kümmern soll. Etwas anderes hat man nämlich nicht in der Hand. Wenn dir etwas angetan wird, wenn dir etwas weggenommen wird, wenn dir eine liebe Person stirbt, all das hast du zu akzeptieren wie das Wetter. Du kannst dich darüber aufregen, du kannst schimpfen und fluchen, aber beeinflussen kannst du es nicht.

Als ich abends im Bett lag, stellte ich mir die Frage: Wollte ich den Rest meines Lebens als Sklave des Hasses verbringen? War ein solches Leben erstrebenswert?«

Pater Bonifaz sah uns abwechselnd an.

»Vom nächsten Tag an habe ich versucht, wie ein Stoiker zu denken. Und ich fühlte mich besser. Möglicherweise ist der Amerikaner heute Buchhalter in New York und bereut jeden Tag, was er dem kleinen, verschreckten Landser angetan hat. Möglicherweise ist er aber eines der brutalen Schweine, die zu Kriegszeiten an allen Fronten sehr gefragt sind. Und es tut ihm leid, dass er dem mickrigen Kraut nicht noch eine verpasst hat. Jetzt darf er es nicht mehr, denn er hat keine Uniform mehr an, die ihn berechtigt, Menschen in der anderen Uniform zu verletzen oder zu töten.«

Bonifaz wischte sich mit einem nicht mehr ganz frischen gestreiften Taschentuch den Schweiß von der Stirn.

»Anytos und Meletos können mich zwar töten, schaden aber können sie mir nicht. Dieser Satz allein hat mir viel geholfen.«

Zum wievielten Male hörte ich ihn nun?

»Wie denkt ein Stoiker?«, fragte Max.

»Nicht die Dinge selbst, sondern die Meinungen über die Dinge beunruhigen den Menschen«, erklärte Bonifaz ruhig.

Max legte seine Stirn in Falten. Ist das alles? fragten seine weit geöffneten Augen.

»Das ist alles«, sagte Bonifaz, der offensichtlich Gedanken lesen konnte. »Gerade hier in Geretsried habe ich vielen Leuten mit diesem kleinen Satz geholfen. Meinem Bruder nicht, der ist ein hoffnungsloser Fall. Er ist immer noch überzeugt davon, dass die Russen schuld sind am Tod seines Sohnes. Er hat unglaublich schwer daran zu tragen, obwohl es weder ihm noch seinem Kleinen hilft.«

Bonifaz griff sich mit beiden Händen an die Schläfen. Der lange Monolog hatte ihn angestrengt. Er stand auf, um die Kaffeetassen wegzuräumen.

Doch Max wollte noch etwas wissen: »Wie ist es dann mit Ihnen weitergegangen?«

»Wegen meiner Behinderung und der ständigen Kopfschmerzen war ich für einen normalen Beruf nicht zu gebrauchen. Also wurde ich Jesuit. Etwas Besseres ist mir nicht eingefallen, obwohl ich anfangs an Gott genauso wenig glaubte wie an den Teufel. Wegen meiner Gebrechen war ich für den Orden im Ausland nicht einsetzbar. Und wegen meines Aussehens auch nicht für den herkömmlichen Kirchendienst. Also kümmere ich mich seit vielen Jahren um Kranke und Kriegsopfer. Wenn die Leute mich sehen, sind sie meist mit ihren eigenen Gebrechen wieder ganz zufrieden.«

Er lachte bitter.

»Geretsried ist ein gutes Pflaster für mich. Es gibt viele Leute hier, die mich brauchen. Und es gibt auch Menschen, die mich finanziell unterstützen. Mein Bruder zum Beispiel oder auch dein Vater, Max.«

»Und«, die folgende Frage schien Max sehr wichtig zu sein, »glauben Sie inzwischen an Gott?«

Bonifaz musste die Kaffeetassen abstellen, so sehr schüttelte ihn plötzlich ein jungenhaftes Lachen.

»Du stellst vielleicht Fragen.« Er hob seinen fast kahlen Kopf. »Wenn du mit einem großen Hass fertig bist, dann kommt oft ein großer Glaube oder eine große Liebe. Manchmal auch beides.« Er deutete auf einige der Kruzifixe im Raum. »Jesus hat in seiner Bergpredigt übrigens etwas Ähnliches gesagt wie Epiktet: ›Wenn dir einer auf die linke Wange schlägt, dann halt ihm auch die rechte hin.‹ Das heißt doch, dass es einem egal sein soll, wenn man geschlagen wird. Man soll das nicht so wichtig nehmen.« Er deutete mit der rechten Hand zu dem großen, einarmigen Christus, dem er gestern die Wange gestreichelt hatte. »Ja, ja, ich mag ihn sehr, diesen Zimmermann aus Nazareth. Nenn es Glauben, wenn du willst.«

Zuhause beim Bräu brauchte ich erst mal ein Bier, Max auch. Damit setzten wir uns in den Pferdestall. Ich hätte es weder in unserer engen Studierstube noch in der Küche bei der Köchin ausgehalten.

»Kannst du dir vorstellen, dass die beiden Brüder sind?«, fragte ich.

Max schüttelte den Kopf und stierte auf das breite Hinterteil vom Wastl, einem ihrer Kaltblutwallache. Er hatte kaum mehr ein Wort geredet, seit wir Pater Bonifaz verlassen hatten.

»In Wolfratshausen weißt du doch ganz genau, wer mit wem verwandt ist«, setzte ich nach.

»In Geretsried kenn ich mich aber nicht aus, auch wenn's bloß ein paar Kilometer entfernt ist. Das ist eine ganz andere Welt. Vor dem Krieg waren dort zwei Bauernhöfe und sonst nix. Dann haben die Nazis die Munitionsfabrik gebaut, und Tausende von Zwangsarbeitern haben dort geschuftet, vor allem Ukrainer und Weißrussen. Nach dem Krieg sind sie zurück in ihre Heimat, und es sind Tausende von Flüchtlingen gekommen, weil es große Baracken gegeben hat und sonst nirgends Platz für sie war. Die Flüchtlinge haben in wenigen Jahren eine florierende Industriestadt aus dem Boden gestampft. Wir Wolfratshauser haben Respekt vor den Leuten, aber ich kenn fast niemanden dort.« Er stand auf und ging zur Raufe, um den Tieren etwas Heu nachzulegen. »Außerdem stellt sich die Frage, ob es für die Lösung der Todesfälle überhaupt von Bedeutung ist, dass die zwei Brüder sind.«

»Spinnst du?« Ich stand ebenfalls auf. »Der Bonifaz würd alles machen, um den Schmidt rauszuhauen. Erstens ist er sein Bruder, zweitens sein größter Geldgeber. Da kann er mir erzählen, was er will. Blut ist dicker als Wasser.«

»Hast du dir den Schmidt angeschaut?« Max trat auf mich zu und blieb dicht vor mir stehen. »Der Kerl ist mit allen Wassern gewaschen. Um seinen Betrieb bald wieder nach vorne zu bringen, macht er eine Betriebsversammlung. Dort stellt er einen Sündenbock an den Pranger. Die anderen Mitarbeiter haben endlich jemanden, der an der Misere schuld ist. Der wird rausgeschmissen, und jetzt kann's wieder aufwärts gehen.« Max nahm einen Schluck. »Die Veranstaltung war bestens geplant. Jemand wie der Schmidt plant alles. So einer fährt doch nicht mit seinem Schwiegersohn auf den Jochberg, schmeißt die tiefgefrorene Leiche eines leitenden Angestellten in die Schlucht und schießt seinen Schwiegersohn hinterher. Wenn der Schmidt jemanden loswerden will, dann macht er es schon wesentlich geschickter. Dafür braucht er keinen Bruder – einen solchen wie den Bonifaz schon gar nicht.«

»Und wer soll den Kornheim sonst tiefgefroren und den Laaf erschossen haben?« Ich überlegte: »Unsere Lovely

Rita hat gelogen, als es um den Toten im Jaguar gegangen ist. Mit dem Einfrieren hat sie auf jeden Fall zu tun.«

»Gut, in der Sache mit dem Kornheim steckt sie mit drin, aber wahrscheinlich hat sie zusammen mit ihrem Mann den Kornheim tot im Auto gefunden und bloß wegen dem Geld noch ein bisserl konserviert.«

»Sie könnt aber am Freitag den Landrover in der Firma geholt haben und mit dem tiefgefrorenen Kornheim nebst dem lebendigen Ehemann auf den Jochberg gefahren sein. Dann haben sie erst den Kornheim in die Schlucht geschmissen, und schließlich hat Lovely Rita ihren Herzallerliebsten erschossen. Um ihr die Polizei vom Hals zu halten, rückt der Schmidt nicht gleich mit dem Alibi heraus – keine schlechte Version, oder?«

Max nickte. »So könnt's gewesen sein. Aber das hat der Inspektor sicher auch schon untersucht. Und unsere Lovely Rita läuft immer noch frei rum.«

Gerade als wir den Stall verließen, fuhr ein weißer Mercedes viel zu schnell in den Hof.

»Spinnt der?« Max tippte sich mit dem Zeigefinger an den Kopf und schaute zornig zu der Limousine. Die Autotür flog auf, und einen Augenblick später stand Herr Schmidt neben seinem Wagen.

»Gut, dass ich euch treffe.« Ohne Zögern kam er zu uns her. »Ihr wart bei meinem Bruder, stimmt's?«

Max nickte und baute sich mit verschränkten Armen auf. Die Zenzl war aus der Küche herausgeschossen, um dem Fahrer ihre Meinung zu geigen. Als sie den sehr elegant gekleideten Herrn Schmidt sah, drehte sie sich wortlos um und ging in die Küche zurück. Dieser Mann hatte eine besondere Aura. Sogar die selbstbewusste Köchin scheute eine Auseinandersetzung mit ihm.

»Was hat er euch erzählt?« Schmidt war bis auf einen Meter zu uns herangekommen.

»Nix Besonderes«, meinte Max und bemühte sich, sein Gegenüber möglichst von oben herab anzusehen.

»Ich gebe euch einen Tipp.« Schmidt deutete mit seinem rechten Zeigefinger auf Max. »Haltet euch aus der Angelegenheit raus. Ihr habt schon genug Unheil angerichtet.«

»Wieso Unheil?«, wollte Max wissen.

»Wenn ihr Bonifaz und den Mädchen nicht gesagt hättet, dass ich aussagen soll, wäre es besser gewesen.«

»Das versteh ich nicht«, meinte ich.

»Das braucht ihr auch nicht. Ihr sollt euch bloß raushalten.« Schmidt machte eine kleine Pause, um dann mit blecherner Stimme weiterzuschimpfen: »Und hört nie wieder auf meinen schwachsinnigen Bruder. Der bringt die Dinge bloß in Unordnung. Und ich muss dann sehen, wie alles wieder auf die Reihe kommt.«

Max schüttelte mehrmals den Kopf, so dass ihm die langen Haare ins Gesicht fielen.

Schmidt fuhr fort: »Ich warne euch. Haltet euch raus. Wenn ihr weiter nachbohrt, könntet ihr auf Dinge stoßen, die ihr lieber nicht gewusst hättet.«

»Der große Meister hat gesprochen.« Max sah den kleinen Mann überheblich an und zog die linke Augenbraue nach oben.

Schmidts Augen wurden schmal. »Es hat Zeiten gegeben, da hätte ich einem arroganten, langhaarigen Idioten wie dir an Ort und Stelle das Maul gestopft.«

»Tun Sie sich keinen Zwang an.«

Max trat einen Schritt vor. Die zwei standen sich gegenüber wie Rivalen. Der Kampf schien jedoch unfair, Max überragte sein Gegenüber um fast zwei Köpfe.

Schmidt presste die Lippen zusammen und musterte schwer atmend die Spitzen seiner glänzend geputzten Lederschuhe. »Natürlich werde ich das nicht tun. Ich wollte euch nur einen guten Rat geben. Aber wahrscheinlich seid ihr genauso blöd wie mein Bruder, dieser Versager. Der hat auch nie gemacht, was ich ihm gesagt habe. Jetzt sieht man, was aus ihm geworden ist. Ein kleines Mönchlein, das in einem dreckigen Loch haust und sich freut, wenn Leute zu ihm kommen, denen es noch schlechter geht als ihm.«

»Besser, als so ein Arschloch zu werden wie Sie.«

Schmidt starrte Max an. Alle Farbe war aus seinem Gesicht gewichen. Er ballte die Fäuste, doch er hob sie nicht. Zunächst zögerte er, dann drehte er sich wortlos um, ging zu seinem Auto und verließ mit quietschenden Reifen den Hof.

»War das notwendig?«, fragte ich.

»Was?«

»Das Arschloch.«

Max grinste. »Es hat einfach raus müssen. Sonst hätt's mich zerrissen.«

»Vor was wollte er uns warnen?«, überlegte ich. Wir lagen auf unseren Betten und betrachteten die weiße Zimmerdecke, die mit zahllosen Blutflecken von erschlagenen Mücken bedeckt war.

»Ich hab keine Ahnung«, sagte Max, streckte die langen Glieder und gähnte.

Es klopfte an der Tür. Wer konnte das sein? Weder die Zenzl noch Max' Eltern klopften an, bevor sie einen Raum in diesem Haus betraten. Die Tür ging auf, und der Inspektor stand im Türstock.

»Ich glaub, ich muss mich entschuldigen«, sagte er und trat ein. »Ich hab das Alibi vom Schmidt überprüft. Es stimmt. Er ist am Freitag mit den beiden Mädchen in München gewesen.« Huber kam näher und blieb zwischen unseren Betten stehen. »Ich frag mich bloß, warum der alte Schmidt mit den zwei Mädchen am Freitagnachmittag ins Kino geht.«

»Sie wollten was einkaufen«, sagte Max und starrte wieder an die Decke. »Für die Tochter vom Schmidt.«

»Und danach waren sie im Kino«, wiederholte Huber. »Ich habe die drei Kinokarten gesehen, Fräulein Nora hat sie mir gezeigt. Sie ist dem Platzanweiser aufgefallen, sie ist ja wirklich eine bezaubernde Erscheinung.«

Max grinste.

»An das andere Mädchen und an den Schmidt kann er sich nicht erinnern.« Huber setzte sich auf mein Bett, beugte sich nach vorne und stützte die Ellbogen auf die Oberschenkel. »Das heißt aber nichts. Schließlich waren über dreihundert Leute bei der Nachmittagsvorstellung im Matthäser.«

»Warum sind Sie zu uns gekommen?« Max stand auf und öffnete das Fenster.

Huber verstand die Geste und steckte sich sogleich eine Zigarette an.

»Die Mädchen könnten weiter in der Sache drinstecken, als ich anfangs gemeint hab.« Huber nahm einen tiefen Zug. »Es ist doch ungewöhnlich, dass die beiden Bürokräfte mit ihrem Seniorchef am Freitagnachmittag ins Kino gehen und sich ›Vier Fäuste für ein Halleluja‹ anschauen. Und zufällig wird gleichzeitig der verhasste Schwiegersohn umgebracht.«

Warum erzählte uns Huber das alles?

»Ich frag mich ständig, wie der Kornheim zu Tode gekommen ist. Die Pathologen haben nichts Vernünftiges gefunden.« Huber schnippte die Zigarettenasche zum Fenster hinaus. »Übrigens ist seine Insulinspritze verschwunden.«

»Ist das schlimm?«, fragte ich. »Seitdem er in der Gefriertruhe war, wird er sie nicht mehr gebraucht haben.«

Niemand lachte.

»Ich überleg halt, wo sie hingekommen ist. Der Kornheim war zuckerkrank und hat sich öfters am Tag eine Dosis Insulin spritzen müssen. Er hat immer eine Spritze dabei gehabt. Die war aber nirgends zu finden. Nicht im Auto, nicht in seinem Anzug, nicht in der Gefriertruhe und auch nicht auf dem Jochberg.«

»Woran denken Sie?«, fragte Max.

»Vor ein paar Wochen war ich auf einem Lehrgang und da hat uns ein Pathologe erzählt, dass Insulin das perfekte Gift ist, weil man es nicht nachweisen kann. Eine hohe Dosierung führt dazu, dass der Blutzuckerspiegel rasch sinkt. Das Opfer wird erst bewusstlos, kurz darauf stirbt es. An der Leiche lässt sich nichts mehr feststellen, außer dem Einstich.«

»Und – haben die Pathologen einen Einstich gefunden?«, fragte Max.

»Einige. Er hat sich ja jeden Tag spritzen müssen.«

»Und wo waren die?«

»Am Bauch und am Oberschenkel. Überall da, wo man halt hinkommt, wenn man sich selbst spritzt. Im Genick war eine Stelle, aus der die Pathologen nicht schlau werden. Eine Art Einstich, bloß nicht so tief. Vielleicht ein Biss von einem jungen Fuchs oder einem Marder. Ein Ohr und die Zehen waren auch schon ein bisschen angefressen. Die Viecher haben um diese Jahreszeit besonders viel Hunger.«

»Kann man das Insulin auch ins Bier oder ins Essen mischen?«, wollte ich wissen.

»Nein, es muss injiziert werden, sonst wirkt's nicht«, meinte Huber.

»Und was sollen die Mädchen mit dem Insulin zu tun haben?«, fragte Max.

»Die zwei waren doch die letzten, die mit dem lebenden Kornheim zusammen waren. Sie könnten es ihm verpasst haben, als er sie nach Hause gefahren hat. Kurz danach habt ihr ihn tot in seinem Auto gefunden.«

6

Zu lieben und vernünftig zu sein,
ist kaum einem Gott möglich.
(Publilius Syrus)

Donnerstag

Wir waren abends mit Nora und Karin zum Pizzaessen im Italy verabredet. Als wir das Haus verließen, kamen wir in der Küche am Bräu vorbei, der sich gerade einen Wurstsalat schmecken ließ.

»Wo wollt's denn heut schon wieder hin«, nörgelte er. »Da bin ich ja gespannt, was mit den Prüfungen wird.«

»Keine Sorge, Papa. Wir fahren zu einem Klassenkameraden, und mit dem übersetzen wir noch ein Kapitel Aristophanes.«

»Red doch keinen Schmarrn.« Der Bräu wischte sich die saure Essigsoße aus dem Schnurrbart. »Ich glaub nimmer ans Christkindl, und wenn du und dein Spezl am Abend parfümiert mit dem Motorrad wegfahrt, dann werdet ihr nicht eueren Lateinlehrer treffen.«

»Du könntest ein bisserl mehr Vertrauen zu deinem Sohn haben«, meinte Frau Stockmeier. Sie saß ihrem Mann gegenüber und schrieb eine neue Speisekarte.

»Danke, Mama.« Max warf seiner Mutter einen warmen Blick zu. »Wenigstens einer, der zu mir hält.«

Frau Stockmeier sah auf. Wenn ich ihren Blick richtig deutete, dann glaubte sie Max ebensowenig wie ihr Mann. Sie wollte bloß ihre Speisekarte in Ruhe fertigschreiben und konnte im Augenblick keine Grundsatzdiskussion brauchen.

Wir kamen vor den Mädchen im Italy an. Also gingen wir hinein und bekamen vom Ober den letzten freien Tisch direkt neben dem Klo zugewiesen. Max ärgerte sich darüber. Mir war der Tisch völlig egal, wenn nur Karin endlich auftauchte.

Wenige Minuten später trafen die beiden ein. Nora trug eine Jeans, die so eng war, dass ich mir beim besten Willen nicht vorstellen konnte, wie sie da hineinkam und wie sie dieses Kleidungsstück wieder ablegen wollte, ohne es zu zerschneiden. Dazu trug sie eine helle Bluse mit Blumenmuster. Einige Männer verrenkten sich die Köpfe nach ihr. Das brachte ihnen böse Blicke ihrer Begleiterinnen ein.

Karin trug eine schwarze Hose und ein rotes T-Shirt. Sie war sehr hübsch mit ihren langen, blonden Haaren. Außerdem hatte sie ein leichtes Parfüm aufgelegt, das gut zu ihr passte. Beide waren bestens gelaunt.

»Ihr werdet es nicht glauben, aber heute ist schon eine größere Bestellung für Motoren eingegangen. Am ersten Tag, nachdem Herr Schmidt das Heft wieder in die Hand genommen hat.«

»Und was ist mit dem armen Buchwald passiert?«, wollte ich wissen.

»Sein Büro ist heute Nachmittag frisch gestrichen worden. ›Damit von dem ganzen Unsinn nicht mal eine zerschlagene Fliege an der Wand übrig bleibt‹, hat der Chef gesagt«, berichtete Nora ohne einen Hauch von Mitleid.

Bis unsere Pizze kamen, unterhielten wir uns über den Schmidt und seinen Bruder.

»Ihr hättet uns doch sagen können, dass es dem Bonifaz um seinen Bruder gegangen ist, als er uns um Rat gefragt hat«, beschwerte sich Max.

»Er wollte es aber nicht. Er meinte, er würde jedem helfen. Und ich glaube es ihm.« Nora kaute weiter an einer italienischen Salzstange, deren Namen ich mir noch nie merken konnte.

»Die zwei sind schon ein seltsames Pärchen«, bemerkte ich.

»Ich mag beide, obwohl sie so verschieden sind.« Karin probierte auch eine von den Salzstangen, legte sie aber angebrochen zurück. »Und beide haben schon sehr viel für andere Leute getan. Jeder auf seine Weise.«

»Sie scheinen sich aber nicht besonders zu mögen«, bemerkte Max.

»Wie kommst du darauf?«, wollte Karin wissen.

»Der Schmidt sagt, dass sein Bruder sein ganzes Leben verblödelt hat und jetzt als alter Mönch in einer vermoderten Bruchbude hockt. Und der Bonifaz sagt, dass er seinen Bruder früher sogar gehasst hat. Vor allem wegen seiner Borniertheit, mit der er hinter jedem Hakenkreuzfähnchen her gerannt ist.«

»Der Bonifaz hasst niemanden. Und von seinem Bruder kriegt er Geld, wenn er welches braucht. Irgendwie können sie sich schon leiden. Sie sind halt sehr verschieden.« Karin lächelte.

Endlich kamen die Pizze, und wir begannen schweigend zu essen.

»Der Inspektor ist gestern noch vorbeigekommen«, berichtete ich nach einer Weile. »Er hat euer Alibi überprüft. Ihr wart also wirklich mit dem Schmidt in München.«

»Hast du uns etwa nicht geglaubt?« Nora sah mich an.

»Doch, natürlich«, log ich. »Er hat gesagt, dass ihr im Kino wart.«

Karin hatte aufgehört zu essen. Sie wechselte einen schnellen Blick mit Nora. Dann sagte sie: »Vier Fäuste für ein Halleluja.«

»Aber der läuft doch auch in Wolfratshausen«, meinte ich und nahm das letzte Viertel meiner Pizza in die Hand. Das Abschneiden der einzelnen Bissen war mir zu umständlich.

»Zuerst haben wir was Schönes für seine Tochter gekauft, danach sind wir ins Kino.«

»Was habt ihr gekauft?«

»Eine …«, Nora stockte und schielte zu Karin hinüber, »… eine Handtasche«.

Max aß schweigend und mit wenig Appetit. Er klaubte die Oliven und Artischocken von der Pizza und wollte auch den Rand nicht essen. Warum sagte er heute Abend nichts? Er hatte doch sonst immer den Schnabel offen.

»Wann und wo wird eigentlich der Kornheim begraben?«, fragte ich. Es interessierte mich, was mit der Leiche eines Menschen geschah, der eine Woche tot war, ohne von jemandem vermisst zu werden.

Karin nahm ihr Weinglas, nippte daran und lächelte. »Es ist mir völlig egal, wann und wo der Dreckskerl verscharrt wird. Von mir aus kann man ihn auch auf einen Misthaufen werfen und verfaulen lassen. Da würde er hinpassen.«

Ich verschluckte mich an einem Stück Tintenfisch und musste husten. Wie konnte sie so über einen Toten reden? Mir war der Appetit vergangen, und ich schob den Teller weg, obwohl ich noch nicht fertig war. Das passierte mir selten.

Eine Zeitlang sagte keiner ein Wort. Dann wechselte Nora das Thema, und wir sprachen über die bevorstehenden Prüfungen und andere Belanglosigkeiten.

Schließlich teilten Max und ich die Rechnung, und wir verließen das Lokal. Max ging mit Nora zu seinem Motorrad. Ich hatte ihr meinen Helm gegeben. Ich stand neben Karin an der Eingangstür und wollte gerade etwas sagen, da kam sie mir zuvor.

»Begleitest du mich nach Hause?«, fragte sie, ohne mich anzusehen.

»Ja. Gern.« Ich atmete erleichtert aus, zumal ich mir nicht sicher war, ob ich mich getraut hätte, sie dasselbe zu fragen.«

Die ersten paar hundert Meter liefen wir schweigend nebeneinander her. Es ließ mir keine Ruhe, was sie über den Kornheim gesagt hatte.

»Wahrscheinlich meinst du jetzt, ich sei herzlos, wenn ich so über meinen früheren Chef rede. Aber glaub mir«, sie blieb stehen, »ich habe meine Gründe. Der Kornheim war ein übler Typ und der Laaf auch. Es ist gut, dass die beiden nicht mehr leben. Nicht nur für die Firma, sondern für viele Menschen, die mit ihnen zu tun hatten.«

»Auch für dich?«, fragte ich, obwohl ich die Antwort bereits wusste.

»Auch für mich«, sagte sie leise und sah mir scheu in die Augen.

Dann setzte sie sich wieder in Bewegung. Warum sprach sie von den beiden? Sie könnte einfach still sein oder über das Wetter reden. So musste ich mir doch Gedanken machen, ob sie und Nora mit den Toten vom Jochberg mehr zu tun hatten, als es im Augenblick schien. Ich überlegte, ob ich Max alles erzählen sollte, was Karin mir anvertraute. Er würde sicher seine Schlüsse daraus ziehen.

»Ich mag kein belangloses Zeug mit dir reden, Kaspar.« Wir waren an dem Block angekommen, in dem Karin wohnte. »Du hast in der Disco gesehen, dass ich diese hässliche Narbe am linken Arm habe, und du bist ja nicht blöd. Ich wollte mir die Pulsadern aufschneiden. Vor zwei Monaten … Gott sei Dank hat mich mein Papa noch rechtzeitig aus der Badewanne gezogen und ins Krankenhaus gefahren. Sonst würde ich vielleicht heute nicht hier stehen. Und das täte mir leid, denn …«

Sie nahm meinen Kopf in ihre zierlichen Hände, zog ihn zu sich her und küsste mich. Nur ein Mal und auch nicht besonders lang.

Dann lächelte sie mich an, schob mich vorsichtig weg, drehte sich um und eilte zur Tür. Sie sperrte auf, schaltete das Licht im Flur an und lief die ersten Stufen der Treppe hinauf. Dort blieb sie stehen und sah zurück in meine Richtung. Nun hob sie die Hand und bewegte die Finger ein wenig. Dann war sie weg.

Ich stand da wie versteinert. Sollte ich mich freuen, dass sie mich geküsst hatte? Oder sollte ich mich ärgern, dass sie nicht noch ein wenig geblieben war? Da roch ich sie. Am Hemdkragen, an den Ärmeln und an meinen Händen. Ich ging in den Schatten einer großen Buche, denn es wäre mir peinlich gewesen, wenn mich jemand gesehen hätte, wie ich an meinem Ärmel schnüffelte. Schließlich ging ich zurück nach Wolfratshausen. Einen Bus wollte ich nicht nehmen. Der Schweiß und der Gestank anderer Leute hätten alles zerstört. Also marschierte ich los und freute mich über den schönen Abend mit diesem wunderbaren Ende.

Beim Bräu angekommen legte ich mich auf die Hausbank, die vor der Küchentür stand. Sie wurde weniger zum Sitzen, sondern eher zum Abstellen von Waren genutzt. Ich schaute in den Sternenhimmel und dachte an ein Sonett von Shakespeare: »Soll ich denn einen Sommertag dich nennen …« Mit dem linken Hemdsärmel vor der Nase schlief ich ein.

Freitag

»Was machst du denn hier?« Max stand mit verschränkten Armen da und schaute mich an, als wäre ich ein Kalb mit zwei Köpfen.

Ich rieb mir die Augen. »Eingeschlafen bin ich.« Ich richtete mich auf und merkte, dass ich fröstelte. Die Sonne war gerade aufgegangen.

»Jetzt kommst aber schnell rein. Ich mach dir einen heißen Tee, damit du dich nicht erkältest. Außerdem kriegst einen Melissengeist aus den eisernen Beständen von der Zenzl. Vor den Prüfungen darfst du nicht krank werden.«

Wenig später saß ich am Tisch und wärmte mir die Finger an der großen Teetasse. Max holte den Melissengeist aus dem Arzneimittelschrank, in dem die Zenzl all ihre Medikamente aufbewahrte. Langsam erwachte das Haus zum Leben.

Als ich den Tee ausgetrunken hatte, gingen wir nach oben.

»Das hat ja wohl länger gedauert«, meinte er und zog die Pyjamajacke an.

Aufs Zähneputzen verzichteten wir beide.

»Es war aber nicht, was du jetzt denkst«, sagte ich und schüttelte mein Kopfkissen aus.

»Was denk ich denn?«

»Dass ich mit der Karin im Bett war.«

Max grinste und gähnte gleichzeitig. »Das würd ich dir auch nicht so schnell raten. Nora hat erzählt, dass Karins Vater sehr um seine Tochter besorgt ist. Und er war sudetendeutscher Jugendmeister im Boxen.«

»Sie hat mich bloß geküsst, dann ist sie davon.«

»Warum? Hast du Mundgeruch?«

»Depp!«

Nach gut zwei Stunden war ich wieder wach. Ich stand auf, wusch mir das Gesicht mit kaltem Wasser ab und versuchte zu lernen. Doch keines unserer fünf Abiturfächer, weder Latein noch Mathe, Deutsch, Griechisch oder Religion, lag mir heute. Ich konnte mich auf nichts konzentrieren.

Immer dachte ich an Karin. An meinem Hemd hing noch ein Hauch ihres Parfüms. Ich musste sie bald wiedersehen. Unbedingt.

Ich ging hinunter in die Küche. Max saß am Tisch und starrte in seine Kaffeetasse. Zenzl erzählte ihm von einem Rotzlöffel aus der Nachbarschaft, der seine Freundin hatte stehen lassen, nachdem er sie geschwängert hatte. »Den tät ich aufhängen an seinem Corpus Dilicti, bis er schwarz wird und abfällt. Dann könnt er nix mehr anstellen damit.«

Ich mochte die Zenzl und ihre Art, den ganzen Tag vor sich hin zu granteln. Nebenbei arbeitete sie für drei.

Wieder wandte sie sich an Max: »Gestern hat die Buchhandlung angerufen. Der neue Krimi von der Patrizia Heuschmidt ist da. Sie haben ein Exemplar für dich zurückgelegt.«

»Ist gut«, sagte Max und ging in sein Zimmer.

Mit Max stimmte etwas nicht. Auf dieses Buch wartete er schon Monate. Warum sprang er nicht aufs Motorrad und brauste davon, um es zu kaufen und dann – Abitur hin oder her – nicht eher mit dem Lesen aufzuhören, bis er damit fertig war.

Ich folgte ihm in seine Kammer, wo er lang ausgestreckt auf seinem Bett lag und an die Decke starrte.

»Der Bonifaz ist schon ein interessanter Typ«, begann ich.

»Mmh«, machte Max.

»Vielleicht wird er mal heiliggesprochen. Dann haben wir einen echten Heiligen gekannt.«

»Mmh.«

»Wenn du mit dem neuen Krimi von der Highsmith fertig bist, gibst du ihn mir. Der letzte mit dem Ripley war super.«

Max richtete sich im Bett auf. »Sag mal, Kaspar, ist dein Friseur gestorben oder bist du von der Konversationslaus gebissen? Ich brauch meine Ruh. Ich hab über einen Haufen Sachen nachzudenken.«

Steif ließ er sich zurück fallen. Dann lag er über eine Stunde mit geöffneten Augen da.

Schließlich rief uns seine Mutter zum Essen.

»Ich hab keinen Hunger«, sagte Max und drehte sich zur Seite.

Jetzt machte ich mir ernsthafte Sorgen.

Samstag

Kurz vor Mittag holte mich Zenzl ans Telefon. Ich erschrak, da ich meinte, zu Hause sei ein Unglück passiert. Außer meinen Eltern und Max hatte mich selten jemand angerufen. Als ich den Hörer ans Ohr presste, hörte ich Karins Stimme:

»Magst du heute Nachmittag bei uns Kaffee trinken? Meine Eltern möchten dich kennenlernen.«

Ich konnte mein Glück nicht fassen. Tausend Gedanken schossen mir durchs Hirn, doch keiner davon fand den Weg bis zu meinen Stimmbändern.

»Hast du schon was anderes vor?«, fragte sie enttäuscht, da ich nicht geantwortet hatte.

»Nein, aber …«

»Also dann bis um vier. Und benimm dich, damit ich mich nicht mit dir schämen muss.«

Sie kicherte, dann legte sie auf.

Zurück im Zimmer warf ich mich aufs Bett und schloss die Augen. Das Abitur war plötzlich so weit weg wie die Milchstraße. Immer wieder dachte ich daran, wie sie meinen Kopf mit beiden Händen genommen und mich auf den Mund geküsst hatte. Es war ganz selbstverständlich gewesen. Ohne Aufregung, ohne Geziere, einfach wunderbar.

»Hat die Karin noch was Besonderes erzählt?«, fragte Max beiläufig.

»Sie hat gesagt, dass der Laaf und der Kornheim üble Typen waren und dass es um die zwei nicht schad ist.«

Ich wusste, dass Max gerade eine neue Konstruktion des Falles in seinem Hirn zusammenstellte. Über eine Viertelstunde gab er Ruhe. Mit starren Augen lag er auf dem Bett. Dann rollte er zur Seite und meinte, er habe jetzt Hunger. Wir gingen nach unten und hatten Glück. Es gab einen Rindsbraten, für den die Zenzl den Nobelpreis verdient hätte.

Max war auffallend schweigsam. Die Zenzl ärgerte sich darüber und schimpfte. Sie habe es verdient, dass man sich mit ihr unterhält, wenn sie uns schon immer was Gutes kocht. Max gab ihr recht und ging auf sein Zimmer. Als ich nachkam, lag er wieder auf dem Bett. Wieder mit offenen Augen.

»Das ist der erste Kriminalfall, bei dem ich nicht sicher weiß, ob ich herausfinden möchte, wer's war.« Max richtete sich auf und schaute mich an. Todernst.

»Du hast Angst, dass die Mädchen in die Sache hineingezogen werden könnten, stimmt's?«

»Die zwei sind schon mittendrin.«

Ich hatte auf dem Weg nach Geretsried Blumen für Karins Mutter gepflückt. Hoffentlich mochte sie Margeriten. Mit dem Strauß in der Hand stand ich vor der Wohnungstür und war mindestens so aufgeregt wie vor meiner ersten Lateinschulaufgabe. Nachdem ich geklingelt hatte, dauerte es nur einen Augenblick, bis Karin die Tür öffnete und mich anlächelte. Sie sah sehr hübsch aus in ihren ausgewaschenen Jeans und der weißen Bluse. Die langen, blonden Haare trug sie offen, und jede ihrer Bewegungen wehte einen Hauch ihres blumigen Parfüms zu mir her. Neben ihr stand ein kleiner schwarzer Pudel, der ihr nicht von der Seite wich und mich misstrauisch beäugte.

»Komm rein«, sagte sie leise und trat zur Seite.

»Die Blumen sind für deine Mama.«

Jetzt tat es mir leid, dass ich ihr nicht auch welche mitgebracht hatte. Hoffentlich war sie nicht enttäuscht, aber ich hatte mich nicht getraut. Außerdem hatte mir Max abgeraten. Er fand ohnehin, dass dieser offizielle Besuch bei den Eltern recht früh kam. Auffallend früh, meinte er.

Wir gingen durch den engen Flur, wo ich meine Lederjacke an der Garderobe aufhängte. Dann kamen wir ins Wohnzimmer. Dort saßen ihre Eltern am Kaffeetisch. Sie erhoben sich, um mir die Hand zu schütteln. Ich überreichte Frau Kobek die Blumen, und sie freute sich darüber. Ihr Mann hatte einen sehr kräftigen Händedruck und musterte mich skeptisch. Er sah seiner Frau recht ähnlich. Beide waren klein und blond. Doch während sich Herrn Kobeks Haarpracht auf einen tonsurähnlichen Haarkranz beschränkte, trug seine Frau Dauerwelle.

Ich sollte mich auf das Sofa setzen, Karin neben mich. Der Pudel nahm zwischen uns auf dem Boden Platz und beschnüffelte meine Hosenbeine. Karins Vater beobachtete jede meiner Bewegungen.

Frau Kobek holte nun den Marmorkuchen, Karin den Kaffee.

Laut Max kam nun die entscheidende Phase: Seiner Meinung nach waren Männer im Haushalt und im Familienkreis lediglich geduldet. Es sind die Frauen, die in jeder Familie das Sagen haben. Also galt es, zunächst die Sympathie der Hausfrau zu gewinnen.

Ich hatte die besten Vorsätze. Zunächst nippte ich am Kaffee und verbrannte mir die Lippen an dem heißen Zeug. Dabei verschüttete ich etwas Kaffee auf die gehäkelte, weiße Tischdecke und merkte, wie mir die Hitze ins Gesicht stieg.

»Das macht nichts«, sagte Frau Kobek freundlich.

Sicher war die blöde Decke ein Erbstück der Lieblingstante. Obwohl ich gar keinen Hunger hatte und meine Mundschleimhäute ausgetrocknet waren wie nach einem Wüstensturm, verlangte nun der Anstand, bei dem Kuchen tüchtig zuzugreifen.

Ich hatte die Worte von Max noch im Ohr: Es gibt nix, was die Mütter lieber mögen als einen Burschen, der am Tisch anständig hinlangt. Das ist gewissermaßen der Aufnahmetest aller Mütter. Wahrscheinlich zeigt ihnen ein guter Appetit, dass der von der Tochter Erwählte gesund ist. Der Marmorkuchen schmeckte nach getrocknetem und gezuckertem Schweißsand. Also kaute ich an dem ersten Stück herum, und je mehr ich mich darauf konzentrierte, den Inhalt meines Mundes einzuspeicheln, um ihn endlich abschlucken zu können, desto aussichtsloser wurde dieses Unterfangen.

»Komm Mädel, bring dem armen Kerl doch ’ne Limo. Sonst kaut er morgen noch an Mutters Kuchen rum.« Karins Vater hatte eine für einen Mann auffallend hohe Stimme.

Die Limo tat mir gut, und endlich konnte ich dem Kuchen so zusprechen, wie Max es mir geraten hatte.

Nach dem vierten Stück meinte Karins Mutter, ihr Bruder hätte auch so viel gegessen, als er aus der Kriegsgefangenschaft in Russland heimgekommen war. Sofort kamen mir Zweifel, ob Max’ Rat wirklich so klug gewesen war.

»In Ihrem Alter kann man den ganzen Tag lang essen und hat abends immer noch Hunger«, meinte Karins Vater.

»Sie können ruhig du zu mir sagen«, meinte ich.

»Stimmt es, dass das Essen im Internat nicht besonders gut ist?«, fragte Frau Kobek.

»So kann man es auch bezeichnen.« Endlich hatten wir ein Thema gefunden, über das man unverfänglich plaudern konnte. »Unser Präfekt hat einmal gesagt, das hätte auch Vorteile. Zum einen wird im Beusl keiner dick. Zum anderen wird es uns nach ein paar Jahren in Heiligenbeuern nie passieren, dass wir irgendwo hinkommen, wo das Essen so schlecht ist, dass wir es nicht runter bringen. Dadurch erspart man manch peinliche Situation.«

Als ich den Satz beendet hatte, wusste ich, dass ich nichts Blöderes hätte sagen können. Schnell setzte ich nach: »Ihr Kuchen ist aber ganz ausgezeichnet, Frau Kobek. Sonst hätte ich nicht so viel gegessen.«

Frau Kobek schaute mich zweifelnd an, dann stand sie auf, um abzuräumen. Karin half ihr.

Eine Zeitlang saß ich mit ihrem Vater stumm im Wohnzimmer und wir hörten die Frauen in der Küche das Geschirr abwaschen, sich leise unterhalten und kichern.

»Arbeiten Sie schon lange bei den Motorenwerken?«, fragte ich, da mir die Stille unangenehm wurde.

»Mein halbes Leben.« Herr Kobek hatte sich ein Bier aufgemacht.

»Ganz schön lange«, meinte ich und ärgerte mich sofort über diese blöde Bemerkung.

»Früher war's ne prima Firma. Der alte Schmidt hatte den Laden gut im Griff. ›Für jemanden, der gerne arbeitet, hat der liebe Gott einen Haufen schöner Tage hergerichtet‹, hat er oft gesagt. Ich hab mich dran gehalten, und wir sind immer gut ausgekommen. Er ist zwar ein harter Hund, aber seine Leute konnten sich auf ihn verlassen – immer.« Der kleine, blonde Mann lächelte. »Der Schmidt war Offizier, das merkt man heute noch. Er hat sogar das Ritterkreuz bekommen.«

»Zum Buchwald war er aber nicht besonders nett«, meinte ich.

»Den musste er hinrichten, damit die Truppe wieder Mut fasst. Das ist ein ganz alter Trick.«

Karins Vater war aufgestanden und hatte eine Flasche Cognac aus dem Schrank geholt. Er schenkte zwei Gläser ein, ohne mich zu fragen und schob mir eines her.

»Der Buchwald war eben fällig. Irgend jemand musste ja verantwortlich sein. Und es hat keinen Falschen erwischt«, sagte er.

»Warum?«

»Du kannst dir gar nicht vorstellen, mit was für einer arroganten Fresse der Herr Qualitätsobermeister durch die Werkshalle stolziert ist. Für den Kerl waren wir bloß dressierte Tiere. Nicht einmal angeschaut hat er einen, wenn er mit uns Werktätigen geredet hat. Unsere Namen haben ihn eh nicht interessiert. Deshalb war die ganze Belegschaft so begeistert, als ihn der Schmidt nach allen Regeln der Kunst vorgeführt hat.« Er trank einen kleinen Schluck. »Der wirklich Schuldige, also der Laaf, der lebt ja nicht mehr. Um den ist es auch nicht schade.«

»Was war denn der Laaf für einer?«, fragte ich und nippte an dem Schnaps.

»Ein Abräumer war das, ein ganz übler Typ.« Kobek schaute mich ernst an. »Der hat die Tochter vom Chef bloß wegen der Firma geheiratet.«

»Wie kommen Sie darauf?«, fragte ich

»Das hat ein Blinder gesehen. Aber die Rita, also die junge Frau Schmidt, war ganz verliebt in den Fatzke. Gut ausgesehen hat er ja. Das hat sogar meine Frau gesagt. Und zuerst hat es auch in der Firma ganz gut geklappt. Anfangs hat er sich sogar richtig angebiedert bei den Leuten. Grad dass er nicht mit uns zum Saufen gegangen ist.«

Er blähte die Backen. »Als er dann endlich das Sagen hatte, ist alles umgestellt worden. Die Qualität unserer Motoren war aber innerhalb eines halben Jahres beim Teufel. Motoren werden von Menschen gebaut, nicht von Papieren. Und was sie taugen, das stellt sich raus, wenn sie laufen, nicht auf dem Zeichentisch.«

Er nippte erneut. »Der Laaf wollte sich aber nichts sagen lassen. Nicht vom alten Schmidt und von uns Angestellten schon zweimal nicht. Schließlich ist der Kornheim aufgetaucht. Der hatte Augen, dass es einen im Sommer noch gefroren hat. Wie der die Karin angeschaut hat, da ist mir jedes Mal Angst geworden um das Mädel.« Er trank den Rest seines Cognac. »Aber der Laaf ist ihm in den Arsch gekrochen, dem fetten Kornheim. Er hat sein Geld gebraucht, hat es geheißen. Sonst wäre die Firma letztes Jahr schon zugesperrt worden.«

Herr Kobek schenkte sich noch einen Schluck ein und schaute ernst in die wässrig-braune Flüssigkeit.

»Pass mir auf die Kleine auf«, sagte er auf einmal ganz leise. »Wenn du bloß eine fürs Bett brauchst, dann such dir eine andere. Dafür ist mein Mädel zu schade.«

Er hatte sich mir zugewandt. Seine Augen waren rot.

»Nicht dass du mich falsch verstehst. Du bist ein netter Kerl, das hab ich gleich gesehen. Meine Frau und ich haben uns sehr gefreut, als das Mädel sagte, sie hätte jetzt einen Freund. Wir wollten natürlich gleich wissen, wie der ausschaut.« Er versuchte zu lächeln und wiederholte: »Pass mir gut auf die Kleine auf. Ich hab das leider nicht besonders hingekriegt. Wahrscheinlich hätte ich …«

Die Küchentür ging auf. »Die Liesl muss Gassi. Kommst du mit, Papa?«

Karin hielt eine dünne schwarze Hundeleine in der Hand. Am anderen Ende der Leine hing der Hund, der mich immer noch misstrauisch musterte. Nun erschien Frau Kobek mit einem Piccolosekt und zwei Gläsern in der Hand. Die Sache war abgesprochen. Ich sollte also auch von der Mama noch meine Instruktionen erhalten.

Nachdem Karin und ihr Vater das Haus verlassen hatten, setzte sich ihre Mutter an den Tisch, öffnete die kleine Flasche und schenkte die zwei Gläser voll. Dann nahm sie das ihre in die Hand und stieß mit mir an. Ich trank einen kleinen Schluck von dem prickelnden, pappsüßen Zeug. Es schmeckte ekelhaft.

»Unsere Karin ist ein liebes Kind«, begann sie, und ich hätte vorher wetten mögen, dass sie genau so beginnen würde. »Außerdem ist sie hübsch, was dir sicher schon aufgefallen ist.«

Ich wollte ihr in keinem der Punkte widersprechen.

»Diese Kombination kann zu großen Problemen führen.« Frau Kobek sah in die durchsichtige Tischplatte vor ihren Knien. »Bitte pass mir auf das Mädel auf. Sie hat schon einiges mitgemacht.«

Das hatte ich bereits gehört.

Sie schüttelte plötzlich den Kopf und meinte: »Ich kann dir nicht erzählen, worum es genau geht. Vielleicht tut sie es eines Tages selber. Sie ist so …« Karins Mutter verstummte.

»Hat es mit der Narbe an ihrem linken Handgelenk zu tun?«, fragte ich.

Frau Kobek nickte und sagte eine Weile kein Wort. Dann nahm sie ihr Glas und trank einen kleinen Schluck. »Du weißt, woher die Narbe kommt?«

»Ich kann's mir denken.«

»Es ist gut zwei Monate her, da hat mein Mann sie mit der aufgeschnittenen Pulsader in der Badewanne gefunden. Gerade noch rechtzeitig.« Sie trank ihr Glas leer und schenkte den Rest aus der Flasche nach. »Niemand hat erfahren, warum sie es getan hat. Wenn mein Mann einen Schuldigen gefunden hätte, wäre vielleicht ein noch größeres Unglück geschehen. Wenn er in Wut gerät, kennt er sich nicht mehr.«

»Hat es etwas mit der Firma zu tun?«

»Nein«, sagte Frau Kobek viel zu schnell und schüttelte mehrmals den Kopf, als würde es ihr vor dem Sekt plötzlich grausen. Sie schaute mich an wie ein verschrecktes Reh. »Wie kommst du darauf?«

Ich zuckte die Achseln.

Es läutete an der Tür, und sie stand auf, um zu öffnen. Es waren Karin, ihr Vater und der Hund. Sie waren schneller zurückgekommen als vorhergesehen, da es begonnen hatte, zu regnen.

»Papa würde uns ins Kino fahren. Hast du Lust? In einer Stunde beginnt die Vorstellung. Wir können so lange in mein Zimmer gehen.«

Karins Zimmer war hell und freundlich. Es roch sehr gut nach ihr und ihrem Parfüm, dessen Namen ich so gerne gewusst hätte. Sie fackelte nicht lange, und wir küssten uns, wobei ich all meine bescheidenen Kenntnisse in die Wagschale warf. Sie kannte sich besser aus. Nach einiger Zeit befreite sie sich aus meiner Umarmung, setzte sich auf ihr Bett und hielt die Knie mit beiden Händen umfangen.

Ich stand erst etwas blöde rum, dann sah ich mir ihre Plattensammlung an und war positiv überrascht. Natürlich fehlten einige Alben, auf die ich nicht hätte verzichten wollen. Doch wenigstens stand sie nicht auf die Bay City Rollers oder den Müll aus den Hitparaden. Sie mochte die Beatles, Simon and Garfunkel und die Doors. Von denen hatte sie offensichtlich alle Langspielplatten.

»Was ist eigentlich mit dem Max los?«, begann sie, während ich versuchte, den Plattenspieler zu starten.

»Was soll mit ihm los sein?«, gab ich zurück. Ich wusste wirklich nicht, was sie meinte.

»Nora sagte mir heute morgen, dass er sich total verändert hat.«

»Vielleicht wegen der Prüfungen«, entgegnete ich, obwohl ich wusste, dass es daran nicht liegen konnte.

»Nein«, sagte Karin. »Die Schule kann es nicht sein. Nora befürchtet, dass er vielleicht eine andere hat.«

»Da kann ich sie beruhigen. Unmöglich. Das wüsst ich.« Endlich hatte ich den Plattenspieler zum Laufen gebracht. Ich hatte mich für Sounds of Silence von Simon and Garfunkel entschieden. »Wie kommt sie denn darauf?«

Karin schaute ernst drein. »Ich weiß ja nicht, ob ihr Jungs euch über so etwas unterhaltet. Aber Nora ist meine beste Freundin, und deshalb reden wir über alles.« Sie schluckte. »Fast alles.«

Wenn sie nachdachte, dann erschien zunächst ein Grübchen am linken Mundwinkel. Wenn sie noch mehr überlegte oder lachte, kam ein zweites, etwas kleineres Grübchen auf der rechten Wange dazu. Ich freute mich sehr darüber, dass sie so schön war.

»Jedenfalls sagt die Nora, dass er seit gestern ganz anders geworden ist.« Karin druckste herum.

»Jetzt sag schon. Wie anders?«

Sie holte tief Luft und begann: »Ich weiß wirklich nicht, wie ich es dir erklären soll. Schließlich kennen wir uns noch nicht sehr lange.« Noch einmal atmete sie tief ein. »Zuerst ist er rangegangen wie Blücher. Nach zwei Tagen waren sie schon zusammen im Schwimmbad. Nora hat sich extra einen Bikini für das Treffen gekauft, damit alles gut zur Geltung kommt. Du verstehst?«

Ich nickte, und Karin fuhr fort: »Jedenfalls war er ganz begeistert von ihr, und zwar nicht bloß im platonischen Sinn. Ihr ist es eigentlich ein bisschen zu schnell gegangen, andererseits hat es ihr auch gefallen. Und heute Nacht.« Sie schaute mich mit großen Augen an. »Nichts mehr.«

»Wie meinst du, nix mehr?« Ich wusste wirklich nicht, worauf sie anspielte.

»Ja nichts mehr eben.« Sie stand vom Bett auf. »Zuerst hätte er am liebsten sechs Hände gehabt, damit ihm ja kein Zentimeter an ihr auskommt, und seit gestern muss sie froh sein, wenn er sie in den Arm nimmt und küsst. Und wenn er sie küsst, dann denkt er an etwas andres. Das spürt sie.«

Ich überlegte. Hatte Max irgendwo ein anderes Mädchen, von dem ich nichts wusste? Unmöglich, das wäre allein zeitlich nicht gegangen. Wir waren Tag und Nacht zusammen, seit Wochen. Doch Max hatte sich wirklich verändert. Ständig las er in diesem seltsamen Buch über Epiktet und starrte an die Decke.

»Die Nora hat recht. Er hat sich verändert. Aber es steckt kein anderes Mädel dahinter. Sicher nicht.«

Ich grübelte weiter. Wann hatten diese Veränderungen angefangen? Eigentlich seit er den Epiktet von Pater Ignaz bekommen hat. Anschließend hat Max ein paar Strophen auswendig gelernt. Doch auch als er genug konnte, um mit seiner Liebsten ins Schwimmbad zu gehen, hat sein Interesse an der Philosophie nicht nachgelassen. Und als Pater Bonifaz von seinem Leben erzählte, war er ganz andächtig gewesen. Keine Spur mehr von dem beißenden Sarkasmus, der ihn früher ausgezeichnet hatte.

»Losgegangen ist es mit dem Epiktet«, murmelte ich und meinte ein Zucken auf ihrem hübschen Mund wahrzunehmen.

Karins Vater klopfte an die Tür. Wir mussten aufbrechen, wenn wir rechtzeitig in Wolfratshausen sein wollten. Herr Kobek ließ uns vor dem Kino aussteigen. Ich bedankte mich für den schönen Nachmittag und schlug die Beifahrertür des Käfers zu, froh mit Karin allein zu sein.

»Willst du wirklich ins Kino?«, fragte ich sie, nachdem ihr Vater weggefahren war und sie mich ausgiebig geküsst hatte.

»Hast du einen anderen Vorschlag?«

»Wir könnten ein bisserl spazierengehen. Auf dem Weg runter zum Isarspitz ist jetzt sicher kein Mensch.«

Der Regen hatte aufgehört. Es schien die Sonne und die Vögel zwitscherten.

»Gut«, sagte Karin und nahm meine rechte Hand. Sie wollte immer rechts von mir gehen. »War es sehr schlimm heute Nachmittag?«

Ich schüttelte den Kopf. Allein für die halbe Stunde allein mit ihr im Zimmer hätte ich das Doppelte an trockenem Sandkuchen in Kauf genommen.

»Ich weiß, es ist ziemlich spießig bei uns daheim. Man muss sich fast schämen mit der gehäkelten Tischdecke und all dem Zeug. Aber meine Eltern wollten dich unbedingt kennenlernen. Und ich wollte das auch.«

»Warum?«

»Vielleicht zum angeben.«

»Dann hättest du dir jemanden anderen suchen sollen. So einen wie den Max.«

»Ich mag nicht so einen wie den Max.« Sie sah zu Boden. »Und meinen Eltern hätte so einer wie der Max auch nicht gefallen. Der ist so überheblich und von oben herab. «

Ich hob die Achseln. Max war, wie er war.

»Ich hätte dich mit deiner Unbeholfenheit heut Nachmittag von oben bis unten abknutschen mögen. Du hättest das Gesicht meiner Mutter sehen müssen, als du den Kaffee auf die frisch gestärkte Tischdecke geschüttet hast.«

Karin lachte perlend.

»Und dann erklärst du ihr durch die Blume, dass ihr Kuchen beschissen schmeckt. Es würde dir aber nichts ausmachen, denn wer eine Zeitlang im Beusl war, frisst alles.«

Sie hatte meine Hand losgelassen, Lachkrämpfe schüttelten sie. Ich fand das nicht lustig und vergrub beide Hände in meiner Lederjacke. Wenigstens gab es ausreichend Kieselsteine, die man vor sich her kicken konnte.

Schließlich beruhigte sich Karin und nahm meine Rechte mit beiden Händen.

»Du bist sehr lustig«, meinte sie und versuchte, mich zu küssen. »Ich habe schon lange nicht mehr so viel gelacht.«

Ich legte den Arm um ihre Schulter und beschloss, auch weiterhin für ihr Amüsement zu sorgen.

»Deine Eltern sorgen sich um dich«, meinte ich.

Wir waren an der Isar angekommen.

»Deine nicht?«, fragte Karin.

»Doch, schon. Aber …«

Karin blieb stehen. Sie schaute eine Weile zu dem reißenden Fluss, in dem schon so viele Leute ertrunken sind. »Haben sie dir auch gesagt, warum sie sich Sorgen machen?«

»Deine Mutter hat die Narbe an deinem linken Handgelenk angesprochen.«

»Und?«

»Sie hat mich gefragt, ob ich weiß, woher die Narbe kommt.«

»Und?«

»Ich hab ihr gesagt, ich könnt es mir vorstellen. Dann hat sie erzählt, dass dich dein Vater vor zwei Monaten gerade noch rechtzeitig in der Badewanne gefunden hat. Und dass dein Vater nicht weiß, warum du es gemacht hast. Sonst hätt es vielleicht ein großes Unglück gegeben.«

Karin nickte mehrmals, während sie weiterhin zur Isar hin starrte. »Nein, er hätte es nicht wissen dürfen.« Jetzt drehte sie sich zu mir her. »Und du darfst es auch nicht wissen … Komm, gehen wir zurück.«

»Hat es etwas mit deiner Arbeit zu tun?«

»Nein.« Sie zögerte einen Augenblick. »Die Sache hat sich außerdem erledigt.«

»Wegen mir?«

»Auch.«

Den ganzen Nachmittag hatte ich bei Karin verbracht. Es war wunderbar, und ich konnte mir gar nicht mehr vorstellen, dass es einmal ein Leben ohne ihr Lachen und all das andere gegeben hatte. Lediglich das schlechte Gewissen in Sachen Abitur trieb mich wieder nach Wolfratshausen. Der Abschiedskuss hatte die Länge eines durchschnittlichen Spielfilms. Zurück beim Bräu schlich ich über die Hintertreppe in den ersten Stock. Ich wollte weder der Zenzl noch Max' Eltern begegnen. Als ich die Tür zu unserer Kammer öffnete, kam mir Zigarettenrauch entgegen. Max und Inspektor Huber saßen an meinem Schreibtisch.

»Servus Kaspar«, grüßte Max.

Der Polizist hob stumm die Rechte, dann sagte er zu meinem Freund gewandt: »Kommende Woche werden die Ermittlungen noch mal richtig losgehen. Der Kurzer ist morgen aus dem Urlaub zurück, und der Chef will ihm den Fall übertragen. Er ist mit meinen Ergebnissen nicht zufrieden.«

»Was heißt das?« Max zündete sich eine Zigarette an. Er rauchte selten – immer nur dann, wenn er sich gestresst oder sauwohl fühlte. Nach letzterem sah er nicht aus.

»Es werden alle Verdächtigen, alle Verdachtsmomente und alle Alibis noch mal durchgegangen. Der Kurzer ist zwar nicht besonders schlau, aber er ist ein Terrier. Und bald ist die Stelle eines Dienststellenleiters in Rosenheim neu zu besetzen. Ein Erfolg in unserem Mordfall würde seine Chancen auf eine Beförderung und die Versetzung nach Rosenheim natürlich entscheidend verbessern.«

»Und wie stehen die Ermittlungen bis jetzt?« Max drückte die angerauchte Zigarette in der zum Aschenbecher umfunktionierten Untertasse aus. Sie hatte ihm nicht geschmeckt.

»Der Kornheim ist am Donnerstag nach der kleinen Feier von euch tot aufgefunden worden. Ich werde wohl nicht mehr lange verheimlichen können, woher ich das weiß.« Huber schaute ernst drein. Er hatte uns sein Wort gegeben. Möglicherweise konnte er es aber nicht halten, wenn Kurzer ihn am Montag nach den Einzelheiten fragen würde. »Dann ist er in der Gefriertruhe vom alten Schmidt eingelagert worden, damit die Zahlungen an die Firma weiter laufen. Eine gute Woche später fährt jemand zusammen mit dem Laaf und der tiefgefrorenen Leiche vom Kornheim auf den Jochberg. Dort wird die Leiche in eine Schlucht geworfen, und anschließend schießt unser Unbekannter den Laaf hinterher. Der Schuss ist ziemlich genau um fünf Uhr Nachmittags gefallen. Der Senn hat gerade das Wunschkonzert im Radio gehört. Am nächsten Tag schaut der Senn nach, was passiert ist, weil die meisten seiner Rindviecher am Hirschgrat herumstehen. Er findet den Landrover, die Büchse vom alten Schmidt und die Leiche vom Laaf. Er holt die Polizei, und die findet auch noch den Kornheim.

Der alte Schmidt wird als Erster verhört. Alles spricht für ihn als Täter: Sein Gewehr war die Tatwaffe. Er hatte einen Schlüssel für den Landrover, kein Alibi und war mit dem Mordopfer total zerstritten. Und er gibt keinerlei Auskünfte, wo er am Freitag um fünf war.«

»Das wissen wir schon alles«, stöhnte Max und wandte sich ab.

So ungeduldig wurde er selten. Er schien keinerlei Spaß an der Sache zu haben. Bei den anderen Fällen war er wie ein Jagdhund gewesen, der keine Ruhe gab, bis er die letzte Spur gefunden hatte. Alles, was mit den Morden im Beusl und am Schlickerhof zu tun gehabt hatte, hatte er wissen wollen. Doch nun war Max kein junger, flinker Jagdhund mehr. Er wirkte schlapp und desinteressiert. Was war nur los mit ihm? Ich begann, mir wirklich Sorgen zu machen. Hatte er Ärger mit Nora, oder war da noch etwas anderes?

»Dann kommen die beiden Mädchen und der Pater Bonifaz ins Spiel. Plötzlich hat der Schmidt ein perfektes Alibi und scheidet als Mörder vom Laaf aus.« Huber machte eine Schnute und tippte sich mit dem rechten Zeigefinger mehrmals ans Kinn. Das tat er immer, wenn er nicht mehr weiter wusste. »Die nächste Hauptverdächtige ist jetzt die Frau Laaf. Sie hat ein mittelprächtiges Alibi, sie war zur Tatzeit allein zu Hause. Die Nachbarn bezeugen, dass ihr roter Wagen am Freitag Nachmittag vor der Garage gestanden hat. Sie selbst wurde von niemandem gesehen. Sie sagt, sie hätte sich den ganzen Tag im Haus aufgehalten. Sie habe Hefte korrigiert.«

»Wer hatte eigentlich einen Schlüssel für den Landrover?«, fragte ich.

»Soweit ich weiß, nur der Schmidt, der Laaf und der Kornheim. Ein vierter Schlüssel hing in der Firma an einem Schlüsselbrett. Den könnte jeder genommen haben, der Zugang zum Hauptgebäude hat.« Unglücklich senkte Huber den Kopf. »Aber jeder von den Schlüsseln ist da, wo er hingehört. Es ist zum Mäusemelken.«

»Wer hat Zugang zum Hauptgebäude?«, fragte ich.

Max warf mir einen bösen Blick zu. Warum? Dieses Detail war doch wichtig.

»Schmidt, Laaf, Kornheim und die Verwaltungsangestellten, zum Beispiel die Sekretärinnen«, meinte Huber.

Jetzt wusste ich, warum Max böse geschaut hatte.

7

Des Menschen Gedanken färben seine Seele.
(Marc Aurel)

Montag

Nach dem Frühstück ging es los. Max' Eltern und die Zenzl wünschten uns alles Gute, dann fuhren wir zur ersten Abiturprüfung nach Heiligenbeuern.

Die Klasse hatte sich bereits im Abiturientenstübchen im Keller versammelt. Wir grüßten die Kameraden und schlugen auf einige Schultern. Dann begann das Ritual: Wie vor jedem wichtigen Ereignis hörten wir Highway Star von Deep Purple. Diesmal noch lauter als sonst. Die meisten starrten apathisch auf den Boden und nickten im Takt. Einige sahen mit leeren Augen auf die gegenüberliegende Wand.

Voller Adrenalin durch die laute Rockmusik gingen wir anschließend in den ersten Stock zu unserem Klassenzimmer. Der Unger Georg, unser Schlechtester in Latein, aß auf dem Weg dorthin noch ein Wurstbrot, das er mitgebracht hatte. Wenn er aufgeregt war, stopfte er alles in sich hinein, was ihm in die Finger kam.

Schließlich betraten Lovely Rita und Pater Aurelian schweigend das Klassenzimmer und stellten sich an das Lehrerpult. Frau Laaf legte die Regeln für den Verlauf der Prüfungen fest. Wer versuchte zu spicken, würde sofort eine Sechs bekommen. Wir sahen uns ernst an. Damit hatten wir gerechnet.

Nun wurden die Aufgabenblätter ausgeteilt. Ich saß neben Max wie immer und drehte kurz den Kopf zu ihm hin. Normalerweise hätte er mir jetzt zugeblinzelt oder ein Victory-Zeichen gemacht. Doch Max saß bloß da, las die Aufgabe ruhig durch und begann schließlich mit der Übersetzung. Während der nächsten zwei Stunden ging er nicht einmal auf die Toilette, wo der Burger Franz ein Wörterbuch in einem Wasserkasten versteckt hatte, der vorher trockengelegt worden war. Auch ich benutzte dieses Nachschlagewerk, da mir ein paar ausgefallene Vokabeln ums Verrecken nicht einfallen wollten.

Max ging nicht hinaus, obwohl seine Lücken mit Sicherheit größer waren als meine. Was war nur los mit ihm? Er hatte noch nie eine Gelegenheit zum Spicken ausgelassen. Der Wasserkasten wurde bereits von Generationen von Abiturienten genutzt. Schließlich sammelte Pater Aurelian die Arbeiten ein. Sofort wurde es laut. Eine Traube eifriger junger Männer hing an Clemens, unserem Primus.

Ich hatte es noch nie gemocht, mir direkt nach einer Prüfung Gedanken über meine Leistung zu machen. Die Würfel waren gefallen, zu ändern war ohnehin nichts mehr. Max und ich verließen das Klassenzimmer und stellten uns schweigend an ein Fenster, von dem aus der ganze Klosterhof zu überblicken war. Plötzlich stand Lovely Rita neben uns.

»Und du hast wirklich Arschloch zu meinem Vater gesagt?« Frau Laaf schaute Max mit strahlenden Augen an. Sie trug ein schwarzes Kostüm, dessen Rock für meinen Geschmack und für ihre Figur zu kurz war. So sah man ihre muskulösen Oberschenkel und die kräftig ausgebildeten Knie, die auch zu einem Hürdensprinter gepasst hätten.

»Ja«, entgegnete Max knapp und schaute wieder auf den Hof. Ihm war offensichtlich nicht an einer Unterhaltung mit der Lehrerin gelegen.

»Sagt der Kerl doch wirklich Arschloch zu meinem Papa.« Amüsiert schüttelte sie den Kopf. »Das musst du mir genau erzählen. Du musst.« Unsere Lateinlehrerin ließ nicht locker. »Wir können in den Hof gehen. Da ist jetzt keiner, die anderen haben noch Schule.«

Max schaute unglücklich zu mir herüber. Die Klassenkameraden, die nun ebenfalls einzeln oder zu zweit den Schulraum verließen, wunderten sich, dass Lovely Rita bei Max stand. Besonders groß war die Liebe zwischen den beiden im Laufe des Schuljahrs nicht gewesen.

»Natürlich kann der Kaspar mitkommen. Wir haben ja schließlich keine Geheimnisse, oder?« Frau Laaf warf mir einen fragenden und etwas zu langen Blick zu.

»Gut«, meinte Max. »Aber nur kurz. Wir müssen uns heute noch auf Mathe vorbereiten.«

Schweigend gingen wir die Treppe hinunter, an der Pforte vorbei und in den Klosterhof. Der Himmel war bedeckt, doch es regnete nicht. Es war angenehm warm, so dass wir keine Jacke brauchten. Ich überlegte, warum Lovely Rita mit uns sprechen wollte. Die kleine Auseinandersetzung zwischen Max und ihrem Vater konnte nicht der Grund sein.

Nachdem wir uns auf eine Bank unter der großen Blutbuche gesetzt hatten, begann Frau Laaf: »Du hast also mit meinem Vater gestritten?«

»Woher wissen Sie das?«, fragte Max.

»Er hat es mir erzählt.«

»Hat er Ihnen auch erzählt, warum ich das gesagt hab?«

»Dir hat nicht gefallen, wie er den Buchwald, unseren Qualitätsheini, vor versammelter Mannschaft abgekanzelt hat. Oder hat es mit seinem Bruder zu tun?«

Max schwieg. Er hatte die Arme verschränkt und sah an der Lehrerin vorbei geradeaus zu dem Springbrunnen in der Mitte des Hofes.

»So etwas hat sich meines Wissens noch nie jemand getraut«, sagte die Lehrerin.

»Dann ist es aber Zeit geworden.«

»Du magst ihn nicht, stimmt's?«

»Wen?«

»Meinen Vater.«

»Nein.«

»Warum?«

»Ich hab es zum Kotzen gefunden, wie er mit den Leuten umgeht. Er teilt die ganze Menschheit ein in Leute, die ihm nutzen, und in solche, die ihm nix bringen. Und auf denen, die ihm nix bringen, trampelt er rücksichtslos rum, wenn's ihm passt. Die Aufführung in der Werkshalle war jedenfalls widerlich. Ob der Qualitätstyp was getaugt hat oder nicht, spielt keine Rolle.«

»Er ist aber dabei, die Firma wieder flott zu machen. Und er hat Erfolg – wie immer. Die ersten Aufträge sind schon eingegangen.« Lovely Rita legte ihre Beine übereinander. An ihren Waden waren kleine schwarze Stoppeln zu sehen, wie ich sie vom Gesicht meines Vaters kannte, wenn er sich zwei Tage nicht rasiert hatte. »Ehemalige Geschäftspartner haben wieder Vertrauen in die Motorenwerke, und die Mitarbeiter sind froh, dass alles so wird wie früher.«

»War es damals so perfekt?«, wollte ich wissen.

Lovely Rita sah mich neugierig an. Vielleicht hatte sie nicht damit gerechnet, dass ich auch etwas sagen würde.

»Nein, perfekt war es nicht. Aber die Firma ist gut gelaufen, und die Leute hatten eine sichere, gut bezahlte Arbeit – zumindest so lange, wie mein Vater am Ruder war. Danach gab es einige Störungen.«

»Und jetzt sind die drei Störenfriede weg«, stellte Max zufrieden fest.

»Wieso drei?«, fragte Frau Laaf.

»Zuerst der Kornheim, dann Ihr Mann, und zum Schluss der Qualitätsmeister. Aber der Buchwald lebt wenigstens noch.«

Frau Laaf schien diese letzte Feststellung nicht gefallen zu haben. Sie zeichnete mit dem rechten Zeigefinger ein unsichtbares Muster auf den oben liegenden rechten Oberschenkel. Obwohl sie sich mit Kleidung und Schminke größte Mühe gab, attraktiv zu wirken, übte sie auf mich eine ähnlich erotische Ausstrahlung aus wie die Zenzl. Und zwischen den beiden Damen war mindestens ein Zentner Unterschied.

»Es waren nicht drei Störenfriede. Es war bloß einer – mein Mann. Die anderen zwei haben sich aus der katastrophalen Entwicklung der Firma heraus ergeben.« Sie schluckte. »Den Buchwald hat er geholt, um seine seltsamen Vorstellungen von Produktqualität zu günstigen Preisen durchzusetzen. Das ist tüchtig in die Hosen gegangen. Und den Kornheim hat er gebraucht, sonst wäre ihm letztes Jahr schon das Geld ausgegangen und er hätte die Produktion einstellen müssen.«

»Sie reden aber nicht sehr gut von Ihrem verstorbenen Mann«, meinte Max.

Lovely Rita lehnte sich zurück und schlug nun das linke Bein über das rechte. »Ich hatte nie viel Glück mit Männern: zuerst mein Vater, der sicher kein einfacher Mensch ist, dann mein Ehemann, ein krasser Fehlgriff. Und die Herren dazwischen waren auch nicht wesentlich besser.«

Es entstand eine peinliche Pause. Warum erzählte sie uns diese persönlichen Details?

»Wo ist der Kornheim eigentlich hergekommen, als wir ihn tot im Auto gefunden haben?«, fragte Max, dem das Schweigen anscheinend noch mehr auf die Nerven ging als das Reden. Ich überlegte, warum er Frau Laaf nach Dingen fragte, die er eh schon wusste.

»Wir hatten an dem Donnerstagabend eine kleine Feier in der Firma.« Lovely Rita befeuchtete kurz mit der Zunge ihre dunkelrot geschminkten Lippen. »Mein Mann hatte einige Geschäftspartner eingeladen, doch die Stimmung war nicht besonders. Es wurde viel getrunken, und um elf ist der Kornheim mit dem Auto meines Mannes nach Hause gefahren.«

»Nüchtern?«

Rita lachte. »Nein, das war er selten.«

»Aber er war doch krank«, meinte ich. »Er hatte Diabetes, und da soll man doch nix trinken.«

Sie sah mich prüfend an. Sicher überlegte sie, woher ich wissen konnte, dass Kornheim Probleme mit der Bauchspeicheldrüse hatte. »Zuckerkranke können genauso saufen wie Gesunde. Es tut ihnen bloß nicht besonders gut.«

»Ist er allein heimgefahren?«, fragte Max.

»Nein, er hatte die zwei Mädchen aus dem Büro dabei. Ihr kennt die beiden, habe ich gehört.« Ruhig betrachtete unsere Lehrerin erst den Wasserstrahl des Springbrunnens, dann richtete sie ihren Blick zunächst auf Max, schließlich auf mich. Sie erwartete eine Reaktion. Das spürte ich.

Wir nickten, und wieder gab es eine kurze Pause.

»Warum sind die zwei mit ihm mitgefahren?«, fragte Max trocken.

»Was weiß ich?« Für einen Augenblick senkten sich ihre Mundwinkel. »Es hat geregnet. Vielleicht deshalb. Die kleine Blonde wollte erst nicht, aber die Dunkelhaarige hat sie überredet.«

»Wie ist es dann weiter gegangen?«, fragte ich.

»Mein Mann hat ungefähr um zwölf beim Kornheim zu Hause angerufen. Er wollte wissen, ob er trotz seines Rausches gut heimgekommen sei. Kornheim war sehr wichtig für die Firma. Ohne sein Geld hätten wir sofort zusperren können.« Sie malte nun einen kleinen Kreis auf ihren linken Oberschenkel. »Als er sich nicht meldete, fuhren wir los, um ihn zu suchen. Es war nicht schwierig, wie ihr ja selbst gesehen habt. Der Jaguar stand direkt neben der Straße. Ich wollte sofort den Krankenwagen und die Polizei holen, aber mein Mann hat es mir verboten. Der Kornheim war tot, und wir konnten nichts mehr für ihn tun. Also hat er die Leiche auf die Beifahrerseite geschoben und ist mit ihr weggefahren. Deinen Motorradhelm habe ich in meinem Auto mitgenommen. Mein Mann ist dann spät in der Nacht heimgekommen und hat gesagt, dass ich niemandem erzählen darf, dass der Kornheim nicht mehr lebt. Er meinte, wir müssten erst Zeit gewinnen, um einen anderen Geldgeber für die Firma zu finden. Er wollte sogar mit meinem Vater reden, obwohl sich die beiden schon lange nicht mehr grün waren.«

»Und warum sind Sie zwei Tage später mit dem kaputten Jaguar in die Schule gefahren?«, fragte Max.

»Mein Mann hatte am Samstag nach dem Unfall einen Geschäftstermin, da konnte er schlecht mit dem lädierten Jaguar auftauchen. Also hat er mein Auto genommen. Und ich musste schließlich irgendwie in die Schule kommen.«

»Wie ist die Geschichte am nächsten Tage weitergegangen?« Max kaute auf seiner Unterlippe.

»Mein Mann hat verzweifelt versucht, einen anderen Geldgeber zu finden. Da es nicht viele Leute gibt, die Geld in ein marodes Geschäft stecken, hat er mehrmals mit meinem Vater geredet. Das hat aber jedes Mal einen Mordsstreit gegeben. Schließlich hat mein Mann kapituliert. Er sagte, dass er für den Betrieb nichts mehr tun könne. Da war aber noch die Leiche von Kornheim im Jagdhaus. Die musste er unbedingt beseitigen. In der Gefriertruhe war sie eine Zeitbombe. Jederzeit hätte mein Vater den Toten finden können und dann wäre die Situation sicher eskaliert. Also hat er schlechtes Wetter abgewartet, damit keine

Bergwanderer unterwegs sind.« Ihre Hände zuckten nervös. »Am Freitag, gut acht Tage nach Kornheims Tod, regnete es den ganzen Tag. Das hat mein Mann ausgenützt. Er sagte, dass er den gefrorenen Kornheim in den Landrover laden und mit ihm auf den Jochberg fahren würde, wo er ihn in eine Schlucht werfen wollte. Dort würde ihn so schnell niemand finden, und die Krähen und Füchse hätten genug Zeit, ihn zu fressen.«

»Und wer hat Ihrem Mann das Hirn herausgeblasen? Der Heilige Geist?« Max schüttelte den Kopf. »Eine solche Geschichte kauft Ihnen doch niemand ab.«

»Es war aber so.« Frau Laaf hatte sich eine dünne weiße Damenzigarette angezündet und sah Max lächelnd an. Sie war eine eigenartige Mischung aus Eleganz und Hässlichkeit. »Der Huber wollte mir auch nicht glauben. Aber er hat keine Beweise, dass es nicht so gewesen ist. Und nachdem er schon meinen Vater unschuldig verdächtigt hatte, ist er vorsichtiger geworden. Bei seinem letzten Besuch wirkte er eher ratlos.«

»Auf der Schrotflinte am Tatort sind keine Fingerabdrücke gefunden worden. Also muss ihn jemand über den Haufen geschossen und anschließend die Tatwaffe abgewischt haben. Wenn er sich selbst umgebracht hätte, müssten Fingerabdrücke auf der Waffe sein.«

»Mein Onkel Bonifaz hat gesagt, dass du ein Fachmann für Kriminalfälle bist. Er meint, du hättest möglicherweise noch mehr Krimis gelesen als ich. Was ich mir aber ehrlich gesagt nicht vorstellen kann.« Frau Laafs überdimensionale Nase ragte spitz aus dem kleinen Gesicht. »Vielleicht bringst du Licht ins Dunkel. Nach den Prüfungen hast du ja genug Zeit.«

Sie stand auf und ging zu ihrem Wagen.

Max und ich blieben noch eine Minute sitzen, dann kehrten wir zurück ins Kloster.

Im Studiersaal wartete Clemens bereits auf Max. Er hatte mit meinem Freund vereinbart, im Laufe des Nachmittags noch einige schwierige Aufgaben gemeinsam durchzugehen. In Mathe war Max als einziger in der Klasse besser als Clemens.

Als Max mich fragte, ob ich dabei sein wollte, lehnte ich ab. Ich hätte mich nicht auf Rechenaufgaben konzentrieren können. Mir gingen ganz andere Dinge durch den Kopf.

Konnte Karin mit den Todesfällen zu tun haben? Irgendetwas, worüber sie nicht sprechen wollte, war vor zwei Monaten passiert. Und es musste so schlimm gewesen sein, dass sie danach nicht mehr weiterleben wollte. Sie redete sehr schlecht über ihre früheren Chefs. Trotzdem war sie zusammen mit Nora an jenem Donnerstagabend mit Herrn Kornheim nach Hause gefahren. Sie wollte erst nicht, hatte Lovely Rita gesagt. Nora hatte sie überredet. Warum?

Ich überlegte, wie sich meine Schwester verhalten hätte. Sie würde zu niemandem ins Auto steigen, der ihr zuwider war oder vor dem sie Angst hätte. Da konnte es so viel regnen, wie es wollte.

Wieder kam mir Lovely Rita in den Sinn. Warum hatte sie uns heute nach der Prüfung angesprochen? Und warum hatte sie uns Dinge erzählt, die uns eigentlich nichts angingen? Lovely Rita plauderte nicht aus einer Laune heraus mit uns. Sie war eine intelligente, sehr logisch denkende Frau. Sonst wäre sie nicht Lateinlehrerin geworden. Und sie liebte Krimis – wie Max.

Ich versuchte meine Gedanken zu ordnen. Doch nichts passte zusammen. Und das machte mir Angst. Ich musste mit Karin reden. Bloß wann?

Morgen hatte ich Mathe, und für die übrigen drei Tage der Woche waren die restlichen Abiturprüfungen angesetzt.

Schließlich holte ich das Mathebuch aus meinem Pult und begann mit einer einfachen Aufgabe, die ich noch ein paar Tage zuvor ohne Probleme gelöst hatte. Ich fand jedoch keinen Einstieg, begriff nicht einmal, wie ich es anpacken sollte. Mit den nächsten Rechnungen ging es mir genauso.

Plötzlich ergriff mich eine seltsame Panik. Was sollte morgen werden, wenn ich wie ein Depp vor meinem Aufgabenblatt säße und mir nichts einfiel? Ich versuchte eine noch simplere Rechnung, die ich zusammen mit Max bereits gelöst hatte. Wieder dasselbe. Ich spürte, wie meine Finger und Zehen steif wurden. Kalte Furcht fuhr mir in die Knochen. Panisch blätterte ich im Buch zurück zu den Beispielaufgaben. Doch nicht einmal die Beispiele konnte ich nachvollziehen.

Plötzlich stand Max hinter mir: »Ich glaub, wir müssen reden.« Er legte mir die Hand auf die Schulter, dann setzte er sich neben mich und begann zu flüstern: »Du fühlst dich jetzt scheiße, weil du nicht weißt, ob die Karin was mit den Toten zu tun hat.«

»Was meinst du?« Ich schaute an Max vorbei zu dem großen hölzernen Kruzifix an der Stirnseite des Studiersaals. »Stecken die zwei Mädchen in der Sache drin?«

Er überlegte einen Augenblick, ob er mich anlügen sollte. Ich erkannte es daran, dass seine Augen links und rechts an mir vorbei schweiften.

Schließlich sah er mir in die Augen. »Ja, aber das hilft nix. Wir müssen was tun für morgen.«

Er blätterte im Buch und deutete auf eine Aufgabe.

»Ich kann das jetzt nicht«, schnaubte ich und drehte den Kopf weg. »Ich hab's schon probiert.«

»Epiktet meint, dass der weise ist, der sich dem unausweichlichen Schicksal in rechter Weise fügt«, dozierte Max und deutete erneut auf die Aufgabe.

»Hör mir bloß auf mit deinem Epiktet. Der Schmarrn hilft mir jetzt nicht weiter.«

»Das ist kein Schmarrn! Morgen musst du gut drauf sein. Du darfst dich jetzt nicht von Sachen aus der Ruhe bringen lassen, die du eh nicht beeinflussen kannst.« Max legte seine Stirn in Falten. »Wem hilft's, wenn du dich jetzt aufregst und morgen die Prüfung versaust? – Der Karin sicher nicht.«

»Soll ich also dasitzen und abwarten, was noch alles passiert?« Er ging mir gewaltig auf die Nerven.

»Das wär eine Möglichkeit. Die andere Möglichkeit wär, dass du über die Angelegenheit nachdenkst. Dann wirst du merken, dass du im Augenblick für die Karin nix tun kannst. Gar nix.« Er holte tief Luft. »Also kümmer dich um die Dinge, die in deiner Hand liegen.«

Wieder deutete er auf die Rechnung, die mir gerade noch unlösbar erschienen war. Ich versuchte es noch einmal, und diesmal schaffte ich den Einstieg. Max schaute mir über die Schulter und verfolgte geduldig jeden einzelnen meiner Schritte. Bis zum Nachmittagstee hatten wir für alle Rechenarten, die in der morgigen Prüfung zu erwarten waren, Beispiele durchgearbeitet und es war gar nicht schlecht gelaufen.

Als wir mit je einer Marmeladensemmel in der Hand den Klosterbau verließen, um ein wenig frische Luft zu schnappen, kam Lovely Ritas roter Porsche in den Klosterhof gefahren. Sie hielt an ihrem Parkplatz und stieg aus dem Wagen. Das schwarze Kostüm hatte sie gegen einen engen hellgrünen Hosenanzug getauscht.

»Gut, dass ich euch treffe«, rief sie von Weitem. »Ich habe mit euch zu reden.«

Was wollte sie von uns? Wir hatten uns doch erst vor ein paar Stunden unterhalten.

»Sicher habt ihr Lust auf Kaffee und Kuchen. Ich lade euch ein.« Lovely Rita machte kehrt und marschierte in Richtung Klosterbräu. Max und ich wechselten einen kurzen Blick, dann folgten wir ihr.

Es saßen nur einige Männer am Stammtisch, ansonsten war die Gaststube leer. Frau Laaf wählte einen kleinen Tisch in der Ecke. Kaum hatten wir uns gesetzt, da stand auch schon eine magere, grauhaarige Bedienung mit gezücktem Bleistift neben uns. Die Lehrerin bestellt drei Portionen Kaffee und Käsesahnetorte.

»Ihr werdet euch fragen, warum ich schon wieder mit euch reden möchte«, begann Lovely Rita. »Ein neuer Inspektor war heute Nachmittag bei mir. Er heißt Kurzer und stellt eine Menge Fragen.«

»Und?« Max tat, als würde ihn die Sache überhaupt nichts angehen.

»Ich habe deinen Sturzhelm auf dem Autodach gefunden – und bisher niemandem im Kloster davon erzählt. Da könntest du ruhig ein wenig dankbar sein.«

Der Kaffee kam, und unsere Lehrerin schwieg, während die Kellnerin die Portionskännchen und die dazu gehörenden Tassen abstellte.

Als wir wieder allein waren, begann sie: »Der Kurzer scheint die Sache anders anzupacken als sein Kollege. Er war heute schon in der Firma und hat mit meinem Vater und den beiden Sekretärinnen gesprochen. Danach ist er zu mir gekommen.«

»Und?«, fragte Max erneut. Er hatte sich zurückgelehnt, die Arme verschränkt und den Kopf etwas zur Seite gelegt.

»Er wollte von mir wissen, ob ich meinen Mann erschossen hätte.«

»Und?«, fragte Max.

»Natürlich habe ich es nicht getan.« Sie lächelte verlegen wie ein kleines Mädchen, während sie ohne Unterlass in der Kaffeetasse rührte, obwohl sie gar keinen Zucker genommen hatte.

»Das würden Sie aber auch sagen, wenn Sie es getan hätten«, meinte ich.

»Sicher!« Jetzt trank sie einen kleinen Schluck, das Lächeln blieb auf ihrem überschminkten Gesicht. »Ich war es aber wirklich nicht.«

»Dann haben Sie ja nichts zu befürchten.« Max schaute gelangweilt zur Decke.

»Der Inspektor ist aber der Meinung, auch der Kornheim sei keines natürlichen Todes gestorben. Er hat in diesem Zusammenhang die beiden Mädchen aus dem Büro im Verdacht. Was den Tod meines Mannes betrifft, verdächtigt er in erster Linie mich.«

Jetzt kam die Torte, doch mir war der Appetit vergangen. Max probierte eine kleine Gabel voll, nickte zustimmend und schob gleich einen zweiten, größeren Bissen hinterher. Lovely Rita ergriff ihre Kuchengabel mit spitzen Fingern, betrachtete die Torte zunächst mit leichtem Befremden, um sich schließlich doch einen großen Happen abzutrennen und genussvoll in den Mund zu schieben.

Ich mag Frauen, die gerne essen. Und Frau Laaf aß sehr gerne, was mich angesichts ihrer Situation wunderte.

»Hat der Kurzer denn irgendwas in der Hand gegen Sie?«, wollte ich wissen.

»Nein. Aber er findet schon noch was, hat er gemeint.«

»Ist es da nicht unklug von ihm, wenn er der Hauptverdächtigen ins Gesicht sagt, dass er sie im Visier hat?«

»Wahrscheinlich will er mich nervös machen.« Sie schluckte. »Und das ist ihm auch gelungen.«

»So sehen Sie aber nicht aus.«

»Ich krieg immer Hunger, wenn ich nervös bin oder etwas angestellt habe.«

»Sind Sie nervös, oder haben Sie was angestellt?«

Lovely Rita legte für einen Moment die Kuchengabel zur Seite. »Der Kerl meint es ernst. Und ich habe ein ungutes Gefühl. Denn ich habe den Kurzer angelogen und ihm verschwiegen, dass ich deinen Helm auf dem Jaguar gefunden habe.«

»Was wollen Sie von uns?« Max war mit seinem Stück fertig und schob den Teller weg.

»Ihr seid mir von meinem Onkel empfohlen worden.«

»Von wem?«

»Von Pater Bonifaz, meinem Onkel.«

»Und was hat der mit der Angelegenheit zu tun?« Max warf ihr einen forschenden Blick zu.

»Er ist der einzige Mann, dem ich wirklich vertraue. Wenn wir nicht verwandt wären, würde ich ihn sofort heiraten, obwohl er nicht besonders attraktiv ist.« Ihre Augen wichen für einen Augenblick zur Seite, als würde sie sich schämen für das, was sie gerade gesagt hatte. »Bonifaz hält jedenfalls große Stücke auf euch.«

Max machte dicke Backen und blies die Luft durch den schmalen Mund. »Inwiefern haben Sie die Polizei denn angelogen?«

»Ich war am Freitag nicht zu Hause, sondern ...« Sie beendete den Satz nicht.

»Sondern wo?«

»Das kann ich euch nicht sagen.« Sie machte eine Geste, als wollte sie ihren Mund abschließen, und damit stand fest, dass sie keine näheren Auskünfte über ihren Aufenthaltsort geben würde. »Ich musste unbedingt die Schuldverschreibungen an den Kornheim beseitigen. Wenn jemand das Geld zurückfordert, das ihm die Firma schuldet, wäre das eine Katastrophe. Ihr versteht?«

»Und was sollen wir für Sie tun, wenn Sie uns nicht einmal erzählen, wo Sie zur Tatzeit waren?«

»Lasst euch was einfallen. Schließlich seid ihr Spezialisten für solche Angelegenheiten – das hat zumindest mein Onkel gesagt. Und der weiß es von den Mädchen.«

Als wir ins Kloster zurückkehrten, sahen wir ein kleines, schwarz gekleidetes Männlein hinter dem Gitter an der Pforte stehen. Es war Pater Bonifaz. Der hatte mir gerade noch gefehlt.

»Tut mir leid, wenn ich euch störe.« Er hatte sich langsam in Bewegung gesetzt und war zu Max und mir hergetrippelt. »Ich weiß, dass ihr im Augenblick ganz andere Dinge im Kopf habt.« Er fuhr sich mit seinen krummen Fingern über den kahlen Schädel. »Es ist was Schlimmes passiert.«

Ich wusste sofort, dass es um Karin ging.

»Die Polizei war in der Firma. Ein gewisser Kurzer leitet jetzt die Untersuchungen. Nachdem der Mann mit Karin gesprochen hat, ist sie sofort heim. Seitdem sitzt sie in ihrem Zimmer und starrt die Wand an. Genauso, wie sie es gemacht hat, nachdem sie …« Bonifaz beendete den Satz nicht. »Sie will mit niemandem reden, auch mit mir nicht. Vielleicht kann der Kaspar …«

»Fahren wir«, sagte ich.

»Mach's gut.« Max legte mir für einen Moment die Hand auf die Schulter und versuchte zu lächeln. Dann wandte er sich ab und ging die Treppe zu unserem Studiersaal hinauf.

Im Käfer von Pater Bonifaz sah es aus wie in einer Mülltonne. Zwischen Staub, Zetteln, Heften und vertrockneten Schnittblumen fand ich schließlich Platz.

Die ersten Kilometer fuhren wir schweigend, dann begann er: »Vielleicht kannst du ihr helfen. Das erste Mal, als ich sie so gesehen habe, lag sie im Krankenhaus. Sie hatte versucht, sich das Leben zu nehmen. Zuerst dachte ich, sie hätte Liebeskummer. Sie hat mit niemandem geredet. Nicht mit ihren Eltern, nicht mit ihrer Freundin Nora und mit mir erst recht nicht. Sie ist nur dagelegen und hat die Wand angestarrt. Jeder konnte sich denken, dass sie es wieder versuchen würde, sobald sie die Gelegenheit dazu hätte. Schließlich ist mir der Epiktet eingefallen. Du weißt schon: ›Anytos und Meletos können mich zwar töten, doch schaden können sie mir nicht.‹ Stundenlang war ich an ihrem Bett gesessen und hatte ihr alles Mögliche erzählt, bis mir endlich dieser Satz in den Sinn kam. Plötzlich drehte sie den Kopf zu mir her und fragte, wie es gemeint sei, dass Menschen töten, ihrem Opfer aber nicht schaden könnten.«

»Das ist auch nicht leicht zu verstehen«, sagte ich.

Bonifaz fuhr langsam, trotzdem musste er sich sehr auf den Verkehr konzentrieren. Bei seinem Augenleiden wunderte es mich eh, dass er einen Führerschein hatte.

»Es geht darum, dass mir andere Menschen Gewalt antun können. Daran kann ich möglicherweise nichts ändern. Aber wenn ich diese Gewalt nicht an mich heranlasse, wird sie mich nur physisch verletzen. Sobald ich diese Gewalt aber über mich bestimmen lasse, kann sie mein Leben zerstören, auch wenn die eigentlichen Verletzungen nicht so schlimm oder längst verheilt sind.«

»Woher wissen Sie das?«

»Aus eigener Erfahrung und aus vielen Gesprächen.« Bonifaz wollte in den vierten Gang schalten, hatte aber die Kupplung vergessen. Es krachte fürchterlich. »Mir selbst ist es so gegangen, nachdem mir der amerikanische Soldat den Gewehrkolben ins Gesicht geschlagen hatte. Ich hätte den Kerl umbringen können. Ich wünschte ihm die Pest an den Hals.« An seinen Händen, die das Steuerrad hielten, traten die Knöchel weiß hervor. »Andere Leute haben aber noch viel schlimmere Dinge erlebt. In den Konzentrationslagern wurden Dinge getrieben, die sich ein normaler Mensch nicht einmal vorstellen kann. Und nach dem Krieg war der Wahnsinn längst nicht vorbei. In Geretsried gibt es viele ehemalige Flüchtlinge, die in ihrer Heimat oder auf dem Weg in den Westen zusehen mussten, wie Verwandte oder Nachbarn totgeschlagen wurden, nur weil sie einen deutschen Namen oder ein Parteibuch hatten. Jeder, der so etwas überlebt hat, muss aufpassen, dass dieses Unrecht nicht Gewalt über den Rest seines Lebens gewinnt.«

Etwas Ähnliches hatte er schon einmal gesagt. Für mich war das Schicksal der Menschen, die aus ihrer Heimat vertrieben worden waren, noch nie ein großes Thema gewesen. Ich hatte kaum Verwandtschaft außerhalb des Landkreises. Breslau war für mich genauso weit weg wie New York.

Karin saß mit angezogenen Beinen auf dem Bett. Die Knie hielt sie mit beiden Händen umfangen. Ihr Blick war auf einen ominösen Punkt auf dem Teppichboden gerichtet.

»Was willst du?«, fragte sie tonlos.

»Dich besuchen«, entgegnete ich und spürte, dass ich ihr nicht zu nahe kommen durfte.

»Das ist keine gute Idee.« Sie ließ sich nach rechts aufs Bett fallen, hielt aber immer noch ihre Knie fest umschlungen. Jetzt schaute sie auf einen Punkt an der gegenüberliegenden Wand.

»Dir geht's nicht gut, und da wollt ich …«

»Wer hat dir gesagt, dass es mir nicht gut geht?«, fragte sie.

»Der Bonifaz.«

»Der liebe, gute Bonifaz, der alles Leid der Welt versteht, weil ihm mal ein Soldat den Gewehrkolben drübergezogen hat.« Der ironische Ton in ihrer Stimme gefiel mir nicht.

»Es ist besser, wenn du jetzt gehst, Kaspar. Ich sag dir Bescheid, wenn ich dich wiedersehen kann.«

Sie rührte sich kein bisschen und starrte die Wand an.

»Ich möcht dir helfen.«

»Du kannst mir aber nicht helfen. Niemand kann mir helfen.« Sie zog die Knie noch enger an den Körper, als würde sie frieren. Mir war klar: Wenn ich jetzt das Zimmer verlassen würde, bräuchte ich mich nie wieder hier blicken lassen. Also blieb ich.

»Was ist denn passiert?« Mir war die Banalität meiner Fragen bewusst, etwas Besseres fiel mir aber nicht ein.

»Was passiert ist, werde ich niemandem sagen. Auch dir nicht.« Endlich drehte sie den Kopf zu mir her. Ich erschrak, denn ihre Augen waren vom Weinen ganz rot und verquollen. »Es war so schön, die letzten Tage mit dir.« Sie versuchte ein kleines Lächeln. »Und jetzt kommt dieser Polizist mit dem Schnauzbart daher und stellt seine Scheißfragen. Ich will den blöden Polizisten aber nicht mehr sehen. Unter keinen Umständen will ich nochmal mit ihm reden. Wenn ich aber nicht mit ihm rede, mache ich mich verdächtig, sagt er. Ich muss ihm alles sagen, sagt er. Und wenn ich es nicht freiwillig tue, dann müsse er mich halt dazu zwingen.«

Sie schnäuzte sich in ein kleines hellblaues Damentaschentuch. Dazu richtete sie sich auf und setzte sich an den Rand des Bettes.

Dann faltete sie die Hände und legte sie in den Schoß. »Es ist schön, dass du gekommen bist. Aber ich möchte jetzt lieber allein sein. Was du wissen sollst, habe ich dir gesagt.«

Als ich einen Schritt auf sie zu tun wollte, hob sie abwehrend beide Hände und wandte den Kopf ab. Ich drehte mich um und verließ das Zimmer. Im Wohnzimmer saßen Karins Eltern und Pater Bonifaz schweigend an dem gläsernen Wohnzimmertisch. Vor Karins Vater standen eine Schnapsflasche und ein Glas.

Ich blieb an der Wohnzimmertür stehen und wagte mich keinen Schritt weiter. Die düstere Stimmung in der Wohnung war kaum zu ertragen.

»Setz dich ein wenig her zu uns«, bat Karins Mutter und stand auf. »Bitte!«, fügte sie hinzu, und ich merkte, dass ihr meine Anwesenheit wichtig war.

Also ging ich zum Tisch und setzte mich auf den vorderen Rand des Sessels, der neben Bonifaz stand.

»Magst auch einen?« Herr Kobek deutete auf die Schnapsflasche.

Ich schüttelte den Kopf.

»Der Inspektor wird wiederkommen, und er wird wieder Fragen stellen«, meinte Bonifaz und drehte den Kopf so, dass er Karins Mutter ansehen konnte.

»Er soll das Mädel in Ruhe lassen, sonst …« Der Mund von Herrn Kobek wurde schmal.

»Der Inspektor macht seine Arbeit, mehr nicht.« Karins Mutter schien von oben bis unten aus Kummer zu bestehen. Ihr breites Gesicht war totenblass.

»Vielleicht sind die Ermittlungen bald abgeschlossen«, meinte Bonifaz und versuchte zu lächeln. »Dann habt ihr wieder Ruhe.«

»Der blöde Polizist soll das Mädel in Ruhe lassen, sonst …« Mit glasigen Augen sah mich Karins Vater an. Er war schwer betrunken. »Mich hat er auch gefragt, was ich an dem Tag gemacht habe, als der Laaf erschossen wurde. Aber den Zahn habe ich ihm gleich gezogen. Ich war mit dem Vater von Nora zusammen in unserem Schrebergarten. Und dort haben wir einen gehoben«

»War sonst noch jemand dabei?«, fragte ich.

»Nein, wieso? … Ist es jetzt verboten, dass man sich nach Feierabend …« Er stockte. »Jedenfalls soll der verdammte Kerl das arme Mädel in Ruhe lassen. Sonst könnt's gut sein, dass …«

Er brachte keinen ganzen Satz mehr fertig.

Im Beusl wartete Max bereits auf meine Rückkehr. Er sah mir gleich an, dass es nicht gut gelaufen war.

»Der Kurzer war bei der Karin, und seitdem sitzt sie im Zimmer und schaut die Wand an.«

»Was hat er sie denn gefragt? Und was hat sie ihm gesagt?«

Max schien jede Einzelheit wichtig, doch ich zuckte die Achseln.

»Sie hat offenbar nicht viel geredet mit ihm. Sie hat Angst, dass er wiederkommt und keine Ruhe gibt, bis er alles weiß.«

»Hat sie dir erzählt, was damals passiert ist?« Max hatte seinen Kopf nach vorne gestreckt, so dass ich seinen Kaugummiatem riechen konnte.

»Nein. Und ich glaub, ich will's auch gar nicht wissen«, sagte ich leise und spürte eine tiefe Beklemmung in mir aufsteigen.

»Der Kurzer wird keine Ruhe geben, bis er alles weiß. Und ich hab Angst um dein Mädel. Ich hab mal ein Buch über Opfer von Gewaltverbrechen gelesen. Ein Teil von ihnen fühlt sich schuldig, obwohl sie nix für die Geschehnisse können.« Max schnaufte angestrengt. »Überlebende aus den Konzentrationslagern fühlen sich schuldig, weil sie noch leben und ihre Verwandten vergast wurden. Soldaten fühlen sich schuldig, weil es ihre Kameraden erwischt hat und sie mehr oder weniger gesund wieder nach Hause gekommen sind. Und Opfer von …«

Er stockte und sah mich erschrocken an. Wahrscheinlich ahnte er, warum Karin sich das Leben hatte nehmen wollen. Und beinahe hätte er sich verplappert.

Schließlich fuhr er mit veränderter Stimme fort: »Wir müssen schauen, dass der Kurzer mit seinen Nachforschungen aufhört. Ich hab mich letzte Woch gewundert, warum der Huber so viele Fragen nicht gestellt hat. So viele Möglichkeiten und Zusammenhänge hat er nicht mal in Erwägung gezogen. Sein Chef ist deswegen sauer und hat dem Kurzer den Fall übertragen. Es sieht fast so aus, als hätt unser Inspektor den Täter gar nicht finden wollen.«

»Und was wirst du jetzt machen?«, fragte ich nach einer Pause.

Max zuckte die Achseln und schaute mich ratlos an. Ich überlegte, wann ich ihn das letzte Mal so gesehen hatte. Ich konnte mich nicht erinnern. Max war noch nie ratlos gewesen.

Vor dem Einschlafen bemühte ich mich, an Karin zu denken, an ihr kleines, hübsches Gesicht und an die vielen Grübchen, die je nach Stimmung darin auftauchten und wieder verschwanden. An ihre blonden Haare wollte ich denken und daran, wie gut sie immer roch. Ich spürte, dass sie in großer Gefahr war. Doch wer konnte ihr helfen? Auch Bonifaz und Max schienen mit ihrem Latein am Ende. »Anytos und Meletos können mich zwar töten, schaden aber können sie mir nicht.« Wieder und wieder dachte ich über den Satz nach.

Da erinnerte ich mich an eine Ohrfeige, die mir der Volksschullehrer in der vierten Klasse gegeben hatte. Er hatte gemeint, ich hätte mit einem Schweizer Kracher eine Bierflasche auf dem Pausenhof gesprengt. Das stimmte aber nicht, ein Nachbarjunge war es gewesen. Die Watschen hätte mir nichts ausgemacht, meine Geschwister hatten mich schon wesentlich schmerzhafter bearbeitet. Doch das Unrecht habe ich dem Lehrer lange nachgetragen, und es hatte mir so manchen Abend vergällt, an dem ich nicht einschlafen konnte und voller Zorn an den Mann dachte. Es war also nicht die ungerechte Bestrafung gewesen – auch meine Geschwister hatten mich meist ungerechterweise verhauen – allein meine Gedanken hatten die Sache unerträglich gemacht.

Morgen wollte ich mir den Epiktet ausleihen. Ich musste mehr über diesen Mann erfahren.

8

Wie viele Muscheln am Strand,
so viele Schmerzen liegen in der Liebe.
(Ovid)

Dienstag

Als ich am nächsten Morgen erwachte, war es schon hell, und ich hatte eine Scheißangst. Was sollte ich tun, wenn mir bei den Aufgaben nichts einfiel. Ich sah nach links zu Max. Er war bereits wach und hatte die Hände hinter seinem Kopf verschränkt. Als er merkte, dass ich mich rührte, drehte er sich zu mir herüber. Er wusste sofort, was mit mir los war.

»Mach dir nicht in die Hosen wegen dem bisserl Mathe. Erstens kannst du das Zeug – und schließlich bin ich auch noch da.«

»Auf, auf, in Gottes Namen!«

Pater Zeno stürmte mit seiner morgendlichen Dynamik in den kleinen Abiturientenschlafsaal. Anders als sonst brauchte er nicht ein zweites Mal zu kommen, um die Langschläfer zu wecken. Zügig standen alle Kandidaten auf, wuschen sich im Waschsaal, wo es seit letztem Jahr sogar warmes Wasser gab, und zogen sich dann schnell an. Zum Frühstück gab es neuerdings Bohnenkaffee und als Brotaufstrich nicht bloß Marmelade, sondern auch Streichwurst und Aufschnitt. Ich fühlte mich wie ein Delinquent, dem man die letzten Stunden seines Lebens noch etwas versüßen wollte.

Anschließend gingen wir ins Abiturientenstübchen. Franz, unser Diskjockey, legte Deep Purple auf und versuchte, die maximale Lautstärke aus den scheppernden Boxen herauszuholen. Wir saßen an die Wand gelehnt um den Plattenspieler und starrten auf den Boden. Nach dem letzten Gitarrenakkord von Ritchie Blackmore standen wir auf und gingen schweigend ins Klassenzimmer. Pater Ulrich, unser Mathelehrer, wartete bereits mit den Aufgabenblättern.

Die Prüfung war so, wie ich sie erwartet hatte. Sechs der acht Aufgaben konnte ich ohne große Mühe lösen. Eine bearbeitete ich, so gut es ging. Mit der fünften auf dem Aufgabenblatt konnte ich gar nichts anfangen.

Max war eine halbe Stunde vor Ende der Prüfung fertig. Ich sah es daran, dass er das Lösungsblatt in beide Hände genommen hatte und sich im Stuhl weit zurück beugte. Wie verabredet bildete ich unter der Tischplatte mit Zeige- und Mittelfinger ein V, was eine lateinische Fünf bedeutete. Max richtete sich nun wie verabredet auf und lehnte sich wieder zurück, um etwaige weitere Bestellungen entgegen zu nehmen. Ich deutete ihm mit dem ausgestreckten Mittelfinger an, dass ich mit den anderen Rechnungen zurechtgekommen war.

Er beugte sich nun über sein Aufgabenblatt und schrieb die Lösung der fünften Aufgabe auf ein Stück Papier, das aussah wie der Zettel für eine Nebenrechnung. Nun knüllte er den Zettel zusammen, stand auf und ging an meinem Pult vorbei zu Pater Ulrich. Dort gab er sein Aufgabenblatt ab. Dann nuschelte er etwas von »vergessen« und kam auf dem Weg zurück an meinem Pult vorbei, wo plötzlich ein Kügelchen über die Tischplatte rollte. Gleichzeitig fiel ihm sein offenes Federmäppchen aus der Hand. Er schimpfte laut und klaubte seine Utensilien wieder zusammen, so dass Pater Ulrichs Aufmerksamkeit für einen

Augenblick abgelenkt war. Mit einer Handbewegung hatte ich das Papierkügelchen geöffnet und konnte das kleine Papier unter mein Aufgabenblatt schieben, wo es gut gedeckt war. Dann schrieb ich die Lösung ab.

Nach der Prüfung gingen wir in den Speisesaal. Die Köchin hatte eine kleine Stärkung vorbereitet.

»Ich muss heim«, meinte Max nach dem Imbiss. »Soll ich dich nach Geretsried mitnehmen?«

Natürlich kam ich mit. Morgen war Deutsch dran. Wir rechneten mit einem Besinnungsaufsatz. Was hätte man dafür schon lernen sollen? Außerdem machte ich mir große Sorgen um Karin.

Vor dem Mietshaus ließ Max mich absteigen und versprach, in ein paar Stunden wieder da zu sein. Dann brauste er davon. Ich klingelte, und wenig später stand Karins Mutter in der Tür und bat mich herein.

»Der Polizist mit dem Schnurrbart ist heute Vormittag schon wieder dagewesen«, sagte sie und schob mich ins Wohnzimmer. »Ich habe aber so getan, als wäre niemand zu Hause. Dann ist er wieder abgezogen. Was der aufdringliche Kerl nur von uns will? Der andere, der Huber, war viel netter.«

»Wie geht's Karin?«, fragte ich.

Frau Kobek hob die Schultern. »Ich weiß nicht. Sie isst und trinkt kaum was. Und reden will sie auch mit niemandem.« Die blonde Frau schaute mich ernst an. »Vielleicht tut es ihr gut, wenn du ihr Gesellschaft leistest.« Sie lächelte scheu. »Wegen mir wirst du ja nicht gekommen sein, oder?«

Ich ging zu Karins Zimmer, klopfte vorsichtig und öffnete die Tür, als ich nichts hörte. Die Vorhänge waren zugezogen. Karin lag auf ihrem Bett, als hätte sie sich seit gestern nicht gerührt. Sie hatte immer noch denselben schwarzen Pullover an wie am Vortag und schien noch auf denselben Punkt an der Wand zu starren. Ich schloss die Tür und blieb neben dem Türstock stehen.

»Grüß dich, Karin«, sagte ich leise.

Sie sagte kein Wort.

Im Raum herrschte eine nahezu unerträgliche Stimmung. Ich meinte eine große Angst zu spüren. Es roch säuerlich, als hätte jemand Essig verschüttet. Oder als würde ein sehr alter Mensch in dem Raum leben.

»Ich hab gestern über den Epiktet nachgedacht«, begann ich. Dann erzählte ich die Geschichte von meinem Lehrer und der ungerechtfertigten Ohrfeige. Als ich damit fertig war, entstand ein bedrückendes Schweigen. Ich bewegte mich zwei Schritte zum Fenster hin. Was sollte ich sonst noch erzählen? Sollte ich überhaupt etwas erzählen, oder war ich ihr gar lästig? Berühren durfte ich sie auf keinen Fall.

»Gut, dass du gekommen bist«, murmelte sie ohne aufzusehen. »Bleib einfach da. Du musst nichts reden.«

Ich setzte mich an ihren Schreibtisch und sah aus dem Fenster. Es war ein trüber Tag. Das passte. Auf dem Tisch lag das Handbüchlein der Moral. Der braune Einband war abgegriffen. Ich nahm es in die Hand und blätterte darin. »Du sollst jeden Tag den Tod vor Augen haben, das wird dich vor kleinlichen Begierden und maßlosen Wünschen bewahren«, las ich.

Ich wäre schon froh gewesen, wenn das Abitur vorbei wäre. Die heutige Prüfung hatte mich mehr erschöpft, als ich gedacht hatte. Also legte ich den Kopf auf die Tischplatte und schlief bald ein.

Als ich erwachte, hatte ich keine Ahnung, wie lange ich geschlafen hatte. Eine Minute? Eine Stunde? Oder noch länger? Ich schaute aufs Bett zu Karin. Sie hatte sich zu mir her gedreht und sah mich an. Ihre Augen waren traurig, aber nicht mehr verweint.

»Willst du mir einen Gefallen tun?«, fragte sie leise.

Ich nickte.

»Dann sorg dafür, dass der ekelhafte Polizist, dieser Kurzer, nie wiederkommt.«

Ich verließ den Raum und ging hinüber ins Wohnzimmer. Dort traf ich aber nicht Karins Mutter, sondern Nora. Sie lag auf dem Sofa und hatte die langen Beine über die Lehne gelegt. Sie sah mit ernster Miene zu mir her, blieb aber liegen.

»Servus Kaspar«, sagte sie mit ihrer dunklen, rauchigen Stimme.

»Servus Nora«, grüßte ich zurück. Mit Max' Freundin konnte ich im Augenblick gar nichts anfangen.

»Ich hab heute Nachmittag freigenommen, denn Frau Kobek muss in die Arbeit, und wir können Karin schlecht allein lassen.« Sie schwenkte ihre Beine von der Sofalehne. »Du weißt schon, wegen der Sache ...«

»Warum hat sie sich damals die Pulsader aufgeschnitten?«, fragte ich ohne Umschweife und setzte mich ihr gegenüber in den tiefen Fernsehsessel. Es störte mich, dass er so weich und bequem war. Ein Stuhl wäre mir lieber gewesen. Ich wollte nicht bequem sitzen, also rückte ich an die vordere Kante.

»Ich weiß es nicht«, sagte Nora und holte sich eine Marlboro aus ihrer kleinen, schicken Ledertasche.

»Erzähl mir keinen Scheiß!«

»Ich lüge dich nicht an.« Sie schüttelte mehrmals den Kopf. Ihre Haare waren strähnig. Ich hatte sie noch nie mit ungewaschenen Haaren gesehen.

»Du bist Karins beste Freundin, und beste Freundinnen erzählen sich alles. Das weiß ich von meiner Schwester.«

»Karin redet mit niemandem darüber. Auch mit mir nicht.«

»Dann erzähl mir wenigstens, was du weißt!« Ich wurde ungeduldig.

»An einem Freitag vor zirka zwei Monaten ist sie spät von der Arbeit nach Hause gekommen. Ich hatte an dem Tag frei.« Routiniert zündete Nora ihre Zigarette an und blies den Rauch in Richtung Fernseher, der auf einer Kommode stand und den Raum dominierte. »Sie hat an dem Abend nicht viel gesagt. Sie hatte keinen Hunger, und während ihre Eltern zu Abend aßen, hat sie sich ein Bad einlaufen lassen. Als ihr Vater dringend pinkeln musste, hat er an der Tür zum Badezimmer geklopft. Dort ist nämlich das einzige Klo in der Wohnung. Als Karin weder auf das Klopfen noch auf sein Schimpfen hin antwortete, hat er die Tür aufgebrochen. Im Bad muss es ausgesehen haben wie in einem Schlachthof – überall Blut.« Nora nahm einen tiefen Zug. »Er hat sie dann gleich ins Krankenhaus gebracht, und dort kam sie in die Intensivstation, weil sie ziemlich viel Blut verloren hatte. Geredet hat sie über eine Woche mit niemandem, auch als es ihr schon wieder besser ging. Sie hat immer nur die Decke angestarrt, und jeder konnte sich an seinen fünf Fingern abzählen, dass sie es wieder versuchen würde, sobald sie Gelegenheit dazu hätte. Und niemand wusste, warum sie es getan hat. Unsere Chefs, also der Laaf und der Kornheim, haben mir Blumen und Pralinen mitgegeben, die ich ihr bringen sollte. Sie waren beide sehr besorgt. Der Pater Bonifaz ist auch jeden Tag gekommen. Er ist doch Krankenhauspfarrer und hat viel Erfahrung mit traumatisierten Menschen. Aber Karin war eine harte Nuss. Erst wollte er mit ihr reden, doch sie hat ihn nicht mal angeschaut. Dann hat er ihr aus der Bibel vorgelesen. Keine Reaktion. Erst als er mit dem Epiktet anfing, hat sie reagiert.«

»Anytos und Meletos können mich zwar töten, aber schaden können sie mir nicht«, murmelte ich.

Nora sah mich erstaunt an. »Woher kennst denn du den Satz?«

»Von Max, und der hat ihn von dir.«

»Ach ja«, Nora drückte die Zigarette in dem schwarzen Aschenbecher aus, der auf dem Tisch stand, obwohl meines Wissens niemand in der Familie Kobek rauchte.

»Könntest du dir vorstellen, dass Anytos und Meletos in unserem Fall Laaf und Kornheim heißen?«, fragte ich, ohne Nora aus den Augen zu lassen.

Überrascht starrte sie mich an. »Wie kommst du darauf?«

»Die beiden waren an dem Freitagnachmittag mit Karin allein in der Firma, oder?«

Sie nickte.

Dann senkte sie ihren Blick und murmelte: »Jedenfalls ist Karin auf den alten Epiktet angesprungen. Zigmal hat sie das Handbüchlein der Moral gelesen, und langsam hat sie wieder angefangen zu essen, zu trinken und zu reden. Sie wurde schließlich aus dem Krankenhaus entlassen und ist bald wieder in die Arbeit gegangen. Aber sie hat nie darüber gesprochen, warum sie es getan hat. Mit niemandem.« Nora hob die Schultern. »Als sie mir dann sagte, dass du ihr gefällst, dachte ich, es wäre alles wieder im Lot.«

»Ich hab ihr gefallen?«

»Ja«, bestätigte Nora. »Vom ersten Augenblick an, als du hinter dem Max her in unser Büro gekommen bist. Ihr hat gefallen, dass du kaum ein Wort gesagt hast, während der Max jedem in seiner Umgebung klarmachen musste, wie toll er ist. Deshalb ist sie doch auch in die Disko mitgekommen. Erst wollte sie nicht. Aber ich habe ihr vorgeschlagen, sie herzurichten wie eine Vogelscheuche, damit ihr die Aufreißertypen vom Hals bleiben. Wir waren uns sicher, dass dir weder die hässliche Brille noch der Pferdeschwanz etwas ausmachen würden. Und wenn doch, dann wärst du eben durch die Aufnahmeprüfung gefallen.«

Nora zündete sich nervös eine zweite Zigarette an und zog den Rauch tief in ihre Lungen.

»Blöderweise hast du die Narbe an ihrem Handgelenk gesehen. Das war nicht beabsichtigt. Und am nächsten Tag ist der Bonifaz dahergekommen und hat uns erzählt, dass der Schmidt verdächtigt wird, seinen Schwiegersohn umgebracht zu haben. Alles Weitere kennst du.«

»Sie hat mir gesagt, dass es nicht schad wär um den Laaf und den Kornheim. Das spricht doch dafür, dass die zwei mit ihrem Selbstmordversuch zu tun haben?«

»Möglich«, meinte Nora und schlug ihre Beine übereinander. »Aber warum rückt sie dann nicht raus mit der Sprache? Vor allem jetzt, wo die beiden tot sind.«

»Der Max meint, dass Opfer oft die richtige Perspektive verlieren.« Nora sah mich verständnislos an. Ich musste diesen Gedanken besser ausführen. »Das Opfer fühlt sich schuldig an dem, was ihm angetan wurde, obwohl es natürlich nix dafür kann.«

Nora überlegte und zog hektisch an ihrer Zigarette, als wären aus dem Rauch irgendwelche Erkenntnisse zu gewinnen.

»Was waren der Laaf und der Kornheim für Typen?«, fragte ich.

»Ich hatte nie Probleme mit den beiden«, meinte Nora und sah aus dem Fenster. »Der Laaf hatte großen Erfolg bei Frauen. Er sah gut aus und war immer bestens gekleidet. Der Kornheim war auch gut angezogen, aber fett und schmierig. Er hat mir auch öfter mal einen schmutzigen Witz erzählt – aber nie, wenn Karin in der Nähe war.«

»Warum?«

»Was weiß ich. Vielleicht weil sie aussieht wie ein unschuldiges Engelchen.«

Es klingelte an der Tür, und Nora stand auf, um zu öffnen. Als sie zurückkam, hörte ich hinter ihr die Stimme von Max: »Wir haben nicht viel Zeit. Die Prüfungen, du verstehst.«

Als er das Zimmer betrat, roch es plötzlich nach Kuhmist. Das war neu. Max stank nie, er wechselte jeden Tag das Hemd und benutzte nur teures Rasierwasser, das er von seinem Vater abstaubte.

»Du stinkst wie mein Papa nach der Stallarbeit«, sagte ich. »Hast du deine Liebe zur Landwirtschaft entdeckt?«

»Nein«, antwortete er stockend. »Ich – ich bin von der Straße abgekommen und in einer Wiese voll Kuhscheiße gelandet.«

Das war gelogen. Seine Jeans und die schwarze Lederjacke waren blitzsauber. Wenn er einen Unfall gehabt hätte, würde er anders aussehen.

»Willst du was trinken?«, fragte Nora und fuhr ihm mit der linken Hand über die Haare.

Max ignorierte ihre Berührung und sah zur Seite.

»Nein«, sagte er. »Keine Zeit.«

Auf dem Weg zum Beusl hielt Max seine Maschine an einem Parkplatz an. Er musste pinkeln.

Ich wartete, bis er fertig war, dann erzählte ich ihm von Karin, von dem Geruch nach Angst in ihrem Zimmer und von ihren traurigen Augen. Ich erzählte ihm auch, dass sie von Inspektor Kurzer in Ruhe gelassen werden wollte. Dass ich dafür sorgen solle, aber nicht wisse, wie ich es anstellen sollte.

Er hörte mir ruhig zu, überlegte einen Augenblick, und meinte: »Dann pressiert's also.«

»Was?«

»Der Kurzer macht noch größeren Unsinn, als ich befürchtet hab. Aber ich wollt den Herrn eh besuchen. Dann fahren wir halt gleich hin.« Max versuchte zu grinsen, doch es gelang ihm nicht recht. Er hatte müde Augen.

»Wohin?«

»Zum Kurzer nach Garmisch.«

»Was wollen wir dort?«

»Das kann ich dir jetzt nicht erklären«, nuschelte Max.

Er wendete das Motorrad, und wir fuhren in die entgegengesetzte Richtung nach Westen. Auf der Garmischer Autobahn angekommen gab er Gas, und die Kawasaki flog in Richtung Alpen. Ich mochte es, wenn er schnell fuhr.

In Garmisch suchten wir nach dem Polizeirevier. Wir waren noch nie dort gewesen. Als wir endlich vor dem grauen Gebäude standen, fragte ich Max erneut, was wir hier wollten.

»Es ist besser, wenn du nicht jede Einzelheit kennst«, sagte er bestimmt. »Überlass alles mir. Red bloß, wenn du gefragt wirst.«

Wir betraten die Polizeistation, die etwas heruntergekommen aussah, und gingen in das erste Zimmer links, dessen Tür offenstand. Dort saß hinter einem Tresen ein älterer, schnauzbärtiger Polizist und las Zeitung. Als er uns bemerkte, stand er unwillig auf und grüßte knapp.

»Was wollt's denn?«, fragte er im breiten Werdenfelser Dialekt.

»Wir möchten mit dem Inspektor Kurzer reden«, erklärte Max und sah an dem Polizisten vorbei zu den Aktenwänden an der Stirnseite des Raumes.

»Erstens ist der Herr Kurzer Oberinspektor, und zweitens hat er keine Zeit. Der ist mit einem Kapitalverbrechen beschäftigt.« Der Wachhabende fuhr sich mit dem Handrücken über den Mund, so dass zwei Semmelbrösel, die sich wohl seit der letzten Brotzeit in seinem Schnurrbart aufgehalten hatten, auf den Tresen fielen. Mit einer hastigen Handbewegung wischte er sie zu Boden.

»Es ist aber dringend«, insistierte Max und schaute den Polizisten unnachgiebig an. »Unsere Aussage hat genau mit dem Fall zu tun, an dem der Herr Oberinspektor gerade arbeitet.«

»Wer seid's ihr denn überhaupt?« So leicht ließ sich ein oberbayerischer Beamter nicht beeindrucken.

»Ich heiß Stockmeier Maximilian, und das«, Max deutete auf mich, ohne zu mir herzusehen, »das ist der Spindler Kaspar.«

Laut schnaufend nahm der Polizist den Telefonhörer des Apparates, der hinter dem Tresen stand, und wählte eine zweistellige Nummer. Man hörte ein schnarrendes, leises »Oberinspektor Kurzer, was gibt's?«

Der Beamte erklärte, dass zwei junge Kerle da wären, die ihn in wichtiger Angelegenheit sprechen wollten.

»Sollen reinkommen«, schnarrte es erneut durch die Hörmuschel, dann klackte es.

Der Beamte führte uns die Treppe hinauf zu einem Raum im ersten Stock. Dort saß Kurzer hinter einem blitzblanken Schreibtisch. Vor sich hatte er eine dicke Akte, daneben einen Zettel, auf dem er sich mit gestochen scharfer Schrift Notizen gemacht hatte. Ein gespitzter Bleistift lag daneben.

»Was kann ich für Sie tun?« Kurzer war sitzengeblieben und musterte uns, wie wir mit den Motorradhelmen in der Hand an der Tür standen.

»Wir wollen eine Aussage machen«, erklärte Max und betrat das geräumige Büro.

»Wer sind Sie denn überhaupt?«, wollte der Oberinspektor wissen.

Max nannte unsere Namen und erzählte dann, dass wir den toten Kornheim am Donnerstagabend bei unserer

Rückkehr von einem Konzert in seinem Auto gefunden hätten.

»Darüber habe ich in den Akten kein Wort gelesen.« Kurzer stand auf und holte einen Ordner aus dem Büroschrank. Den schlug er auf und überflog die ersten beiden Seiten, die aussahen wie eine Inhaltsangabe. Dann wandte er sich wieder an Max. »Ich hatte leider noch nicht viel Zeit. Der Fall wurde mir erst gestern übertragen. Aber es gibt so viele Details, und der Kollege, der bis gestern mit dem Fall betraut war, hat eben nicht …« Er überlegte, wie er den Satz beenden sollte. »Er hat eben kein glückliches Händchen gehabt, und so sind die Ermittlungen etwas im Sand verlaufen.«

Max lächelte und nahm nach einer knappen, einladenden Handbewegung Kurzers auf dem Stuhl vor dem Schreibtisch Platz. Ich holte mir einen Hocker aus der Zimmerecke und setzte mich neben meinen Freund. Nun begann Max, die Ereignisse am Unfallort zu schildern. Er vergaß auch nicht zu erwähnen, dass Inspektor Huber versprochen hatte, dass niemand im Internat von unserem nächtlichen Ausflug erfahren würde. Für uns stand schließlich viel auf dem Spiel.

»Das ist ja sehr ehrenwert vom Kollegen«, meinte Kurzer, wobei er sich auf Hubers Schweigen bezog. »Aber wir haben es hier mit einem Gewaltverbrechen zu tun, und dessen Aufklärung hat Vorrang vor privaten Empfindlichkeiten. Ich darf mir bei meinen Ermittlungen nicht den Luxus erlauben, irgendwelche Zeugen zu schonen. Bei Mord muss die Wahrheit auf den Tisch, und zwar die ganze.«

Der blonde, mittelgroße Mann hatte sich in seinem Bürostuhl zurückgelehnt und maß Max mit einem strengen Blick. Ich dachte an Karin, die er offenbar auch nicht geschont hatte, und beschloss, Kurzer aus der Kategorie Arschloch in die Kategorie Oberarschloch hochzustufen.

»Das kann ich gut verstehen, Herr Oberinspektor.« Max stützte den nach vorne gebeugten Körper mit den Ellbogen auf den Knien ab und starrte vor sich in den Boden. »Aber deshalb bin ich ja hier.« Er sah kurz auf. »Ich wollte Ihnen berichten, was Kaspar und ich gesehen haben, und zwar aus erster Hand. Andererseits dürfen die Patres bis zum Ende der Prüfungen nicht erfahren, dass wir in der Nacht weg waren.«

»Wann sind die Prüfungen zu Ende?« Kurzer verschränkte die Arme.

»Am Freitag.«

»Das wird sich machen lassen. Schließlich bin ich kein Unmensch.« Der Oberinspektor versuchte, schelmisch zu blinzeln. »Ich war ja selbst auch mal jung.«

Er nickte mehrmals, für ihn war die Unterhaltung beendet. Schließlich hatte er einiges erfahren, was ihn bei dem Fall weiterbringen konnte.

»Das ist sehr freundlich von Ihnen.« Max blieb ohne Regung sitzen. »Doch ohne Ihnen zu nahe treten zu wollen: Ich hab ebenfalls den Eindruck, dass die Ermittlungen nicht mit dem letzten Nachdruck geführt worden sind.«

»Wie kommen Sie darauf?« Kurzer betrachtete meinen Freund interessiert.

»Ich war heut Nachmittag auf dem Jochberg. Erstens hab ich ein bisserl frische Luft gebraucht nach der schweren Matheprüfung am Vormittag. Andererseits beschäftigt mich die gefrorene Leiche von dem Geschäftsmann natürlich immer noch.« Er beugte sich vor und sprach jetzt etwas leiser, als wäre jemand im Raum, der nicht verstehen sollte, was nun kam. »Schließlich hab ich mir den Tatort angeschaut. Und wissen Sie, was ich dort gefunden hab?«

Max zog eine kleine, durchsichtige Plastiktüte aus der Lederjacke und hielt sie dem Polizisten hin. Die Tüte war innen schmutzig braun angefärbt, stank nach Kuhmist und enthielt eine durchsichtige Spritze ohne Nadel.

»Was ist das?« Die Neugier des Oberinspektors war geweckt. Mehrmals drehte er das Tütchen hin und her, bis er schließlich den Inhalt mit spitzen Fingern herauszog. »Eine Insulinspritze?«

»Genau!« Max sah aus wie ein kleiner Junge, der etwas besonders gut gemacht hatte und jetzt eine Belohnung oder zumindest ein dickes Lob verdient hatte.

»Wo genau haben Sie die Spritze gefunden?« Kurzer atmete vor Aufregung schneller.

»Dort, wo die zwei Toten gelegen sind.«

»Und woher wissen Sie, wo die beiden gefunden wurden?«

»Von dem versoffenen Senn.«

»Aber warum hat die Spurensicherung die Spritze nicht gefunden?«

»Das frag ich mich auch«, meinte Max und schaute dem Oberinspektor ins Gesicht. »Sie ist unter einem Kuhfladen gelegen. Bloß ein kleines Stück von der Spritze hat rausgeschaut. Vielleicht hat es den Beamten der Spurensicherung auch vor dem Kuhmist gegraust, und sie haben nicht jeden Fladen am Tatort einzeln durchsucht.«

Ich musste mich zusammenreißen, um nicht laut loszulachen.

»Glauben Sie, dass noch weitere Beweisstücke auf der Alm sein könnten?«, fragte Kurzer mit ernstem, vor Aufregung gerötetem Gesicht.

»Möglicherweise. Aber wenn, dann nicht mehr lange. Die Spritze ist durch den starken Regen heut Nacht freigespült worden. Ab morgen schlägt das Wetter wieder um, dann soll's ein paar Tage regnen, hat der Wetterbericht gesagt. Wenn's richtig schüttet, findet man an dem Tatort nix mehr. Dann ist alles weggewaschen.«

Kurzer kniff für einige Sekunden die Augen zusammen. Er dachte angestrengt nach und erinnerte mich dabei an einen Schüler, der an der Tafel stand und bei einer Matheaufgabe nicht mehr weiter wusste. Er sah aus wie ein eher mäßiger Schüler.

»Sie meinen also, es wäre besser, wenn ich mir den Tatort heute noch anschaue.«

Max nickte.

»Gut.« Der Oberinspektor stand auf und ging zu dem Spind, der neben dem Fenster stand. Er holte eine hellbraune Sommerjacke heraus und zog sie sich umständlich an. »Wenn Sie Zeit haben, können Sie mitkommen. Am Tatort zeigen Sie mir dann, wo die Spritze gelegen hat.«

Nach dem beschwerlichen Aufstieg standen wir am Hirschgrat. Kurzer hatte uns erzählt, dass er noch keine Zeit gehabt hätte, sich am Tatort umzusehen. Er habe sich darauf verlassen, dass die Untersuchungen mit größter Sorgfalt durchgeführt worden seien. Er hatte aber alle Berichte der Spurensicherung und der ermittelnden Beamten studiert. In erster Linie die Aufzeichnungen seines Kollegen Huber.

Der Tatort sah genauso aus, wie Max und ich ihn vor ein paar Tagen vorgefunden hatten. Lediglich einige frische Kuhfladen waren dazugekommen. Max zeigte dem Polizisten die Stelle, an der er die Spritze gefunden hatte. Dort steckte als Markierung ein trockener Kiefernast im Boden. Nun suchten wir das Gelände gemeinsam ab. Nach wenigen Minuten richtete sich Kurzer auf wie ein Schwammerlsucher, der einen besonders schönen Steinpilz entdeckt hat.

»Ich habe was gefunden.« Er zog ein etwa dreißig Zentimeter langes Stück Bindfaden zwischen den abgeweideten Grasbüscheln hervor und hielt es wie eine Trophäe in die Höhe.

»Was ist das?«, fragte ich den Polizisten.

»Ein Faden, das sehen Sie doch.«

»Und – ist das was Besonderes?«

»Möglicherweise«, sagte Kurzer leise und holte eine Plastiktüte aus der Jackentasche, in der er den Faden verstaute.

»Vielleicht hat ihn jemand von der Polizei verloren.«

»Unsinn«, meinte Kurzer barsch. »Die Spurensicherung verwendet nur Kabelbinder. Niemals Bindfäden oder solches Zeug.«

Als er sich von uns wegdrehte, meinte ich, ein müdes Lächeln in Max' Gesicht zu erkennen.

Nun war der Jagdeifer des Polizisten vollends geweckt. Zentimeter um Zentimeter suchte er eine gute Stunde lang den Tatort ab. Wir fanden aber außer Myriaden von Mistkäfern nichts mehr, obwohl wir jeden Kuhfladen einzeln umdrehten. Schließlich mussten wir an den Abstieg denken. Die Sonne würde bald untergehen.

»Hab ich einen Durst«, stöhnte Max, als wir uns gerade auf den Weg nach unten machen wollten.

»Und nirgends ein Wirtshaus«, ergänzte Kurzer. Er war blendender Laune.

»Wir können doch zur Almhütte gehen«, meinte ich. »Da gibt's einen Brunnen.«

Es war kein großer Umweg, und der Polizist war gleich einverstanden. Wenige Minuten später erreichten wir die Hütte und tranken von dem guten, kühlen Quellwasser. Die Tür zur Hütte stand sperrangelweit offen, und aus dem Inneren war ein lautes Schnarchen zu hören. Auf der Veranda stand ein einzelnes Rind. Es war die Zenzi. Ich erkannte sie sofort an dem charakteristischen herzförmigen Fleck am linken Auge.

Max ging zum Haus. Das neugierige Rindvieh muhte und trat einige Schritte zur Seite. Jetzt schaute er durch die

Tür ins Hütteninnere. Er lachte und winkte uns. »Das müsst ihr euch anschauen.«

Kurzer und ich folgten und sahen in der Hütte einen stockbesoffenen Senn mit offenem Mund schnarchend auf seiner Pritsche liegen. Auf dem hölzernen Tisch in der Mitte des Raumes standen acht leere Flaschen Doppelbock vom Bräu aus Wolfratshausen.

»Der Ausflug hat sich rentiert«, meinte Kurzer, als wir im Tal bei seinem Auto angekommen waren. »Der Senner säuft, das haben wir selbst gesehen. Ob an dem Freitag wirklich zwei Leute in dem Landrover gesessen haben, weiß der liebe Gott allein. Er sicher nicht.«

»Vielleicht hat der Laaf den steif gefrorenen Kornheim so ins Auto gesteckt, dass es ausgeschaut hat, als wär ein zweiter Mann auf dem Beifahrersitz gesessen. Oben hat er den Kornheim dann in die Schlucht geschmissen und sich anschließend selbst erschossen.«

»Aber an der Tatwaffe sind keine Fingerabdrücke«, wandte Kurzer ein. »Somit ist ein Selbstmord praktisch ausgeschlossen.«

»Da haben Sie Recht.« Max nickte. »Der Laaf kann sich ja schlecht selbst umbringen und anschließend die Fingerabdrücke wegwischen.«

»So ist es.« Kurzer hielt uns seine Hand hin. Sein Händedruck war routiniert und kräftig. »Vielen Dank für Ihre Hilfe.«

»Und wenn uns noch was einfallen sollte …«, meinte Max nachdenklich.

»Dann geben Sie mir Bescheid. Unbedingt.« Kurzer stieg ins Auto, winkte und fuhr davon.

»Und du meinst, dass der Herr Oberinspektor die Karin jetzt in Ruh lässt?«

Max sah mich erschöpft an. »Hoffentlich. Jedenfalls ist er erst mal beschäftigt.«

Wir saßen im Abiturientenstüberl am Boden auf einer alten Matratze beim ersten Bier. Jemand hatte Led Zeppelin aufgelegt.

»Was ist eigentlich mit dir und Nora los?«, fragte ich Max unvermittelt.

»Was soll mit uns los sein?« Ich erkannte sofort, dass ihm die Frage nicht passte.

»Gefällt sie dir etwa nicht mehr?« Ich musste immer wieder daran denken, wie kühl er ihr gegenüber heute Nachmittag gewesen war.

»Doch, aber …« Max schloss die Augen.

»Hast eine andere?«

»Nein.« Seine langen Haare fielen nach vorne, so dass sein Gesicht nicht mehr zu sehen war, aber ich meinte ein leises Seufzen zu hören. »Die Nora ist das schönste Mädchen, dem ich je begegnet bin. Aber ich muss momentan an so viele Sachen denken.«

»An den toten Kornheim?«

»An den auch.«

»Und sonst?«

»An die Prüfungen, den Kurzer, die Karin und meine Zukunft. Bald sind wir mit der Schule fertig. Dann beginnt ein neues Leben.«

Max strich die Haare zurück und schaute zum Plattenspieler. Die LP von Led Zeppelin war ausgelaufen, und niemand kümmerte sich darum, eine neue Scheibe aufzulegen. Max stand auf und ging zur Stereoanlage. Dort zog er eine neue Platte aus dem Stapel und legte sie auf. Beim ersten Ton schon erkannte ich die Stimmen von Paul Simon and Art Garfunkel.

»Früher hast du so etwas ›Schwuchtelmusik‹ genannt?«, sagte ich.

»Ist aber gut zum Nachdenken«, meinte er und nahm einen großen Schluck. »Und nachdenken muss ich momentan Tag und Nacht.«

»Über was?«, wollte ich wissen.

»Wie's halt weitergeht.«

»Mit der Nora?«

»Auch, aber vor allem – mit mir.« Er trank noch einen Schluck.

»Warum? Deine Zukunft ist doch geradezu in Granit gemeißelt. Du brauchst nicht zum Bund. Nach dem Abi arbeitest du ein paar Wochen in der Brauerei in Tegernsee und schaust dir an, wie die ihr Pils machen. Danach gehst du zum Studieren nach Weihenstephan. Und wenn du mit deinem Studium fertig bist, übernimmst du daheim die Brauerei und das Wirtshaus.«

Er schüttelte langsam den Kopf. »Hast du den Epiktet eigentlich mal gelesen?«, fragte er.

»Ja. Oder besser gesagt, ich hab's probiert.«

»Aber kapiert hast du nix, oder?« Seine Stimme klang gereizt.

»Was hätt ich denn kapieren sollen?«

»Es gibt auf dieser Welt noch was anderes als das Geschäft, die Brauerei, das gemachte Nest, in das ich mich bloß noch hocken muss. Wenn ich nicht aufpass, bin ich in ein paar Jahren genau so ein Arschloch wie der Schmidt.«

Er brach ab, überlegte einen Moment und fuhr dann fort.

»Ich hab das Gefühl, an einer Kreuzung zu stehen. Auf der einen Seite ist ein schöner, breiter Weg mit einem Haufen Schatten und einem Wirtshaus alle paar Kilometer. Der andere Weg ist schmal und steinig, kein Schatten und nirgends ein kühles Bier.« Er strich die rotblonden Haare aus dem Gesicht. »Wahrscheinlich werd ich den schönen Weg nehmen. Ich bin ja nicht blöd.« Jetzt schaute er mich an.

»Vielleicht ist es aber der falsche. Und je weiter ich den falschen Weg gehe, desto weiter bin ich von der Kreuzung weg. Vielleicht seh ich die Kreuzung bloß jetzt noch, und bald ist sie verschwunden.«

Die Stimme meines Freundes war immer leiser geworden. Nach einer kurzen Pause begann er von Neuem: »Wir haben ein interessantes Paar kennengelernt: den Schmidt und seinen Bruder. Der Schmidt macht seit frühester Kindheit alles richtig. In der Schule ist er der Beste, im Krieg ein Held und mit seiner Firma überaus erfolgreich. Er hat Erfolg, ein großes Haus, einen fetten Mercedes und jede Menge Geld.« Max schluckte. »Der Bonifaz ist ein lausiger Schüler, taugt nicht zum Soldaten und schlägt sich einigermaßen durch die Kriegszeit. Schließlich kriegt er, als der Wahnsinn eigentlich schon vorbei ist, noch mal richtig eine aufs Maul. Seitdem sieht er aus wie der kleine Bruder vom Glöckner von Notre Dame. Er hockt in einer Bruchbude und versucht, Kranken mit seinen dürren Worten zu helfen. Sein einziger Reichtum ist eine Sammlung von Kruzifixen, Darstellungen von einem zu Tode geschundenen Zimmermann aus einem kleinen Kaff in Judäa.«

Max machte nun eine längere Pause, und ich spürte, dass ihm das Folgende sehr wichtig war.

»Wer von den zwei ist dir sympathischer? Wer von den zwei wirkt eher so, als hätt er seine Bestimmung gefunden?« Max atmete schwer wie nach einer großen Anstrengung. »Ich hab das Gefühl, als würd ich in Richtung Schmidt geschoben. Ich fühl mich, als wär ich auf einem Schlitten in einem Eiskanal festgebunden. Der Schlitten hat Fahrt aufgenommen, und links und rechts von mir sind hohe Eiswände. Wenn ich den Schlitten laufen lass, werd ich irgendwann den Betrieb von meinem Vater und einen Haufen Geld haben. Und eigentlich hat mich nie jemand gefragt, ob ich das auch will.«

Max verstummte, und Bridge Over Troubled Water gab einen interessanten akustischen Rahmen für seine Überlegungen.

»Hast du eine intraabiturielle, spätpubertäre Depression?«, fragte ich. »Ich kenn einen Haufen Leute, die gerne deine Luxusprobleme hätten. Ich zum Beispiel darf in ein paar Wochen bei der Bundeswehr antreten, weil mein Papa keinen Orthopäden kennt, der die Hand von seinem Sprössling so röntgt, dass man ihn nicht brauchen kann. Auf die meisten wartet nach der Ausbildung keine Brauerei mit Wirtshaus. Die müssen schauen, wie sie durchkommen.«

»Du kapierst wirklich gar nix. Merkst du nicht, dass mein warmes Nest in Wirklichkeit ein überheizter, goldener Käfig mit ausbruchssicheren Stangen ist. Ich kann mir vielleicht raussuchen, welche Musik ich hör und wie ich meine Haare trag. Wirkliche Entscheidungen kann ich in meinem Eiskanal aber nicht treffen. Seit meiner Geburt geht's bloß in eine Richtung.«

Max stand auf und stieß dabei eine leere Bierflasche um, die über den gepflasterten Boden rollte. Er verließ den Kellerraum, ohne sich noch einmal umzusehen.

Hatte ich etwas Falsches gesagt? Max war eigentlich nicht besonders empfindlich. Warum war er heute so dünnhäutig? War es wegen Nora? Wohl kaum. Er hatte sie nur am Rande erwähnt. War es wegen der Toten auf dem Jochberg? Eher möglich. Doch warum war Max zum Kurzer gegangen und hatte ihm seine neuesten Erkenntnisse über den Mordfall mitgeteilt? Warum hatte er ihm die Insulinspritze gebracht, um anschließend zusammen mit ihm den Tatort zu besuchen? Der Kurzer war ein äußerst mittelmäßiger Kriminalist, das wussten wir. Warum redete er mit dem schlechteren Polizisten, während er den Huber links liegen ließ?

Oder war er wegen der ungleichen Brüder so durcheinander? Gut, Bonifaz war der sympathischere von den beiden. Doch bei der Wahl, ob ich lieber der reiche Schmidt oder der geschundene Bonifaz sein wollte, müsste ich schon ein Weilchen nachdenken. Der Mercedes des Fabrikanten hatte mir sehr gefallen. Für Max hatte dieser Mercedes keine Bedeutung. Wenn alles normal lief, würde er sich eines Tages jedes Auto leisten können, das er wollte. Er konnte sich bis dahin noch ein wenig die Hörner abstoßen. Seine Eltern, vor allem der Vater, hatten dafür Verständnis. Doch eines Tages würde er sich die langen Haare abschneiden lassen und der Wolfratshauser Gebirgsschützenkompanie beitreten. Schließlich hatten die Gebirgsschützen jedes Jahr ihre Hauptversammlungen beim Bräu.

Um zehn kam Pater Zeno und meinte, es sei Zeit, die Segel zu streichen. Max war bereits im Schlafsaal. Er lag im Bett und las im Handbüchlein. Eigentlich sollte er den Inhalt schon auswendig kennen.

Mittwoch

»Auf, auf in Gottes Namen.« Pater Zeno eilte durch den Schlafsaal und zog die Vorhänge zurück. Ich richtete mich auf. Heute war Deutsch, das hieß drei Stunden Besinnungsaufsatz. Ich musste fit sein. Bei der Morgentoilette entschied ich mich also für kaltes Wasser.

Während des Frühstücks las ich einen Beispielaufsatz aus meinem Deutschbuch durch. Drecklangweilig! Danach Deep Purple in voller Lautstärke. Anschließend marschierten wir in die Schlacht.

Nach der Prüfung gingen wir in den Speisesaal, wo die Köchin Weißwürste für uns vorbereitet hatte. Ich setzte mich neben Max wie immer.

»Nach dem Essen müssen wir nach Wolfratshausen«, sagte er, während er eine Wurst enthäutete

»Warum?«, fragte ich kauend.

»Es ist wichtig.«

Die Zenzl staunte nicht schlecht, als wir in ihrer Küche standen. »Ich hab gemeint, ihr müsst lernen«, meinte sie und rührte in dem großen Topf, damit ihr das saure Lüngerl nicht anbrannte.

»Ich hab was vergessen«, entgegnete Max und eilte in sein Zimmer. Ich setzte mich an den großen Küchentisch. Da kam der Bräu herein und schimpfte: »Wer hat meinen Doppelbock gesoffen? In dem Tragerl fehlen acht Halbe. So ein Saustall.« Er räumte jedes Jahr von dem starken Märzenbock einen kleinen Vorrat zur Seite, damit er auch in den folgenden Wochen noch ein gehaltvolles Getränk hatte. Jetzt erst bemerkte er mich und fragte, wie es bei den Prüfungen laufe.

»Geht schon«, antwortete ich. Meine Gedanken waren bei dem betrunkenen Almbauern. Auf dem Tisch in seiner Almhütte hatten acht Flaschen gestanden.

Max kam in die Küche, er hatte einige Bücher unter dem Arm.

»Wir können uns nicht aufhalten«, meinte er.

»So blass, wie ihr seid, kommt ihr aus meiner Küch nicht raus. Jetzt gibt's für euch erst mal was zu essen. Hock dich hin.«

Die Zenzl konnte es nicht leiden, wenn jemand hungrig aussah. Sie stellte Teller auf den Tisch und füllte sie mit dem Kalbslüngerl. Ich hatte schon wieder Appetit. Max aß nur einige Löffel, dann schob er den Teller weg. »Die Prüfungen schlagen mir auf den Magen«, behauptete er.

Wenig später saßen wir auf seiner Kawasaki und brausten zu den Geretsrieder Motorenwerken. Schon als wir das

Bürogebäude betraten, spürte ich den Unterschied zu meinem früheren Besuch. Außer Nora war eine grauhaarige Bürokraft im Verkaufsraum. Sie saß an Karins Platz und telefonierte. Ein Mann in ölverschmierter Latzhose stand vor Nora. Er hielt einen etwa fünfmarkstückgroßen Gummiring in der Hand und redete auf sie ein. Es ging um die Bestellung von Dichtungen, die ausgegangen waren und dringend benötigt wurden. Nora versprach, Nachschub zu bestellen, und der Arbeiter zog ab.

Da klingelte ihr Telefon.

»Ja, Herr Schmidt. Die zwanzig Motoren sind fertig und werden heute noch ausgeliefert.« Sie legte auf und sah uns an. »Was gibt's? Ich habe nicht viel Zeit. Ihr seht ja, was hier los ist.«

Max stellte sich so, dass die ältere Kollegin nicht mitbekam, was er tat, und legte einen dünnen Krimi auf Noras Schreibtisch.

Dann flüsterte er seiner Freundin zu: »Du musst den Inspektor Kurzer anrufen und ihm sagen, dass du das Buch bei den Hinterlassenschaften vom Laaf gefunden hast. Und sag ihm, dass es zwischen seinen Aktenordnern versteckt war.«

»Warum soll ich das machen?«, fragte Nora zurück.

»Wegen Karin.«

»Was hat Karin mit dem Buch zu tun?«

»Tu einfach, was ich dir gesagt hab! Für lange Erklärungen ist keine Zeit.« Max sah zu der Kollegin hin, die inzwischen ihr Telefonat beendet hatte. »Sag nur, dass du es gefunden hast! Und erzähl dem Kurzer auf keinen Fall, dass wir uns kennen.«

»Weiß er das nicht?«

»Hast du es ihm gesagt?«

»Nein, aber er könnt es doch von jemand anderem erfahren haben.«

Unsere nächste Station war Pater Bonifaz. Der kleine, bucklige Mann schien sich zu freuen, als er uns sah, und bat uns herein. Als er uns einen Kaffee anbot, lehnte ich energisch ab.

Wir beredeten alles Notwendige mit ihm und fuhren dann weiter zu Karin. Ihre Mutter öffnete. Sie war noch blasser als die Tage davor.

»Kommt rein«, sagte sie leise. »Es geht ihr nicht gut.«

Sie winkte Max ins Wohnzimmer. Ich stand alleine vor Karins Tür und atmete einige Male tief durch. Dann klopfte ich vorsichtig. Keine Reaktion. Also öffnete ich die Tür und trat ein.

Karin saß im Schneidersitz auf ihrem Bett. Um sie herum lagen blonde Haarbüschel. Sie hatte eine Kinderschere in der Rechten. Mit der Linken hielt sie eine dünne Strähne weg und schnitt sie dann ab.

»Was machst du da?« Ich stand wie paralysiert vor ihrem Bett. »Deine schönen Haare.«

»Sorg dafür, dass der Kerl hier nicht mehr auftaucht! Ich könnte es nicht ertragen.« Kurz schaute sie auf. »Und dass du es weißt: Bevor ich jemandem sage, was passiert ist, bring ich mich um.«

Sie nahm ohne Eile eine neue Strähne, musterte sie und ratsch. Ich stand da und starrte sie an. Ein kleines, verzweifeltes Mädchen. Und plötzlich konnte ich es nicht mehr ertragen. Ich konnte ihren Anblick nicht mehr ertragen, nicht die ruhigen Augen, die etwas schielten, wenn sie eine Strähne nach vorne zog und ansah, um sie schließlich abzutrennen. Und den säuerlichen Geruch von Angst in ihrem Zimmer konnte ich gar nicht mehr aushalten.

Wortlos verließ ich den Raum und tappte ins Wohnzimmer, wo sich Frau Kobek und Max leise unterhielten.

»Sie schneidet sich ihre schönen Haare ab.« Ich stand in der Tür und wusste nicht mehr weiter.

»Es sind nur die Haare«, meinte Karins Mutter traurig. »Die wachsen wieder nach.«

»Aber warum tut sie das?« Ich schloss die Tür und ließ mich neben Max auf das Sofa fallen.

Frau Kobek zuckte die Achseln. »Keine Ahnung. Ich wollte ihr die Schere abnehmen, aber sie hat es nicht zugelassen. Sie hat geschrien wie am Spieß und erst wieder aufgehört, als ich ihr die Schere ließ.«

»Gibt's jemanden, der Karins Haare nicht mag?«, fragte Max unvermittelt.

Karins Mutter drehte sich zu ihm hin und sah ihn verständnislos an.

»Oder gibt es jemanden, der ihre Haare besonders mag?« Max schien die Antwort wichtig.

Frau Kobek fuhr sich mit der rechten Hand nervös über die Stirn. »Mein Mann.« Sie nickte mehrmals. »Ja, Mein Mann sagt immer, dass unser Kind Haare hat wie ein Engel. Er ist sehr stolz darauf, dass seine Tochter so hübsch ist.«

»Wer noch?«

»Viele Leute finden blonde Haare schön, oder?«

»Was ist mit dem Laaf und dem Kornheim?«

Frau Kobek hob den Kopf.

»Haben den beiden ihre Haare auch gefallen?«

Die Frau wandte sich ab. »Woher weißt du das?«

»Haben sie es gesagt?«, fragte Max weiter.

»Mein Mann hat mir einmal erzählt, der Kornheim wäre ganz verrückt nach Blondinen.«

»Wo war Ihr Mann an dem Freitag, an dem der Laaf erschossen worden ist?« Max nahm einen Schluck von der Limonade, die vor ihm stand.

»Das geht dich nichts an.« Frau Kobeks Stimme wurde noch leiser. »Du fragst mich aus wie dieser Polizist mit dem Schnurrbart.«

»Ich will Ihnen nix Böses, das können Sie mir glauben. Aber ich muss wissen, was Ihr Mann an dem Nachmittag getan hat.«

»Warum?«

»Damit ich ihm und Ihrer Tochter helfen kann.«

»Wie willst du das machen?« Misstrauisch sah Frau Kobek zu Max hinüber.

»Ich hab eine Idee, aber dafür muss ich die Wahrheit kennen.«

Die kleine Frau mit ihrer geblümten Schürze überlegte eine Weile. Aus der Wohnung nebenan hörte man ein kleines Kind schreien. Wegen der Stille erschien es so laut, als wäre das Baby keine drei Meter entfernt.

»Er war beim Saufen«, sagte Karins Mutter plötzlich. »Mit seinem besten Kumpel, dem Vater von Nora. Und mitten in der Nacht ist er stockbesoffen nach Hause gekommen.«

»Wo waren die beiden?«

»In unserem Schrebergarten.«

»Da haben ihn sicher die Nachbarn gesehen?«

»Gesehen nicht, aber gehört. Um elf kam die Polizei und hat die beiden heimgeschickt.«

»Und wann ist er in den Schrebergarten gegangen?«

»Am Nachmittag, gleich nach der Arbeit.«

»Sind die zwei am Nachmittag von jemandem gesehen oder gehört worden?«

»Ich glaube nicht. Solange sie nüchtern sind, verhalten sich die beiden meist ruhig. Erst wenn sie zuviel intus haben, geht der Radau los – und der Ärger.«

»Wieso Ärger?«

»Mein Mann kann sehr ungemütlich werden, wenn ihm etwas nicht passt – oder wenn er betrunken ist.« Sie stand auf und ging Richtung Küche. »Und wenn beides zusammenkommt, ist er unberechenbar.«

Max nickte. Er hatte alles erfahren, was er wissen wollte. Er trank seine Limo aus und erhob sich. »Kann ich noch kurz mit Karin reden?«

»Wieso nicht?«, meinte Frau Kobek und ließ Wasser in das Spülbecken einlaufen.

Max ging zu Karin. Wenige Minuten später kam er zurück ins Wohnzimmer. Viel hatten sich die beiden wohl nicht zu sagen gehabt. Wir verabschiedeten uns und verließen die Wohnung, in der der Kummer hing wie der Geruch von schlechtem Fett.

»Was wolltest du von der Karin«, fragte ich Max auf dem Weg zum Motorrad.

»Ich hab ihr gesagt, dass sie sich keine Sorgen machen soll. Ich würd mich schon drum kümmern, dass sie in Zukunft ihre Ruhe hat.«

Er ließ die Maschine vom Ständer rollen.

»Und was hat sie dazu gemeint?« Ich kletterte auf den Sozius, und Max ließ seine Kawa an.

»Ich soll das Maul nicht immer so weit aufreißen.«

Er schaute mich kurz an, dann brauste er los.

Beim Unterbauern hielt Max an. Er stieg aber nicht ab, sicher wollte er noch zu Nora.

Ich musste ihn vorher noch etwas fragen: »Worüber, glaubst du, will sie ums Verrecken nicht reden? Über den Abend, an dem wir den Kornheim tot im Auto gefunden haben? Über den Freitag, an dem der Laaf erschossen worden ist? Oder darüber, was an dem Tag passiert ist, an dem sie sich die Pulsader aufgeschnitten hat?«

Max sah mich groß an, als zweifle er an meiner Intelligenz. »Das ist doch sonnenklar.«

»Was ist sonnenklar?«

»Über den toten Kornheim hat sie doch geredet. Über den toten Laaf auch.«

»Also geht's um den Freitag vor zwei Monaten, als die zwei noch gelebt haben.«

Max nickte.

»Was, glaubst du, ist da passiert?«

Langsam drehte Max seinen Kopf zu mir her. »Kannst du dir das nicht vorstellen?«

Karin war mit den beiden Männern ein paar Stunden allein im Büro gewesen. Und danach wollte sie nicht mehr leben. Was hatten die Schweine mit ihr gemacht? Oder war es nur einer gewesen, und der andere hatte zur Seite geschaut? Egal!

Ich spürte eine unbändige Wut in mir hoch steigen. Gut, dass die beiden tot waren.

»Ich fahr noch zur Nora«, sagte Max und holte mich aus meinen düsteren Gedanken. »Wahrscheinlich komm ich erst morgen Früh wieder. Vergiss nicht das Fenster im Speisesaal.«

Er hob die Hand zum Gruß, startete das Motorrad und fuhr mit aufheulendem Motor davon.

Ich ging zurück ins Beusl und setzte mich in den dämmrigen Klostergarten. Finstere Gedanken zogen durch meinen Kopf. Die morgige Prüfung war ganz weit weg. Schließlich musste ich ins Kloster, bevor die Pforte geschlossen wurde. Vielleicht würde mir etwas Gesellschaft gut tun. Also ging ich ins Abiturientenstüberl. Die Unterhaltungen meiner Kameraden interessierten mich nicht. Doch ich trank zwei Bier, um besser einschlafen zu können.

Später im Schlafsaal präparierte ich das Bett meines Freundes in bewährter Manier, so dass es aussah, als würde jemand drin liegen. Als Pater Zeno verschwunden war, schlich ich in den Speisesaal und öffnete das Eckfenster, damit Max einsteigen konnte, wenn er während der Nacht zurückkam.

Im Bett fand ich keinen Schlaf. Ich dachte an Karin und die Prüfungen, an den seltsamen Oberinspektor und an Max, der sich bemühte, die Ereignisse so darzustellen, dass niemand zu Schaden kam.

9

Nicht die Dinge selbst, sondern die Meinungen von den Dingen beunruhigen den Menschen.
(Epiktet)

Donnerstag

Kurz nach Mitternacht hörte ich jemanden in den Schlafsaal schleichen. Pater Zeno konnte es nicht sein. Der überwachte unsere Schlafzeiten schon lange nicht mehr. Es war Max. Warum war er nicht bis zum Morgen bei Nora geblieben? Er legte sich ins Bett. Doch wie ich fand er keinen Schlaf. Immer wieder drehte er sich von der einen Seite auf die andere.

»Kannst du auch nicht schlafen?«, fragte ich ihn schließlich.

»Nein.«

Max schlug die Decke zurück und setzte sich auf. Dann holte er zwei Bierflaschen aus den eisernen Beständen in seinem Nachtkästchen. Eine davon reichte er mir herüber, nachdem er sie mit der Zahnbürste geöffnet hatte. Max konnte Bierflaschen mit allen möglichen Gegenständen öffnen, wahrscheinlich sogar mit einem feuchten Zündholz.

»Gehen wir in den Waschsaal?«, fragte ich. »Da können wir reden.«

»Gut.«

Wir verließen unsere Betten und tappten den Gang entlang. Im Waschraum machten wir kein Licht, sondern tasteten uns die Waschbecken entlang bis zu der Bank, die am Fenster stand. Obwohl es geschlossen war, strich ein kühler Hauch durch den Raum. Heute Morgen hatte ein Wurzler bei einer Rauferei eine Fensterscheibe eingeschlagen.

»Warum bist du schon zurück?«, wollte ich wissen.

Helles Mondlicht fiel auf Max, der die Bierflasche in seinen Händen anstarrte.

»Es ist aus«, sagte er müde.

»Was?«

»Mit Nora ist es aus.« Er trank einen Schluck.

»Warum?« Max benahm sich seit Tagen reichlich seltsam, doch damit hatte ich nicht gerechnet.

»Sie hat mich angelogen.« Er wandte den Kopf, und ich spürte, dass er mich ansah.

»Und?« Das konnte nicht alles sein.

»Sie hat mich angelogen. Reicht das nicht?« Er hatte seine Stimme erhoben.

»Wie oft hast du deine Weiber schon angelogen?« Ich musste schmunzeln.

»Das ist was anderes«, meinte Max.

»Warum?«

»Ich hab vielleicht manchmal die Wahrheit ein bisserl modifiziert. Das geb ich zu. Aber Nora hat mich richtig hinters Licht geführt.« Er nahm einen großen Schluck.

»Du sprichst in Rätseln.«

»Weißt du, warum sie sich ihre Wohnung leisten kann?«

Ich zuckte die Achseln. Woher sollte ich das wissen.

»Ich hab eine Abrechnung gefunden.« Er schluckte. »Der Schmidt zahlt ihre Miete.«

»Und was heißt das?«

»Bist du wirklich so blöd, oder tust du bloß so?« Er leerte den Rest der Flasche in einem Zug und stand auf. »Sie hat was mit dem alten Kerl.« Er schnaubte. »Ausgerechnet mit diesem Arschloch.«

Ohne ein weiteres Wort ging er zurück in den Schlafsaal. Ich folgte ihm und legte mich ins Bett, obwohl ich nicht müde war. Konnte es stimmen, dass Nora ein Verhältnis mit dem alten Schmidt hatte? Schwer vorstellbar. Der Kerl brauchte ja schon eine Staffelei, wenn er seine Süße bloß küssen wollte. Diese Vorstellung amüsierte mich. Andererseits erklärte es Noras Verhalten, was Schmidts Alibi betraf. Doch vielleicht hatte sie gar nichts mit dem Alten, und der revanchierte sich lediglich für ihre Aussage, indem er die Miete übernahm.

Ich war froh, als Pater Zeno endlich in den Schlafsaal kam, um uns zu wecken. Die Nacht hatte mir keine Erholung gebracht. Ich hatte kaum geschlafen. Beim Frühstück zwang ich mich, ein Marmeladenbrot zu essen. Dann erhöhten wir unseren Adrenalinspiegel mit Deep Purple, und schließlich gingen wir ins Klassenzimmer.

Die Prüfung in Religion ging über den heiligen Franziskus, den Sohn reicher Eltern, der einen Bettelorden gründete. Während ich jede der Antworten, die umfangreich und gut begründet sein sollten, aufs Papier quälte, schrieb Max mühelos eine Seite nach der anderen. Und während ich wie die meisten Mitschüler bereits eine Viertelstunde vor Ende erschöpft abgab, blieb er bis zur letzten Minute. Danach ging er in den Schlafsaal und legte sich aufs Bett. Er wollte allein sein.

Nach dem Mittagessen setzte ich mich ans Pult und begann, die unregelmäßigen griechischen Verben zu wiederholen. Max las in einem abgegriffenen Buch über den heiligen Franziskus, das er aus der Schulbibliothek geholt hatte. Clemens ging unterdessen herum und erklärte jedem, dass es morgen eine große Feier geben würde. Das Bier stehe schon bereit.

Der Gedanke an eine Party bereitete mir geradezu Übelkeit. Ich wollte meinem Mädchen helfen und hatte keinen Grund zum feiern. Ich wollte dafür sorgen, dass dieser Kurzer sie in Ruhe ließe. Doch ich konnte nichts machen, das wusste ich. Max hatte alles getan, was er konnte. Auch er kam auf dem Zahnfleisch daher.

»Übrigens, falls du es noch nicht mit bekommen haben solltest: Die Religionsprüfung ist schon vorbei.« Ich holte seine Griechischgrammatik aus dem Pult und legte sie ihm vor die Nase, doch er schob sie weg und las weiter.

»Morgen ist Griechisch. Und ich vermute, du hast noch einige Lücken.«

»Die werd ich heut Nachmittag auch nicht füllen.« Max legte den Kopf in seine rechte Hand, die er auf dem Pult aufgestützt hatte und drehte mir den Rücken zu.

Wenn es der neue Krimi von der Highsmith gewesen wäre, hätte ich mir keine Sorgen gemacht. Beim heiligen Franziskus schon.

Plötzlich stand Inspektor Huber an unserem Pult. Damit hatte ich überhaupt nicht gerechnet. Max sah hoch, lächelte gequält und grüßte mit einem mehrmaligen Kopfnicken, als hätte er den Polizisten erwartet.

»Hast du mir nichts zu sagen?«, fragte Huber ohne Umschweife.

»Doch, aber nicht hier.« Max schloss die dünne Biographie und stand auf. »Komm mit«, sagte er zu mir. »Ich brauch einen Zeugen, falls der Herr Inspektor handgreiflich wird.«

Er meinte, einen Scherz gemacht zu haben, doch weder Huber noch ich lachten.

Da alle Klassen außer den Abiturienten Studierzeit hatten, war niemand im Klosterhof. Wir setzten uns unter die alte Blutbuche, und der Inspektor zündete sich eine Zigarette an.

»Ich steh ganz schön blöd da«, begann er. »Der Kurzer beschäftigt sich erst seit ein paar Tagen mit dem Fall, und heut Vormittag erzählt er mir, dass er die Sache aufgeklärt hat.«

»Und?« Max sah den Inspektor an und gähnte.

»Er ist sich sicher, dass der Kornheim eines natürlichen Todes gestorben ist. Der Laaf hat ihn im Auto gefunden und in die Gefriertruhe seines Schwiegervaters gelegt. Eine Woche später hat er ihn in die Schlucht geworfen und sich hinterher selbst erschossen. Sein Tod sollte aber nicht wie ein Selbstmord aussehen, deshalb hat er die Flinte, mit der er sich umgebracht hat, vorher von allen Fingerabdrücken gereinigt. Dann hat er ein dünnes Stück Fleisch um den Schaft gelegt, das Gewehr dort genommen und es sich vor das Gesicht gehalten. In der anderen Hand hielt er einen Bindfaden, und mit dem hat er den Abzug betätigt. Deshalb waren keine Fingerabdrücke auf der Flinte.«

»Und das Fleisch hat sich danach in Luft aufgelöst?«, fragte ich.

»Nein, die Füchse oder die Krähen haben es sich geholt. Die müssen um diese Jahreszeit ihre Jungen großziehen und suchen ständig Futter.« Huber trat seine Zigarette aus. »Den Bindfaden hat der Kurzer zusammen mit euch gefunden.«

»Dann passt's ja.« Max hatte sich zurückgelehnt und die Augen geschlossen. Er schien die Wärme der Sonne zu genießen.

»Den Scheiß kann er vielleicht mir erzählen, aber spätestens bei unserem Chef ist Schluss mit lustig.« Huber stieß etwas Luft durch die Zähne. »Unser Alter ist nicht blöd, und der wird ihm seinen Unsinn um die Ohren hauen. Die Angelegenheit ist doch konstruiert, oder? Und du steckst dahinter, Max. Als ich erfahren hab, dass vorgestern zwei junge Kerle den Kurzer besucht haben und anschließend mit ihm zum Tatort gefahren sind, wurde mir einiges klar. Einer von den beiden hatte lange, rotblonde Haare. Das warst du.«

Max öffnete die Augen und warf mir einen kurzen Blick zu, dann richtete er sich auf. »Zugegeben, wir waren beim Kurzer. Aber wie kommen Sie drauf, dass hier irgendwas konstruiert wär?«

»Ihr kommt vorgestern beim Kurzer vorbei und bringt ihm die Insulinspritze vom toten Kornheim, die wir seit der Bergung der Leiche vergeblich suchen. Es hat nämlich der Verdacht bestanden, dass der Kornheim im Auto mit seinem eigenen Insulin um die Ecke gebracht worden ist. Möglicherweise von den beiden Mädchen, die er nach der Party nach Hause gefahren hat. Die gefundene Spritze ist aber fast voll. Mit dem bisschen, das fehlt, kann er nicht umgebracht worden sein. Damit ist der Verdacht, der die beiden Mädchen betrifft, erledigt.« Huber machte eine Schnute und tippte mit dem rechten Zeigefinger mehrmals auf sein Kinn. »Und auf dem Jochberg findet der Kurzer zufällig den Bindfaden, den die Spurensicherung neben der Insulinspritze übersehen hat.«

»So was kann doch passieren«, fiel Max dem Inspektor ins Wort.

»Glaubst du, dass bei der Spurensicherung alle schwachsinnig sind und am Tatort Gänseblümchen pflücken?« Huber verdrehte die Augen und blies erneut durch die Zähne. »Und zum Schluss schaut ihr noch zufällig beim Senner von der Alm vorbei, der gerade stockbesoffen auf seiner Pritsche liegt. Damit wäre der als Zeuge gestorben. Denn es könnt ja gut sein, dass er am Tatabend auch nicht ganz nüchtern war und statt einer zweiten lebenden Person der steif gefrorene Kornheim im Landrover gesessen ist.«

»Und Sie glauben nicht, dass es so gewesen sein könnt?« Max hatte sich zurückgelehnt. Er war ernst geworden.

»Ich bitte dich. Das sind schon eine Menge Zufälle, findet ihr nicht?« Huber zog die Augenbrauen hoch. »Und das Beste hätte ich fast noch vergessen: Gestern taucht im Büro vom Laaf ein Krimi auf, in dem ein ähnlicher Ablauf eines Selbstmordes beschrieben wird.«

»Dann ist doch alles geritzt.« Max gähnte. Er war wirklich müde, das sah man an seinen kleinen Augen.

»Der Kurzer hat den kriminalistischen Spürsinn einer Straßenlaterne. Der ist nicht viel intelligenter als ein Pfund Mehl. Wenn der Kurzer was glaubt, dann heißt das gar nichts.« Huber schnaubte verächtlich. »Mir soll's recht sein, wenn der Spuk jetzt vorbei ist. Ich fürcht aber, dass ihm unser Hauptkommissar diese Version nicht abkaufen wird. Unser Alter ist nämlich nicht schwachsinnig.«

»Wenn der Kurzer den Fall löst, bekommt er doch eine Belobigung, oder?«, fragte Max.

Huber nickte.

»Und mit dieser Belobigung hat er gute Chancen, den Kommissarsposten in Rosenheim zu kriegen? Dann wären Sie ihn los.«

Huber sah auf.

»Man muss das Eisen schmieden, so lange es heiß ist.« Max verschränkte die Arme. »Ehrlich gesagt hatte ich bei Ihren Ermittlungen den Eindruck, als wollten Sie den Täter gar nicht finden. Als hätten Sie Angst vor der Wahrheit.«

Der Inspektor schaute Max einen Moment lang an wie ein Kind, das etwas angestellt hatte und dem man auf die Schliche gekommen ist. Dann holte er sein altes Zigarettenetui aus der Tasche, nahm umständlich eine Zigarette heraus und zündete sie an.

»Unsinn«, sagte er und stieß eine Rauchwolke aus.

»Sie brauchen mir jetzt nicht zustimmen, aber die Version vom Kurzer ist die beste für alle Beteiligten.« Max wandte sich dem Inspektor zu. »Weder um den Kornheim noch um den Laaf ist es schad. Die Geschichte vom Kurzer ist einigermaßen plausibel. Andererseits könnten alle anderen Versionen, ja schon weitere Nachforschungen, großen Schaden anrichten.« Voller Sympathie sah Max den Polizisten an. »Sie wollen doch nicht das falsche Schwein schlachten, oder?«

Huber antwortete nicht. Stumm saß er da und zog an seiner Zigarette, als wollte er aus dem Rauch irgendwelche Erkenntnisse gewinnen. Schließlich warf er die Kippe zu Boden, trat sie aus und erhob sich.

»Ich werd schauen, was ich tun kann, damit kein falsches Schwein geschlachtet wird.« Er entfernte sich einige Schritte, dann drehte er sich noch mal um. »Und viel Glück für morgen. Andra moi enepe mousa polytropon.«

Woher konnte der Huber Griechisch?

Zurück im Kloster gingen wir zu unseren Spinden. Ich hatte Hunger und vermutete noch eine angebrochene Packung Kekse zwischen der Wäsche. Max holte das ledergebundene Poesiealbum, in dem er seine Liebschaften katalogisiert hatte, hervor und blätterte es langsam durch. Dann riss er die Seiten einzeln heraus.

»Was hast du damit vor?«, fragte ich mit einem bröseligen Keks im Mund.

»Die werd ich an der Loisach verbrennen.«

»Warum?«

»Ich brauch sie nimmer.«

Schön langsam wurde er mir unheimlich. Wenn er bloß Noras Seite verbrennen wollte, hätte ich ihn verstanden. Aber warum alle?

»Auf, auf in Gottes Namen.«

Es dauerte eine ganze Weile, bis der letzte sein Bett verlassen hatte. An diesem Tag duschte ich kalt.

Die lärmenden Wurzler waren schon lange in ihrem Studiersaal zum Frühstudium verschwunden, als wir uns zum Speisesaal quälten. Ein letztes mal Deep Purple nach dem Frühstück. Viel Adrenalin war nicht mehr im Körper, das man vor der Prüfung in die Adern hätte pumpen können. Der Burger Franz versteckte wieder ein Wörterbuch im Spülkasten der mittleren Toilette.

Der Text war in etwa so, wie wir ihn erwartet hatten. Ich hatte große Mühe, einen Satz nach dem anderen zu übersetzen. Immer wieder musste ich an Karin denken. Außerdem schweiften meine Gedanken ab zu Huber und seinem Kollegen Kurzer. Hoffentlich ging alles gut. Hoffentlich musste Karin nicht mehr verhört werden.

Mit einem miesen Gefühl in der Magengegend gab ich das Aufgabenblatt nach zwei Stunden ab. Vor dem Klassenzimmer knallten bereits die ersten Sektkorken. Mir war nicht nach Feiern zumute. Trotzdem meinten einige Kameraden, mich umarmen zu müssen, was ich mir widerwillig gefallen ließ. Sie hüpften hektisch herum, um demonstrieren, dass sie am Start in eine sonnige Zukunft wären.

Max stand abseits und verfolgte das Treiben ohne Interesse.

Anschließend gingen wir in den Bierkeller. Dort gab es eine umfangreiche Brotzeit. Ich nahm mir etwas Käse, hatte aber keinen rechten Hunger. Der Burger Franz hingegen füllte ein ums andere Mal seinen Teller. Ich überlegte, wie lange es noch dauern würde, bis es ihn endlich zerriss.

Die Party war bald in vollem Gange. Zur Musik von Deep Purple, Led Zeppelin und Jethro Tull wurde getanzt, getrunken und gesungen.

Je länger es dauerte, desto mehr befiel mich eine seltsame Wehmut. Nicht nur, dass ich Max bald nicht mehr jeden Tag sehen würde. Auch die anderen Klassenkameraden waren mir im Laufe der Jahre ans Herz gewachsen.

Da war Clemens, unser Primus. Nur selten hatte er eine schlechtere Note als eine Eins geschrieben. Trotzdem war er bei den Lehrern nicht besonders beliebt. Er war immer unser Klassensprecher gewesen und hatte diese Rolle mit großem Ernst ausgefüllt. Er wollte Politologie und Journalismus studieren und dann eine marxistisch-leninistische Zeitung gründen. Er hatte sogar Prospekte über gebrauchte Druckmaschinen in seinem Pult. Clemens war ein komischer Kauz, aber man konnte sich auf ihn verlassen. Er hatte den schwächeren Schülern immer geholfen. Und für Nachhilfestunden in den unteren Klassen hatte er bloß zwei Mark verlangt.

Als nächsten betrachtete ich den Unger Georg, unser Riesenbaby. Er war beinahe zwei Meter groß und wog an die hundert Kilo. Er war nicht der Schlaueste, doch die Lehrer hatten Nachsicht mit ihm. Sein Vater war früh gestorben, und die Mutter hatte ihn ins Internat geschickt, damit er von den Patres die väterliche Strenge erführe. Doch an Georg war jede klassische Bildung spurlos abgeprallt. Ohne einen Funken Intellekt hatte er sich durch die Klassen gelernt. In jeder Studierzeit war er bemüht, von der ersten bis zur letzten Minute die gähnende Leere in seinem Kopf mit etwas Humanismus oder Mathe zu füllen. Oft genug war er bei dem Bemühen aber eingeschlafen.

Neben dem Georg saß sein bester Freund, der Hugo. Er war der Kräftigste in der Klasse und unser bester Athlet. Er wollte nach der Bundeswehr Sport studieren, doch sein

Vater, ein Landarzt in der Nähe von Miesbach, bestand darauf, dass sein Sohn später die Praxis übernehmen sollte. Ich meinte es dem Hugo anzusehen, dass er sich nicht übermäßig über das Ende der Schulzeit freute. Er war eigentlich ein gutmütiger Kerl, doch wie sollte er sich entscheiden? Für die Wünsche seines Vaters oder für seine eigenen Pläne?

»Komisch nicht«, Max setzte sich mit einem vollen Bierglas neben mich. Zuvor hatte er sich lange mit Clemens unterhalten. »Ich hätt nicht glaubt, dass mir die Burschen einmal abgehen würden. Aber wenn ich mir vorstell, dass wir ab morgen nie wieder die Hausaufgab voneinander abschreiben, dann könnt ich anfangen zu weinen. Geht's dir auch so?«

Ich nickte.

Plötzlich stand Pater Zeno im Raum. Clemens protestierte lachend, denn es war ein ungeschriebenes Gesetz, dass die Abiturienten nach der letzten Prüfung allein feiern durften, solange sie wollten. Auch was das Bier anging, gab es keine Beschränkungen.

Zeno sah sich kurz in dem kleinen Raum um. Dann kam er direkt auf Max und mich zu.

»Vor der Pforte wartet der Inspektor Huber. Er muss unbedingt mit euch reden, sagt er. Es sei dringend.«

Clemens brachte dem Pater ein Weißbier. Jeder wusste, dass er es gerne mochte.

»Was will er von uns?«, fragte ich.

Zeno nahm das Bierglas, steckte die Nase in den Schaum und trank einen Schluck. Dann zuckte er die Achseln und ging zu dem kleinen Tischchen, wo der einzige Sessel im Raum stand. Franz, der dort gesessen hatte, sprang auf, um Platz zu machen.

»Ich hab das Gefühl, dass ihr mir fehlen werdet, ihr Lauser«, verkündete der Präfekt und ließ sich in den Sessel fallen. »Wieviele tausend Verbrechen habt ihr im Laufe der Jahre begangen, für die ich euch bestraft hab. Und wieviele tausend Verbrechen habt ihr begangen, bei denen ich zur Seite geschaut hab, damit ich euch nicht bestrafen muss.«

Er hob sein Glas und prostete jedem einzelnen zu. Er hatte feuchte Augen, wahrscheinlich von dem vielen Rauch in dem kleinen Raum.

Max und ich waren aufgestanden und gingen hinaus. An der frischen Luft merkte ich erst, dass ich nicht mehr ganz nüchtern war.

Vor der Pforte wartete Inspektor Huber mit einer Zigarette in der Hand.

»Die Dinge laufen beschissen«, murmelte er und nahm einen letzten Zug, bevor er sie austrat. »Heut früh hat der Oberstaatsanwalt von Kotzwitz im Revier angerufen. Ein ganz scharfer Hund.«

»Und was bedeutet das?«, wollte Max wissen.

»Ärger!«

»Und was haben wir damit zu tun?«

»Der Alte will mit euch reden.«

»Muss das jetzt sein? Wir sind vor zwei Stunden mit der letzten Prüfung fertig geworden.«

»Ich soll euch holen, hat er gesagt. Sofort!«

Huber drehte sich um und ging zu seinem alten Opel. Max und ich sahen uns an, dann folgten wir ihm.

Auf dem Weg nach Garmisch wurde kein Wort gesprochen. Mir gingen tausend Dinge durch den Kopf. Warum wollte der Hauptkommissar mit uns reden? Warum war es so eilig?

Ich dachte an Karin, und eine kalte Angst stieg in mir auf. Der Fall war also doch noch nicht abgeschlossen, sonst würden wir jetzt nicht in Hubers Auto sitzen.

Nach einer guten halben Stunde waren wir im Dienstgebäude der Kripo Garmisch.

»Ist der Alte in seinem Büro?«, fragte Huber den schnurrbärtigen Polizisten am Eingang, den Max und ich bereits kannten.

Der Mann gab einen kehligen Laut von sich und machte eine Kopfbewegung in Richtung Treppe. »Da ist er schon. Aber er ist heut nicht gut aufgelegt.«

Wir folgten dem Inspektor in den ersten Stock. Vor der Tür mit dem Messingschild, auf dem »Hauptkommissar Obermaier« stand, verharrten wir einen Augenblick. Huber atmete zweimal tief ein und wieder aus, dann klopfte er.

»Was gibt's?«, hörten wir eine dröhnende, dunkle Männerstimme.

Huber öffnete die Tür.

»Die Zeugen wären jetzt da.«, sagte der Inspektor und gab uns mit dem Kopf ein Zeichen, ihm zu folgen.

»Dann sollen sie reinkommen«, hörten wir die laute Stimme erneut.

Huber schob uns in einen großen, hellen Raum. Hinter einem mit Akten und Papieren überladenen Schreibtisch saß ein untersetzter, etwa sechzigjähriger Mann in einem grünen Trachtenanzug. Sein Gesicht war kugelrund, und die neugierigen Augen hatten Mühe, unter den schweren Lidern hervorzuschauen. Der Hauptkommissar sah aus wie ein Förster, der durch den vielen Innendienst fett geworden war.

»Das sind also die beiden Zeugen, die den Fall beinahe im Alleingang gelöst haben.« Obermaier betrachtete uns neugierig.

Jetzt erst sah ich Oberinspektor Kurzer rechts an der Wand stehen. Er hielt sich unnatürlich aufrecht und schaute fortwährend in Richtung Hauptkommissar, als würde es Max und mich gar nicht geben. Irgendwie kam er mir blass vor.

»Sie haben heute Ihre letzte Prüfung geschrieben?«, fragte Obermaier, wobei es sich eher um eine Feststellung als um eine Frage handelte. »Dann will ich nicht lange um den heißen Brei herumreden. Sie wollen sicher noch feiern.« Er warf uns einen kurzen, aufmerksamen Blick zu. »Falls es noch etwas zu feiern gibt, wenn Sie diesen Raum wieder verlassen haben.«

»Sie sprechen in Rätseln«, meinte Max patzig und sah sich demonstrativ uninteressiert im Zimmer um.

»Wegen einiger Rätsel habe ich Sie auch kommen lassen.« Der Kommissar schlug einen Aktendeckel auf und zog eine handgeschriebene Liste heraus. »Vielleicht können Sie mir bei der Lösung helfen.«

Max schaute ihn abschätzig an. Auch er war blass.

Obermaier lehnte sich in seinem Stuhl zurück und begann: »Sie kennen ja die Geschichte. Vor zwei Wochen ist ein Geretsrieder Geschäftsmann, ein gewisser Kornheim, verschwunden. Es wurde gesagt, er sei erkrankt, in Wirklichkeit ruhte er in der Gefriertruhe im Jagdhaus von Herrn Schmidt, einem Industriellen. Eine Woche später wird die Leiche vom Kornheim am Jochberg gefunden. In seiner Nähe liegt der tote Laaf, der Schwiegersohn von Herrn Schmidt.«

Der Kommissar beobachtete Max und mich aus den Augenwinkeln.

»Dem Laaf fehlt der halbe Kopf, er ist aus nächster Nähe mit einer Ladung Schrot erschossen worden. Die Tatwaffe liegt daneben. Auf ihr sind aber keine Fingerabdrücke. Also ist Selbstmord auszuschließen. Können Sie mir folgen?«

Max und ich nickten.

Der Polizist fuhr fort: »Der erste Verdacht fällt natürlich auf Herrn Schmidt, der sich oft mit Herrn Laaf gestritten hat. Es stellt sich jedoch heraus, dass Schmidt ein wasserdichtes Alibi hat. Die Ermittlungen unseres hochgeschätzten Inspektor Huber geraten nun ins Stocken, was ich gar nicht gewohnt bin von ihm. Also war ich froh, als Oberinspektor Kurzer aus seinem Urlaub zurückkehrt und innerhalb weniger Tage einige Indizien findet, die zur Lösung des Falles führen könnten.«

Obermaier schaute nach links zu Kurzer, der augenblicklich seinen Rücken straffte.

»Der Oberinspektor führt einige Befragungen durch, bei denen sich gewisse Verdachtsmomente ergeben. Eine junge Sekretärin der Geretsrieder Motorenwerke, eine gewisse …«, Obermaier suchte den richtigen Zettel in seinen Unterlagen, »… eine gewisse Karin Kobek bricht bei der Befragung zusammen und ist nicht mehr bereit, mit dem Beamten zu reden. Am nächsten Tag tauchen zwei junge Kerle im Polizeirevier auf und bringen die Insulinspritze des zuckerkranken Kornheim mit, nach der die Polizei bereits erfolglos gesucht hat. Bei der anschließenden Besichtigung des Tatorts findet Kurzer ein Stück Bindfaden, das der Spurensicherung ebenfalls nicht aufgefallen war.«

Obermaier nickte mehrmals anerkennend.

»Respekt, meine Herren. Was die Leute von der Spurensicherung nicht alles übersehen.« Er lachte ein wenig. »Schließlich wird am Arbeitsplatz von Herrn Laaf noch ein Kriminalroman gefunden, in dem ein bemerkenswerter Selbstmord beschrieben wird: Ein todkranker englischer Edelmann will jemandem einen Mord anhängen. Er lässt seinen englischen Cockerspaniel ein paar Tage hungern, nimmt dann seine englische Armeepistole und befreit sie von allen Fingerabdrücken. Nun wickelt er ein dünn geschnittenes englisches Steak um den Schaft der Pistole und hält sie sich an die Schläfe. Den Abzug betätigt er mit der Sehne eines englischen Rindes. Der Mann fällt tot zu Boden. Sofort stürzt sich der ausgehungerte englische Cockerspaniel auf das schöne Stück Fleisch und frisst es. Die Sehne gibt's als Nachtisch.«

Obermaier schaute uns sonderbar freundlich an.

»Beim Laaf soll's ähnlich gelaufen sein. Gott sei Dank hat der aber einen Bindfaden zum Auslösen des Schusses genommen. Und der wird nicht gern gefressen. Sonst hätten wir jetzt noch weniger in der Hand.«

Der Kommissar stand auf und ging ans Fenster. Er öffnete es umständlich, atmete einige Male tief ein und schloss es wieder. Dann kam er zurück an seinen Schreibtisch und stützte sich mit beiden Händen an der Kante ab.

»Und all die Beweise für dieses hinterfotzige Ableben vom Laaf werden innerhalb kurzer Zeit vom Herrn Stockmeier, seiner Freundin Nora und dem Kaspar Spindler, einem Spezl aus dem Internat in Heiligenbeuern, geliefert.«

Der nun folgende Blick dauerte unerträglich lange. Ich hatte das Gefühl, der Polizist wollte Max und mir bis in die letzte Gehirnzelle hineinschauen.

Max schluckte mehrmals. Er wurde sichtlich nervös.

»Ich habe heute Morgen mit Staatsanwalt von Kotzwitz in München telefoniert und ihm die Angelegenheit haarklein erzählt. Er fand diese Menge an Zufälligkeiten ebenfalls bemerkenswert und meinte, er würde uns gern zwei seiner besten Beamten schicken. Er hat nämlich Leute, die gerade bei der Befragung von Verdächtigen enormes Talent besitzen.«

Karin schoss mir ins Gehirn. Sie war bereits bei der Befragung vom Kurzer zusammengebrochen. Seitdem saß sie daheim und starrte die Wand an. Der Oberinspektor war schon ein Horror für sie gewesen. Diese Typen aus München waren aber sicher aus einem anderen Holz geschnitzt und noch wesentlich rücksichtsloser. Und sie würden erfahren, was sie wissen wollten. Vorher würden sie keine Ruhe geben.

»Um die Bedenken des Herrn Staatsanwalt in einfache Worte zu fassen: Er glaubt, dass Sie, Herr Stockmeier, und Ihr Freund«, er schaute erneut in seine Unterlagen und dann zu mir, »der Kaspar Spindler, die Polizei hinters Licht führen wollten.«

Max fuhr sich mit der Zunge über die Lippen, sagte aber nichts.

»Ich mag junge Menschen und will niemandem seinen Lebensweg kaputt machen.« Obermaier lehnte sich zurück. »Deshalb gebe ich Ihnen hier und jetzt die Gelegenheit, ein umfassendes Geständnis abzulegen. Wenn Sie zugeben, dass Sie uns getürkte Beweise präsentiert haben, nehme ich das Ganze als Jungenstreich und die Sache ist erledigt. Mein Wort drauf. Ich bin nicht nachtragend.«

Der Polizist beugte sich nun nach vorn, und plötzlich war alle Gutmütigkeit aus seinem feisten Gesicht verschwunden.

»Falls ihr es nicht zugeben solltet, geht die Angelegenheit zum Staatsanwalt. Und der von Kotzwitz macht keine Scherze. Bei Irreführung der Behörden kann der richtig böse werden. Gut – ihr seid noch keine einundzwanzig, aber Jugendknast könnt schon dabei rausspringen. Ganz zu schweigen von den weiteren Folgen: Ihr wärt vorbestraft. Eine Anstellung beim Staat, Lehrer zum Beispiel oder Kriminalbeamter, könnt ihr dann vergessen.«

Er strich sich das dunkle, dünne Haar zurück und sah auf ein Papier, das vor ihm lag. Er tat so, als würde es ihn interessieren. Er nahm es zur Hand, lehnte sich zurück und las.

Unsere Anspannung stieg von Sekunde zu Sekunde. Doch dem Kommissar schien das nichts auszumachen. Er hatte Zeit und schaute ruhig in das Dokument.

Ich wechselte einen Blick mit Max. Der hob kaum merklich die Augenbrauen. Was sollte er tun? Ich wusste es doch auch nicht.

Von weit weg hörte ich Inspektor Hubers Stimme. »Aber wir haben doch noch das psychiatrische Gutachten über den höchst eitlen Charakter von Herrn Laaf. In dem Gutachten steht, dass solche Menschen oft Selbstmord begehen, wenn die Gefahr besteht, dass sie öffentlich an den Pranger gestellt werden. Diese Gefahr bestand für den Laaf sehr wohl: Jederzeit konnte die Leiche in der Gefriertruhe entdeckt werden. Und jederzeit konnte sein Schwiegervater das Missmanagement in der Firma öffentlich machen.« Huber war beim Reden ein wenig nach vorn getreten. »Außerdem hat mich gestern ein gewisser Pater Bonifaz angerufen und gesagt, Herr Laaf wäre kurz vor seinem Tod zu ihm gekommen und hätte angedeutet, dass er sich umbringen wolle.«

Obermaier sah auf: »Der Laaf war nicht mal katholisch, und der Pfarrer ist der Bruder vom Schmidt. Ich habe die Akten gelesen.«

»Aber ein Pfarrer würde doch nicht lügen«, meinte Huber und verschränkte die Arme.

»Dann dürfen die Herren Geistlichen auch keine Grabreden mehr halten. Da wird beinahe so viel gelogen wie vor Gericht.« Der Kommissar winkte ab. »Und was ich von Psychologen halte, wissen Sie.«

»Aber …«, begann Huber, doch weiter kam er nicht. Sein Vorgesetzter tat seinen erneuten Einwurf mit einer knappen Geste ab.

Nun trat Max einen Schritt vor. »Sie können mir doch keinen Strick draus drehen, wenn mir die Beweisstücke sozusagen in die Hände fallen«, sagte er mit heiserer Stimme. »Hätt ich die Spritze wegschmeißen sollen? Wäre das besser gewesen?«

»Du spielst ein gefährliches Spiel.« Der Hauptkommissar ließ Max nicht mehr aus den runden, dunkelbraunen Augen. Auch nicht, während er aufstand, um den Schreibtisch herumging und auf uns zu kam. Als er vor Max stand, sah man, wie klein und breit er war. »Und es geht nicht nur um dich. Auch dein Spezl und deine Freundin hängen mit drin.«

Max sah unsicher zu mir her. Offensichtlich wusste er nicht mehr, was er tun sollte.

Ich dachte an Karin und ihre Drohung, sich etwas anzutun, falls sie noch einmal verhört werden sollte. Wir mussten das verhindern, unbedingt.

»Ich find es richtig fies von Ihnen, dass Sie den Max fertigmachen, obwohl er sich verdammt viel Mühe gegeben hat«, hörte ich mich sagen. »Er wollt der Polizei doch bloß helfen.«

»Aha«, machte der Kommissar und wandte nun mir seine Aufmerksamkeit zu. »Ihr bleibt also dabei.« Er stellte sich einige Augenblicke vor mich hin und sah zu mir hoch. »Dann werd ich dem von Kotzwitz Bescheid geben, dass er morgen seine Leute rausschickt.«

Er drehte sich um und ging würdevoll zu seinem Schreibtisch zurück.

Ich habe über dreihundert Mark auf meinem Sparkonto, überlegte ich. Max würde mir sicher auch Geld leihen. Am besten wäre es, noch heute mit Karin zu verschwinden. Irgendwohin. Am besten ins Ausland. Ich war zwar noch nie weiter als bis Österreich gekommen, aber irgendwie würde es schon gehen. Auf keinen Fall durfte Karin von diesen Spezialisten aus München befragt werden. Ich musste dem zuvorkommen.

»Kann ich mit Ihnen allein reden?«, fragte Max leise.

»Was es zu reden gibt, können Sie hier sagen.« Der Kommissar ließ sich in seinen Sessel fallen. »Extrawürste gibt's bei mir nicht.«

»Sie müssen den Fall differenzierter sehen. Nicht bloß die Täter, auch die Opfer sind wichtig.« Die Augen meines

Freundes wanderten ziellos im Raum umher und suchten einen Punkt, an dem sie verweilen konnten.

»Differenzierter?«, wiederholte Obermaier und lächelte. »Unser Staatsanwalt sieht die Angelegenheit nicht differenziert. Er ist ein scharfer Hund, und Phantasie ist nicht seine Stärke. Der will Fakten und Resultate. Fertig. Und wenn wir ihm nicht genug Fakten liefern, dann lässt er eben weiter ermitteln. Ohne Rücksicht auf Empfindlichkeiten.«

Max ließ seinen Kopf nach vorne sinken. Seine Augen starrten leer in den Boden.

»Sie können jetzt gehen«, meinte der Kommissar und nahm ein weiteres Papier zur Hand. »Halten Sie sich aber zu unserer Verfügung. Die Herren aus München wollen sicher bald mit Ihnen reden.«

»Aber …«, stieß Max hervor. Ein letzter Versuch, die Untersuchung abzuwenden.

»Gibt's noch was?«, knurrte der Obermaier ohne aufzusehen.

Max schüttelte langsam den Kopf und drehte sich um. Gleich wenn wir im Beusl wären, würde ich ihn fragen, ob er mir Geld leihen könne. Vielleicht würde er mir auch sein Motorrad geben, um abzuhauen. Das konnte ich aber kaum erhoffen. Seine Kawasaki war ihm heilig. Er ließ niemanden damit fahren. Auch mich nicht.

Da klopfte es an der Tür.

»Ich kann jetzt keine Störung brauchen«, schimpfte Obermaier.

Die Tür ging auf, und der alte Polizist schlurfte in den Raum. »Ein Fernschreiben aus München von der Spusi«, sagte der schnauzbärtige Beamte, ohne sich von dem grantigen Gesicht seines Chefs aus der Ruhe bringen zu lassen. »Drauf steht, dass es pressiert.«

Langsam ging er zum Schreibtisch und reichte dem Kommissar den Streifen über den Tisch. Der nahm die

Nachricht unwillig und überflog sie zunächst. Dann beugte er sich etwas vor und stützte das Kinn in die rechte Hand. Er las das Papier noch einmal durch, diesmal sehr sorgfältig.

Schließlich holte er Luft, überlegte einen Moment und sah dann auf. »Ein Befund von der Spurensicherung.« Er deutete auf das Schreiben. »Es ist tierisches Eiweiß am Schaft der Tatwaffe gefunden worden.« Er schaute Max und mich ungläubig an. »Das wirft natürlich ein ganz anderes Licht auf die Sache.«

Ich verstand nicht recht, doch ein Blick auf Max genügte, um zu wissen, dass wieder Hoffnung bestand.

»Also hat er doch ein Schnitzel in der Hand gehabt, als er sich erschossen hat.« Max verschränkte die Arme vor der Brust und streckte den Rücken. Er fühlte sich plötzlich obenauf.

»Oder eine Roulade«, ergänzte Kurzer aus seinem Eck.

Obermaier warf seinem Oberinspektor einen strengen Blick zu, dann sagte er: »Ein solches Ergebnis hätte ich nicht erwartet. Ich war mir sicher, dass ihr …« Er verstummte mitten im Satz und schüttelte nachdenklich den Kopf. »Ich werde den Staatsanwalt anrufen. Dieses Detail spricht einwandfrei für Selbstmord. Jetzt passt auch der Rest. Für mich ist die Sache jedenfalls erledigt. Die Zeugen können gehen.«

Er nahm den Telefonhörer in die Hand. Noch bevor er zu wählen begann, stockte er. Irgendetwas war ihm in den Sinn gekommen.

Er legte den Hörer wieder auf die Gabel und sagte in unsere Richtung: »Und nix für ungut. Ich wollt euch bloß ein bisserl nervös machen, damit ihr mir die Wahrheit sagt. Jetzt geht schön feiern.«

Ich stand da und kapierte im ersten Augenblick nicht, was gerade geschehen war. Erst als sich Max zu mir herdrehte und mich angrinste, wusste ich, dass die Kuh vom Eis war.

Wir grüßten stumm den Kommissar, der den Hörer inzwischen wieder aufgenommen hatte und zum Abschied die Hand hob.

Vor der Tür zu seinem Büro musste ich stehen bleiben. Meine Knie waren weich wie Pudding.

»Nochmals vielen Dank für eure Hilfe.« Kurzer stand neben mir und bemühte sich, intelligent auszusehen, was ihm nicht besonders gut gelang.

»War doch selbstverständlich«, meinte Max und schaute an dem Polizisten vorbei.

»Dann hatten wir ja doch den richtigen Riecher«, stellte der Oberinspektor abschließend fest.

Er gab erst Max, dann mir seine feuchtgeschwitzte Hand und ging den Gang hinauf zu seinem Büro.

Huber stand dabei und sagte kein Wort. Ihm war jedoch anzusehen, dass er mit dem Ausgang der Unterredung außergewöhnlich zufrieden war. Ohne ein weiteres Wort gingen wir in den Hof, wo sein Opel stand.

»Ihr wollt sicher zurück ins Beusl«, meinte er, als wir im Auto saßen. »Oder sollen wir noch eine kleine Siegesfeier machen?«

»Wieso Siegesfeier?«, fragte Max.

»Du weißt genau, wie knapp wir an einer Katastrophe vorbeigeschrammt sind. Bloß der Kurzer hat's nicht kapiert.«

Er schüttelte mehrmals den Kopf, dann startete er den Wagen. Gemütlich fuhr er über die Landstraßen Richtung Heiligenbeuern.

Selten hatte ich ihn so fröhlich gesehen. Er plapperte wie ein kleines Kind, das zwei Wochen nach Weihnachten noch einmal ein Geschenk bekommen hatte. Jetzt könne nichts mehr anbrennen, meinte Huber. Die Spuren von Fleischsaft seien eindeutig. Alles würde passen, und sein Chef würde dafür sorgen, dass der Fall schnell abgeschlossen werde. Man könne sich auf sein Wort verlassen. Und den von Kotzwitz, den könne der Obermeier ohnehin nicht leiden.

Vor der Pforte ließ er uns aussteigen und fuhr gleich davon.

»Kannst du dir vorstellen, wie der Fleischsaft an das Gewehr gekommen ist?«, fragte ich meinen Freund.

Wir standen auf dem Klosterhof, und das Geschrei der Wurzler ging mir auf die Nerven. Es war gerade Freizeit, und sie spielten Völkerball.

Max begann zu lachen, ein Lachen, dass es seinen langen Körper schüttelte. Wie lange schon hatte ich ihn nicht mehr so fröhlich gesehen.

»Mein Papa ist Jäger, das weißt du ja«, begann er, nachdem er sich wieder etwas beruhigt hatte. »Und früher hat er mich öfter mitgenommen, auch zu Treibjagden. Da hab ich genau gesehen, wie's unter den Waidmännern zugeht. Nach dem Aufbrechen vom Wild wäscht sich keiner die Hände. Wie auch? Im Wald gibt's schließlich keine Wasserhähne. Die Jäger wischen sich die blutigen Hände im Gras ab, und weiter geht's. Nach der Jagd rennt jeder zuerst ins Wirtshaus und von da heim. Dort wird das Gewehr im Waffenschrank weggesperrt. Fertig. Es gibt also im ganzen Oberland kaum eine Jagdwaffe, an der kein Fleischsaft oder Blut zu finden ist, falls sie gründlich untersucht wird.«

»Dann ist der Beweis also gar keiner«, überlegte ich.

»Genau. Aber uns soll's egal sein. Hauptsache, der von Kotzwitz bleibt mit seinen Bluthunden da, wo er hingehört. Jetzt hat der Obermaier alle Trümpfe in der Hand. Seine Beamten haben alles richtig gemacht und bekommen eine Belobigung.« Max legte mir den Arm um die Schulter, und wir gingen zusammen einige Schritte in Richtung Pforte. »Ich hab noch was zu erledigen, dann werd ich mich anständig besaufen, wie es sich für einen frisch examinierten Abiturienten gehört. Und du fährst jetzt zur Karin und erzählst ihr, was sie wissen soll.«

»Und wie soll ich nach Geretsried kommen?«

Max zog seinen Motorradschlüssel aus der Hosentasche und hielt ihn mir hin. Ich war baff.

»Du hast sie mir doch noch nie geliehen«, meinte ich unsicher.

»Aber du hast doch einen Führerschein, oder?«

»Das schon.«

»Aber?«

»Hast du keine Angst um deine Kawasaki?«

»Nein.« Plötzlich war er wieder ernst geworden. »Jetzt nicht mehr.«

Ich nahm den Schlüssel, bevor er es sich anders überlegte. Max verschwand durch die Pforte im Kloster. Ich lief Richtung Dorf zum Unterbauern, wo das Motorrad stand. Jetzt nicht mehr, hatte Max gesagt. Was sollte das bedeuten? Weshalb hatte er plötzlich keine Angst mehr um seine Kawasaki?

Noch nie war ich mit einer so starken Maschine gefahren. Anfangs hatte ich Probleme, das Gas richtig zu dosieren. Nach einigen Kilometern aber fühlte ich mich, als würde ich fliegen. Aus einer langen Rechtskurve wäre ich wirklich bald hinausgeflogen.

Bei der nächsten Ausfahrt hielt ich an und nahm den Helm ab. Ich brauchte frische Luft. War ich völlig verrückt geworden? Ich war auf dem Weg zu meiner Liebsten, und ob ich eine Minute früher oder später ankam, spielte keine Rolle. Sollte ich aber gegen einen Baum knallen, dann wäre alles umsonst gewesen.

Nachdem ich mich innerlich ausreichend geohrfeigt hatte, fuhr ich mit angemessener Geschwindigkeit weiter. Vor dem großen Mietshaus in Geretsried stellte ich die Maschine ab, lief zur Eingangstür und klingelte mit pochendem Herz. Hoffentlich war alles in Ordnung.

Nach einer halben Ewigkeit öffnete Karins Mutter.

»Was machst du denn hier?«, fragte sie und ließ mich in die Wohnung.

»Die Prüfungen sind vorbei, und ich hab gute Nachrichten.« Schnell berichtete ich das Wesentliche.

»Der blöde Kerl mit dem Schnurrbart kommt also nicht mehr?« Frau Kobek sah mich skeptisch an.

Ich schüttelte den Kopf.

»Gut. Dann kann ich in Ruhe zum Einkaufen gehen.« Sie war eine sehr praktische Frau.

»Wie geht's ihr?« Ich deutete zu Karins Zimmertür.

»Frag sie selber.«

Frau Kobek holte den Geldbeutel aus dem Küchenschrank, nahm den Einkaufskorb und verschwand. Ich klopfte an Karins Tür, wartete die Antwort aber nicht ab, sondern ging einfach hinein.

Karin saß an ihrem Schreibtisch und schaute aus dem Fenster. Von hinten sah sie aus wie ein schmächtiger Junge mit einer vom Wind zerzausten Frisur. Die ungleich langen blonden Haare standen in alle Richtungen vom Kopf ab. Langsam drehte sie den Kopf und sah mich mit traurigen Kinderaugen an.

»Er wird nimmer kommen«, sagte ich ernst.

»Sicher?«

»Ziemlich.« Ich setzte mich auf ihr Bett und erzählte die ganze Geschichte. Von Minute zu Minute entspannte sich ihr Gesicht. Zum Schluss meinte ich sogar ein kleines Lächeln darauf erkennen zu können. Ihre Grübchen waren jedoch noch weggeschlossen.

»Was ist, wenn der Staatsanwalt keine Ruhe gibt?«, fragte sie.

»Dem Max oder dem Huber würd schon wieder was einfallen.«

»Gut«, meinte sie und stand auf. »Ich brauche jetzt eine Viertelstunde im Bad.«

Ich erschrak. Im Bad hatte sie …

»Keine Angst, Kaspar. Mein Papa hat alles weggeräumt, womit man sich wehtun kann. Ich möchte mich bloß ein bisschen hübsch machen.«

Als sie an mir vorbei ging, strich sie mir mit der Linken leicht über die Haare. Die Berührung tat mir gut, doch sie roch immer noch nach Angst.

Nach einer Dreiviertelstunde kam sie zurück. Nur die kurzen Haare erinnerten noch an den Horrortrip der vergangenen Tage. Sie hatte geduscht, ein hübsches Sommerkleid angezogen und ihren hellroten Lippenstift aufgetragen. Und sie duftete wie eine Blumenwiese.

Als sie mich küsste, wurde mir schwindelig vor Glück. Außerdem hatte ich seit Stunden nichts mehr gegessen.

Frau Kobek und ihr Mann kamen erst spät. Sie freuten sich wie kleine Kinder, als sich Karin an den Küchentisch setzte und mit Appetit aß. Mit keiner Silbe wurden der Mordfall und die vergangenen Tage erwähnt. Jeder hatte Angst, mit einer falschen Bemerkung alles zu verderben.

Herr Kobek erzählte, dass er Schichtleiter werden könne. »Mit dem höheren Gehalt kommen wir vielleicht doch noch zu einem eigenen Häuschen«, meinte er. »Jetzt ist jedenfalls Schluss mit Saufen.«

In der Firma laufe es wieder wie geschmiert. Aus Frankreich sei ein großer Auftrag eingegangen. Es würden bereits Leute gesucht, um eine neue Schicht zu besetzen. Und für die sollte er zuständig sein. Herr Schmidt habe ihn heute in sein Büro geholt und mit ihm geredet.

»Ich arbeite am Montag auch wieder«, meinte Karin kauend.

Niemand redete ihr dagegen.

Nach dem Abendessen ging ich mit Karin noch vor die Tür. Ich erklärte ihr, dass heute noch die Abschlussfeier im Beusl wäre.

»Und da musst du unbedingt hin?«

Ich merkte, dass es ihr nicht passte.

»Es ist der letzte Abend mit Max und den anderen Banditen«, sagte ich. »Da kann ich nicht fehlen.«

Sie zog eine Schnute.

»Dass du mir nicht fremdgehst«, mahnte sie schließlich und begleitete mich zum Motorrad. »Für morgen Abend darfst du dir aber nichts vornehmen. Morgen ist die Hauptversammlung vom Kegelverein. Da kommen meine Eltern nie vor Tagesanbruch zurück.« Sie nahm meine Nase mit Daumen und Zeigefinger der linken Hand, zog meinen Kopf zu sich hin und küsste mich. »Ich habe also sturmfreie Bude.«

Jetzt waren auch die Grübchen wieder in ihr Gesicht zurückgekehrt. Abrupt drehte sie sich um und ging zurück zum Haus. Ich werde kommen, dachte ich. Und sie weiß, dass ich kommen werde. Ich warf die Maschine an und fuhr langsam davon in Richtung Beusl.

»Hängolin, Hängolin, pures Hängolin«, dröhnte es mir entgegen, als ich den Abiturientenkeller betrat.

Die Luft war zum Schneiden. Immerhin ging die Party schon seit einigen Stunden, und es gab keine Möglichkeit zu lüften, obwohl gut die Hälfte der Klasse rauchte. Eine Myriade Bierflaschen war über den gesamten Raum verteilt. Dazwischen lagen zwei meiner Klassenkameraden. Die anderen hielten sich noch aufrecht. Mehr oder weniger zumindest.

Sie waren gerade mitten in einem neuen Spiel: Anhand von Gesten, Gesichtsausdruck und Gesang musste der Kandidat eine Dame szenisch darstellen. Sobald diese Dame erraten war, wurde darüber befunden, ob sie den erotischen Ansprüchen der Teilnehmer genügte. Zur Auswertung gab es Hängolinpunkte. Diese wurden akribisch auf einer fahrbaren Schultafel notiert, die man aus einem nahegelegenen Klassenzimmer geholt hatte. Die Bewertung war einfach: Je unerotischer die Dame war, desto mehr Hängolinpunkte bekam sie.

Die wenigsten Hängolinpunkte bisher hatte Claudia Cardinale, die von der ganzen Klasse als fundamentalerotisch eingeschätzt wurde. Die meisten Punkte hatte eine Büroangestellte der Klosterverwaltung, die durch ihre fettigen Haare und ihre schroffe Art eine gewisse Berühmtheit unter den Schülern erlangt hatte.

Jetzt war Max dran. Er stand auf und machte mit der Rechten eine Geste, als würde er sich auf Höhe des Brustkastens abschneiden. Die Dame musste also klein sein. Dann warf er die Lippen auf, dass sie aussahen wie halbierte Regensburger.

»Marilyn Monroe«, schrie Clemens, doch Max schüttelte den Kopf.

Nun fuhr er sich mit beiden Händen seitlich den Körper entlang und ging währenddessen mit ausladendem Hüftschwung zweimal im Zimmer auf und ab.

»Gina Lollobrigida«, lallte Jack und verdrehte die Augen. Er hatte seit Jahren ein Pin-up der Italienerin im Spind gehabt. Es war mit einem Handtuch zugehängt, damit die Patres es nicht sahen.

»Nein«, sagte Max langsam. »Jetzt der letzte Tipp.«

Breitbeinig stellte er sich hin und legte beide Hände links und rechts flach auf seine Brust. Mit der Oberweite war es also nicht weit her. Dann ging er noch einmal auf und ab.

»Die Laaf. Das kann bloß die Laaf sein.« Clemens sprang vor Begeisterung auf einen Stuhl und begann zu rufen: »Hängolin, Hängolin, pures Hängolin.«

Voller Erstaunen verfolgte ich nun die Vergabe der Punkte. Frau Laaf holte das maximale Ergebnis.

»Volle Punktzahl«, verkündete Max und erklärte Frau Laaf zur Siegerin des Abends.

Ich fand das Ergebnis unfair. Die ranzelige Sekretärin hätte den Sieg verdient gehabt.

Max trank die Bierflasche, die er gerade in der Hand hatte, auf einen Zug leer und kam auf mich zu gewankt. Er war stockblau, und seine glasigen Augen starrten mich an.

»Das ist also meine Abschiedsfeier«, lallte er.

»Meine auch«, sagte ich und machte mir ein Bier auf.

»Natürlich.« Er grinste, doch gleichzeitig hatte er jenen melancholischen Zug um die Nase, der mir nicht gefiel. Sein Gesicht erinnerte mich an eine Maske, wie sie in griechischen Tragödien getragen wurden.

Plötzlich legte er mir den rechten Arm um die Schulter, gab mir einen Kuss auf die Wange und fragte mich, ob ich ihn heiraten wolle. Ich lehnte ab, doch die anderen waren von der Idee begeistert und ich wurde überstimmt. Sofort bereiteten sie alles für eine improvisierte Trauung vor. Ich trank schnell einige Gläser Kirschlikör, um mich in diesem Rudel Besoffener nicht allzu einsam zu fühlen.

Zuerst wurde ein Altar nach Anweisung von Clemens eingerichtet, der das Amt des Pfarrers übernahm. Ein Betttuch diente als Messgewand und ein Judogürtel als Stola. Jack und Franz machten die Brautjungfern. Deren Outfit litt etwas darunter, dass uns nur Wasserfarben für das Make-up zur Verfügung standen. Max war natürlich die Braut, schließlich hatte er die längeren Haare. Die Chorsänger in unserer Klasse sangen zunächst ein ergreifendes Kyrie. Dann hielt Clemens die Ansprache: »Vor der Trauergemeinde stehen heute die ehrengeachtete Jungfrau Maximiliane Flachbrust und der hochachtungsvolle Jungherr von der Mistleiten Kasparius Schwindler. Nach sechs Jahren Verlobung haben sich die beiden entschlossen, einen Bund fürs Leben zu schließen.«

Er reichte Max und mir je einen Vorhangring, den wir uns gegenseitig an den Finger steckten. Dann wurden ausführliche Beratungen darüber abgehalten, wie unsere Hochzeitsnacht zu verlaufen habe. Als wir später ins Bett wankten, hatte ich Bauchweh vom vielen Lachen.

Wir hatten den ganzen Abend gefeiert und getrunken. Doch Max war mit seinem Kopf ganz woanders gewesen.

10

Die Jugend von heute liebt den Luxus, hat schlechte Manieren und verachtet die Autorität. Sie widersprechen den Eltern, legen die Beine übereinander und tyrannisieren die Lehrer.
(Sokrates)

Samstag

Am nächsten Tag erwachte ich mit leichten Kopfschmerzen. In unserem Schlafsaal roch es wie jeden Morgen nach Männerschweiß und gebrauchter Unterwäsche. Heute kam noch der modrige Geruch von veratmetem Alkohol dazu. Wenigstens hatte niemand neben sein Bett gekotzt.

Sofort bemerkte ich einen Fremdkörper an meinem rechten Ringfinger, den Plastikring. Ich erinnerte mich an die ausgelassene Party und meine Vermählung mit Max. Natürlich war es ein Riesenspaß gewesen. Doch es war kein Zufall, dass ausgerechnet Max und ich …

Die meisten Zecher lagen noch in den Betten. Max war nicht da. Also stand ich auf und suchte ihn im Waschsaal. Schlaftrunken betrat ich den Raum. Dort saß er auf der Bank beim Fenster, die eigentlich zum Ablegen der Handtücher gedacht war, und sah hinaus in die Loisachauen. Die Fensterscheibe war noch nicht repariert. Es zog.

»Was machst du da?«, fragte ich und ging einige Schritte auf ihn zu.

Er hob den Kopf und sah mich ruhig an. »Ich denk nach.«

»Worüber?«, fragte ich und setzte mich neben ihn.

»Ich werd heut nicht heimfahren«, sagte Max und wandte den Kopf wieder ab.

»Was soll das heißen?«

»Wenn ich nicht heimgeh, dann werd ich wohl hierbleiben.«

»Was willst du noch hier? Die Prüfungen sind vorbei«, meinte ich und glaubte ihm kein Wort.

»Ich werd ins Kloster eintreten«, flüsterte Max mit brüchiger Stimme.

»Du spinnst!«

»Das hat der Abt gestern auch gesagt, als ich es ihm erzählt hab. Gleich nach unserer Rückkehr aus Garmisch war ich bei ihm. Jeden anderen könnt er sich eher hier vorstellen als mich, hat er gesagt.« Ein kleines Lächeln erschien auf dem bartlosen Bubengesicht meines Freundes. »Was ich hier will, hat er mich gefragt. Ich wär nicht besonders beliebt bei seinen Mitbrüdern. Die meisten würden sich eher freuen, wenn ich aus diesen heiligen Mauern verschwinden würde.«

Er schaute mich an und zuckte die Achseln, als wären all seine Vergehen in den vergangenen Jahren bloß Missverständnisse gewesen.

»Das kann ich mir gut vorstellen.« Ich erinnerte mich an einige Eskapaden, bei denen Max nur knapp an einem Rausschmiss vorbeigeschrammt war.

Max in einer Kutte, Max in einem der Chorstühle neben dem Altar. Ich konnte es mir einfach nicht vorstellen.

»Erzähl, warum willst du hier bleiben?« Die Wolke aus Restalkohol in meinem Kopf hatte sich schlagartig verzogen.

»Ich hab dir doch gesagt, dass ich mir vorkomm wie ein Bobfahrer in einem Eiskanal. Der Bob wird immer schneller, und ich kann bald nimmer aussteigen. Ich muss aber raus.« Er sprang auf und wiederholte: »Ich muss, sonst zerreißt es mich.«

»Und deshalb willst du gleich ins Kloster?« Ich schaute ihn fassungslos an. War er verrückt geworden oder immer noch besoffen?

Er nickte stumm.

»Ein, zwei Wochen in Italien mit einer bella ragazza, das wär doch auch eine schöne Sache. Da bräuchtest du nicht so oft in die Kirche gehen, und du hättest deine Abwechslung.« Ich fand, diese Alternative würde besser zu meinem Freund passen.

Max setzte sich wieder und schüttelte still den Kopf. Meinte er es wirklich ernst?

»Du hast dich in den letzten sechs Jahren um jeden Kirchenbesuch gedrückt, wenn's irgendwie gegangen ist. Über Krimis, Motorräder und Mädchen hast du viel geredet, über den lieben Gott nie.«

Max dachte eine Weile nach, dann begann er: »Der Bonifaz ist der interessanteste Mensch, der mir je begegnet ist. Ein echter Hippie. Der braucht auch keine langen Haare, um der ganzen Welt mit ihrem Scheißgeld zu sagen, dass sie ihn am Arsch lecken kann.« Das Gesicht meines Freundes hatte einen seltsamen, entspannten Ausdruck, als er von dem Mönchlein sprach. »Und nachdem ich mich mit den Stoikern und der Bergpredigt beschäftigt hab, ist der Entschluss immer logischer geworden. ›Anytos und Meletos können mich zwar töten, schaden aber können sie mir nicht.‹«

»Meinst du das in Bezug auf deine Eltern?« Ich musste an den Bräu und seine geschäftstüchtige Frau denken. »Dein Vater bekommt sicher Mordgedanken, wenn er erfährt, was du vorhast.«

»Ich hab heut früh daheim angerufen und gesagt, dass ich hierbleib. Dann bin ich nicht mehr zu Wort gekommen. Der Vater hat geschimpft, und die Mama hat angefangen zu weinen.« Er schaute mich hilflos an. Seine Eltern waren das schwierigste Kapitel an der Sache. »Heut noch schreib ich ihnen einen Brief, damit sie mich verstehen.«

»Und wenn sie dich nicht verstehen?« Diese Variante erschien mir wahrscheinlicher.

Max hob die Schultern. »Was soll ich machen? Das, was ich will, oder das, was andere von mir erwarten?«

»Aber es sind deine Eltern«, meinte ich.

»Deswegen haben sie noch lange kein Recht, über mein Leben zu bestimmen.« Sein Gesicht war hart.

»Hat es mit den Toten vom Jochberg zu tun?«, fragte ich einer Ahnung folgend. »Oder mit Nora?«

Max schaute mich überrascht an. »Wie kommst du denn darauf?«

»Wär doch nahe liegend. Nachdem der Schmidt ihre Miete bezahlt hat.«

»Die Miete ist nicht so wichtig.« Max stockte. »Ich könnt nicht mehr mit ihr zusammen sein. Nicht nachdem ich erfahren hab, dass sie …«

»Dass sie was?«

»Das kann ich dir nicht sagen.«

»Ich will's aber wissen.«

Max sah mich ernst an. »Nein, Kaspar, glaub mir, du willst es nicht wissen. Und ich würd mir lieber die Zunge abbeißen, als es dir zu erzählen.«

»Hat es bloß mit der Nora zu tun?«

Max schüttelte unwillig den Kopf.

»Auch mit Karin?«

Max überlegte einen Augenblick, dann nickte er.

Er sah stumm auf den gefliesten Boden zwischen seinen langen Beinen. Ich spürte, dass er meinetwegen nicht weiterredete. Und ich schluckte alle weiteren Fragen hinunter. Denn mir graute vor den Antworten.

Eine Weile saßen wir stumm da. Schließlich begann Max erneut: »Ich hab sogar schon dran gedacht, dich zu fragen, ob du nicht auch hierbleiben möchtest.« Er lächelte. »Wir wären sicher auch in Kutte ein gutes Team.«

Wieder Stille. Ich dachte einen Moment über das Angebot nach und fand sogar ein wenig Gefallen daran. Doch die Aussicht, den heutigen Abend zusammen mit Karin zu verbringen, reizte mich wesentlich mehr als eine Klosterzelle neben der von Max.

Plötzlich hörten wir vom Gang her eine laute Stimme, die nicht ins Beusl gehörte. Ich kannte den dunklen vollen Bass. Es war Max' Vater.

»Wo ist mein Bub?«, schimpfte er. »Ich will sofort meinen Maxl sehen.«

»Beruhigen Sie sich doch, Herr Stockmeier«, hörten wir Pater Zeno mit besorgter Stimme sagen. »Wahrscheinlich ist er im Waschsaal.«

Schwere Schritte kamen näher. Schließlich erschien die massige Gestalt vom Bräuwirt in der Tür, dahinter der kleine, untersetzte Präfekt.

»Was soll das heißen: Du kommst nimmer heim?«

Er stürmte auf Max zu, und es hätte mich nicht gewundert, wenn er ihm gleich eine runtergehauen hätte, so zornig war er. »Nix wie Ärger hat man mit dem verzogenen Bankert. Jeden Wunsch haben wir ihm erfüllt. Alles hat er gekriegt. Sogar das Motorrad, obwohl die Frau jedes Mal tausend Tode stirbt, wenn er damit herumfährt. Und jetzt mag er nimmer heim, der undankbare Kerl. Ein Klosterbruder möchte er werden, als wenn's von denen nicht schon genug gäb.«

Mit der Rechten schlug er gegen die Tür einer Duschkabine, dass es laut krachte. Dazu machte er eine Miene, als hätte er gute Lust, umgehend die ganze Einrichtung des Waschsaals in Stücke zu schlagen.

»Jetzt beruhigen Sie sich doch!«, mahnte Pater Zeno noch einmal.

»Beruhigen soll ich mich, wenn mir mein Bub gestohlen wird!«

Der Bräu drehte den Kopf und schaute unseren Präfekten böse an. Seine hellen Augen sprühten Gift. Dann wandte er sich wieder an seinen Sohn.

»Aber ich werd's nicht zulassen, dass dem Buben Flausen in den Kopf gesetzt werden. Ich hab bloß einen Sohn, und der soll Bräu werden, nicht Klosterbruder. Ich werd meinen Anwalt einschalten wegen …«, er wusste nicht gleich weiter, überlegte einen Augenblick und stieß dann hervor: »Wegen Kindesentführung!«

»Herr Stockmeier!« Zeno war bis auf wenige Zentimeter an den Bräu herangetreten. Er musste jetzt zu dem mehr als einen Kopf größeren Mann hinaufschauen, doch das macht ihm offensichtlich nichts aus. »Ich verbitte mir solche Redensarten in unserem Haus. Ich kann ja verstehen, dass Sie von dem plötzlichen Entschluss ihres Sohnes überrascht sind. Aber der Kerl ist neunzehn Jahre alt und fast zwei Meter groß. In Heiligenbeuern werden keine Kinder entführt.«

»Entschuldigung, Herr Pater.« Der Bräu ließ den Kopf auf die breite Brust fallen. Auf einmal war alle Aggressivität aus ihm gewichen. »Ich wollt Sie nicht beleidigen. Aber der Bub ist alles, was ich hab. Die Frau sitzt in der Küch und weint sich die Augen aus dem Kopf. Er muss mit mir heimkommen, verstehen Sie? Er muss einfach.«

Die Augen des bärenartigen Mannes wurden glasig, und er hielt sich an der Tür zur Dusche fest, auf die er gerade noch eingeschlagen hatte.

»Mach's mir nicht so schwer, Papa.« Max hielt den Kopf abgewandt. Er wollte seinen Vater nicht anschauen. »Ich bleib da.«

»Warum?«, fragte der Bräu gallig und schüttelte seinen wuchtigen Kopf. »Hast es nicht gut gehabt bis jetzt? Hat dir jemals was gefehlt?«

»Um das geht's doch nicht.« Jetzt sah Max doch zu seinem Vater auf. »Ich möcht halt nicht herumgeschoben werden wie ein kleiner Depp. Auch von dir nicht.« Er holte tief Luft und fuhr etwas lauter fort. »Ich möcht meinen eigenen Weg gehen und mich nicht bloß ins gemachte Nest setzen.«

Der Bräu starrte ihn ungläubig an. Einen Augenblick lang schienen ihm die Worte zu fehlen. »Was ist an einem gemachten Nest auszusetzen?«, fragte er.

»Nix.« Max wand sich. »Aber wenn ich jetzt heimgeh, dann läuft mein Leben genauso weiter, wie's seit meiner Geburt festgelegt ist. Ich will aber machen, was ich für richtig find.« Er schluckte. »Bis vor Kurzem hab ich mich in erster Linie für Krimis interessiert, die Schule war ein notwendiges Übel. Ich hab aber ein Buch gelesen, das interessanter war als jeder Krimi. Und ich hab jemanden kennengelernt, der mir wirklich imponiert hat: den Pater Bonifaz. Der macht sich nicht in die Hosen, wenn einer mit einem Geldschein winkt. So möchte ich auch werden! Nicht ein fetter Pfeffersack, dessen größter Wunsch es ist, jedes Jahr noch mehr Bier und noch mehr Schweinsbraten zu verkaufen.«

Herr Stockmeier war blass geworden. Sein Gesicht fragte, was schlimm daran wäre, jedes Jahr mehr Bier und Schweinsbraten zu verkaufen.

Sein Sohn fuhr nun leise fort: »Lass mich hier, Papa. Ich könnt's daheim eh nimmer aushalten.« Er stand auf und drehte sich zum Fenster.

Der Bräu ließ die Schultern hängen uns seufzte tief. Dann hob er die Hand, als wollte er noch etwas sagen. Doch daraus wurde nur eine hilflose Bewegung in Richtung Max. Er drehte sich um und stolperte aus dem Waschraum.

Pater Zeno warf uns einen kurzen Blick zu, dann eilte er dem großen Mann hinterher.

»Du meinst es also ernst!« Noch vor einer Stunde hätte ich mir vielerlei Karrieren außer Bierbrauer für meinen Freund vorstellen können. Privatdetektiv, Kriminalbeamter, Rauschgifthändler, alles Mögliche. Doch ich wäre niemals darauf gekommen, dass er ins Kloster gehen könnte.

Durch den lauten Auftritt des Bräu geweckt, kamen nun die Langschläfer einer nach dem anderen in den Waschsaal. Alle waren guter Dinge, obwohl sie etwas ramponiert aussahen.

»Wer hat denn hier so rumgeschrien?«, fragte Clemens und hielt den blonden Kopf unters kalte Wasser.

»Mein Papa«, antwortete Max, der immer noch auf der Bank saß.

»Und warum?«

»Weil ich ins Kloster geh.«

Clemens prustete los. »Natürlich, Max, du gehst ins Kloster – und der Dalai Lama spielt demnächst Schlagzeug bei den Rolling Stones.« Er versuchte, die nassen Haare mit einem Handtuch zu trocknen. »Außerdem geht das gar nicht. Da müsstest du dich erst mal vom Kaspar scheiden lassen.«

Ich schaute auf Max' Hand. Er trug immer noch den Plastikring.

»Es war schön mit dir«, sagte mein Freund, zog sich das Symbol unserer ewigen Liebe vom Finger und drückte es mir in die Hand. »Als Scheidungsgeschenk kriegst mein Motorrad.«

Mit traurigem Gesicht verließ er den Waschsaal.

»Der ist aber komisch drauf«, meinte Clemens, verstrich den Rasierschaum in seinem Gesicht und begann, sich zu rasieren. »Nach einem Tag lässt er sich schon scheiden. Und dann erzählt er noch, er würd ins Kloster gehen.«

»Der Max macht das wirklich«, sagte ich leise und wollte zur Tür.

»Scheiße!« Clemens hatte sich geschnitten und tupfte nun mit einem Waschlappen auf der blutenden Stelle herum. »Erzähl doch keinen Unsinn. Eher würde ich als überzeugter Leninist in die CSU eintreten. Ich kenn keinen, dem das Beten mehr auf die Nerven gegangen ist als ihm. Nein, der will uns bloß verscheißern.«

»Pass gut auf meine Kawa auf.« Max legte mir den Schlüssel und die Papiere für sein Motorrad auf den Frühstückstisch. Dann setzte er sich mir gegenüber und schenkte sich den duftenden Bohnenkaffee ein. Noch vor drei Wochen hatten wir von einem solchen Luxus, einem Frühstück mit Brezen, Aufschnitt und Orangensaft, nur träumen können. Den Abschied aus dem Beusl wollte man uns anscheinend versüßen.

»Jetzt hör endlich auf mit dem Blödsinn.« Clemens biss herzhaft in seine Semmel. »Es ist schon lange nicht mehr lustig.«

Ich schob den Schlüssel und die Papiere wieder zurück zu Max.

»Magst die Maschine nicht?«, fragte er und bestrich seine Semmel mit Butter. »Schade! Dir hätt ich sie gern gegeben. Du wärst sicher ab und zu vorbeigekommen und hättest mich dann fahren lassen.«

»Die Party ist vorbei, Max. Du brauchst nicht mehr den Clown zu machen.« Clemens sah ihn ärgerlich an.

»Den Clown hab ich lange genug gemacht.« Max legte die Semmel aus der Hand und richtete sich auf. »Bis gestern hab ich das Spiel gespielt, das alle von mir erwartet haben. Der Hauptdarsteller stammt aus gutem Haus, hat ein schnelles Motorrad und etwas Erfolg bei den Damen. Aber ich hab die Nase voll von dieser Rolle. Es muss auf dieser Welt mehr geben als eine schnelle Maschine und eine steile Braut. Ich hab einen kleinen, buckligen Jesuiten kennengelernt, den dieser ganze Schmarren nicht interessiert. Und diesen Jesuiten find ich viel interessanter als deinen Lenin oder den Rockefeller.« Er stand auf und wandte sich zum Gehen. Doch noch einmal drehte er sich um und sagte zu mir: »Nimm das Motorrad, Kaspar. Es gehört dir. Und vielleicht besuchst du mich damit. Ich kann's jedenfalls nicht mehr brauchen.«

Mit langen Schritten verließ er den Speisesaal. Ich saß da und wusste nicht, was ich tun sollte.

»Jetzt nimm ihn schon.« Clemens schob den Schlüssel zu mir her, »damit er endlich Ruhe gibt.«

Schweigend beendeten wir das Frühstück. Anschließend gingen wir nach oben, um unsere Sachen zusammenzupacken. Max' Spind war bereits leer. Nur mehr der Ledereinband des Tagebuchs lag darin. Die Seiten waren alle herausgerissen. Max war nirgends zu sehen.

Ich brachte den Inhalt meines Spindes in einem Koffer und einer großen Tasche unter. Dann ging ich ins Präfektenzimmer, um mich von Pater Zeno zu verabschieden.

»Wie lange kenne ich euch? Fünf Jahre oder sechs?« Der kleine, breitschultrige Ordensmann sah mich über den Bücherstapel hinweg an, der stets auf seinem Schreibtisch lag. »Aber im Grunde weiß ich nichts von euch. Gar nix. Das hat man heute wieder gesehen.«

Es klopfte, doch Zeno rief unwirsch, er habe jetzt keine Zeit.

»Du hast ja immer mit dem Max zusammengesteckt. Sicher weißt du schon länger, was er vorhatte.«

»Nein«, sagte ich und erntete dafür ein ungläubiges Lächeln.

»Manche Mitbrüder sind nicht glücklich über die Entscheidung deines Freundes. Sie meinen, es wäre bloß eine seiner Launen. Außerdem würde er nicht zu uns passen.«

Ich zuckte die Schultern. Das konnte ich mir sehr gut vorstellen. Gerade was den regelmäßigen Kirchgang anging, hatte ich meine Bedenken.

»Es ist keine Laune. Er meint es ernst«, sagte ich. »Wie lange sein Eifer aber anhält, weiß niemand. Am wenigsten er selbst. Möglicherweise ist er in zwei Tagen wieder in Wolfratshausen – oder er ist in zwanzig Jahren Abt in Heiligenbeuern.«

Zeno nickte und sah an mir vorbei aus dem Fenster. »Ich werd dafür sorgen, dass er von den Mitbrüdern fair aufgenommen wird.« Er erhob sich, kam um den großen Tisch herum und hielt mir seine Rechte entgegen. »Und lass dich öfter mal anschauen. Das Motorrad brauchst du übrigens nicht mehr beim Unterbauern verstecken. Jetzt darfst du es vor der Pforte parken.«

Mein nächster Weg führte mich zu Pater Ignaz. Ich traf ihn in der Bibliothek.

»Ich habe gehört, dein seltsamer Freund will in den Konvent eintreten. Stimmt das?«

Ich nickte.

»Warum bist du nicht hiergeblieben? Du würdest besser zu uns passen, und ich könnte dich als meinen Nachfolger ausbilden.« Die Stimme des rothaarigen Bibliothekars klang trotzig. »Der andere soll Bier brauen. Ein Mönch wird der nie.«

»Vielleicht können Sie ihm eine Chance geben«, meinte ich. »Er interessiert sich sehr für die Stoiker. Vor allem für Epiktet.«

»Dein Freund Max und Epiktet.« Ignaz schüttelte den mageren Kopf mit den schütteren, feuerroten Haaren und wandte sich ab.

11

Es ist dumm, sich über die Welt zu ärgern.
Es kümmert sie nicht.
(Marc Aurel)

Zwei Stunden später war ich zu Hause. Meine Eltern staunten nicht schlecht, als ich von dem großen Motorrad stieg. Sie kannten es und wussten, dass es meinem besten Freund Max gehörte. Ich erzählte ihnen gleich von seinem Entschluss und dass er mir seine Kawasaki geschenkt hatte.

»Und er ist wirklich ins Kloster eingetreten?« Mein Vater grinste ungläubig.

Er hatte Max von Anfang an gemocht, meiner Mutter war er oft zu draufgängerisch gewesen.

»Da werden sie ihm die Wadel schon nach vorne richten«, sagte sie und meinte damit, dass ihm ein wenig klösterliche Disziplin sicher nicht schaden würde. Sie bereitete gerade den Nachmittagskaffee vor.

»Auf deinen Abschluss trinken wir einen Schnaps«, sagte Vater und holte die Flasche und Gläser aus dem Wandschrank.

Er schenkte ein, und wir stießen an. Der Obstler brannte den gesamten oberen Verdauungstrakt aus. Nun erzählte ich von den Prüfungen, kam aber bald wieder auf Max zurück.

»Heut früh erst hat er mir erzählt, dass er in Heiligenbeuern bleiben will. Vorher kein Wort davon.«

Vater fuhr sich mit der Rechten über seine grauen Bartstoppeln. Er rasierte sich höchstens zweimal die Woche.

»Da muss irgendwas passiert sein«, meinte er kopfschüttelnd. »Der Max ist nicht fürs Kloster geschaffen. Der wird auch nicht dort bleiben.«

»Hoffentlich«, meinte meine Mutter, die einen praktischen Verstand hatte. »Schließlich ist er das einzige Kind, und der Betrieb beim Bräu muss doch weiter geführt werden. Die arme Stockmeierin. So ein Verdruss.«

»Du hättest leicht Pfarrer werden können«, lachte Vater. »Du hast einen älteren Bruder, der den Hof übernimmt. Und als Geistlicher bist du gut versorgt und immer ein angesehener Mensch.«

»Darum ist es dem Max aber überhaupt nicht gegangen«, sagte ich.

»Um was denn sonst?« Mutter schaute mich überrascht an. Jeder kannte die Privilegien, die ein katholischer Priester genoss.

»Er wollt selber entscheiden, was aus seinem Leben wird.«

»Obwohl er einen bärigen Betrieb daheim hat?«

»Vielleicht grad deshalb.«

»Und dann geht er gleich ins Kloster?« Ungläubig schüttelte Mutter den Kopf. »Da steckt was anderes dahinter. Wahrscheinlich ein Mädchen.«

Im Hof gackerten die Hühner aufgeregt. Ein großer dunkelblauer Mercedes brauste heran und bremste, dass der Kies zur Seite spritzte.

»Was ist denn das für ein Depp.« Vater hasste es, wenn jemand durch seine Fahrweise unsere Hühner gefährdete. Er mochte das Federvieh, wie er alles mochte, das nicht viel redete und ihm von Nutzen war.

»Das ist der Bräu«, sagte meine Mutter. »Was der wohl heut bei uns will?«

»Das lässt sich denken«, entgegnete Vater und machte ein betroffenes Gesicht.

Es dauerte nicht lange, da ging die Küchentüre auf. Herr Stockmeier und seine Frau kamen herein.

»Grüß Gott beieinander«, stieß der Bräu hervor.

»Grüß dich, Max«, entgegnete Vater und erhob sich. »Was verschafft uns die Ehre?«

Jetzt erst bemerkte ich Max' Mutter neben der breiten Gestalt ihres Mannes. Sie hatte verweinte Augen und stand krumm da wie ein altes Weib. So hatte ich sie noch nie gesehen. Sie war sonst immer sehr bedacht auf ihr Äußeres, kleidete sich vornehm, verwendete nur die teuersten Kosmetika und hielt den Rücken stets gerade wie ein junges Mädchen.

»Die Banditen in Heiligenbeuern haben uns unseren Buben gestohlen«, schimpfte der Bräu. »Sechs Jahr lang hab ich ihnen meinen einzigen Sohn in die Schul geschickt. Sechs Jahr lang hab ich die Pension zahlt. Und immer wenn das Kloster Geld braucht hat, hab ich ihnen was geben. Für den neuen Sportplatz, für den Physiksaal und für die Renovierung von der Kapelle. Immer hab ich schön brav den Geldbeutel aufgemacht. Und ich bin nicht kleinlich, das könnt ihr mir glauben.« Der Bräu trat näher an den Tisch heran und nahm ohne Aufforderung auf dem Stuhl neben meinem Vater Platz. »Und zum Dank setzen sie dem Kerl Flöhe ins Ohr. Ich könnt …«

Jetzt stützte er den Kopf in die rechte Hand, die er auf der Tischplatte aufgesetzt hatte. »Hat ein bildsauberes Mädel, der Kerl, und lässt sie stehen. Ist doch nicht zum Begreifen, so was. Nicht zum Begreifen.«

Frau Stockmeier setzte sich neben meine Mutter auf die Eckbank. Mein Vater holte noch zwei Schnapsgläser und schenkte beiden ein.

»Wir sind eigentlich zum Kaspar gekommen«, murmelte Max' Mutter. »Vielleicht kann er mit unserem Buben reden.« Frau Stockmeier sah mich verzweifelt an. Sie hatte dunkle Schatten um die Augen. »Du bist der einzige, auf den er hört.«

»Der Max hat noch nie auf mich gehört«, entgegnete ich und machte eine abwehrende Geste. »Ich hab auch erst heut Morgen erfahren, dass er in Heiligenbeuern bleiben will.«

»Kannst du's ihm nicht ausreden?«, bat der Bräu. Er beugte sich über den Tisch zu mir her. »Ich geb dir, was du willst, wenn du ihn mir heimbringst. Ein Auto, ein Motorrad. Was du willst.«

Er sah mir fest in die Augen. Man konnte sich auf sein Wort verlassen. Und er war nicht kleinlich. Schließlich wandte er seinen Blick wieder ab und stürzte den Schnaps auf einen Zug hinunter.

Ich brauchte aber nicht lange zu überlegen. »Ich fürcht, ich kann Ihnen nicht helfen«, sagte ich. »Ich tät's gern. Damit ich den Max öfter seh, und um Ihnen einen Gefallen zu tun. – Aber der Max hat noch nie auf mich gehört. Tut mir leid.«

Ich trank einen zweiten Schnaps. Der brennende Schmerz in Schlund und Speiseröhre tat gut.

Die Stockmeiers saßen eine Weile stumm da. Sie wussten, dass ich Recht hatte. Meine Mutter versuchte nun, einen unverfänglichen Plausch zu beginnen, doch ihnen war daran nicht gelegen. Sie verabschiedeten sich bald und fuhren zurück nach Wolfratshausen.

Meine Eltern mussten anschließend mit dem Traktor aufs Feld. Ich brauchte heute nicht zu helfen. Also legte ich mich aufs Kanapee, konnte aber nicht einschlafen, obwohl ich hundemüde war. Schließlich stand ich schlecht gelaunt auf und holte die Spaltaxt aus der Werkstatt. In der Holzhütte war ein Haufen abgeschnittener Holzscheite, die noch gehackt werden mussten.

Im Gegensatz zu meinem Bruder mochte ich diese Arbeit. Man kam schön ins Schwitzen und konnte in Ruhe über alles Mögliche nachdenken. Ich dachte an Max und wie er in einer Kutte aussehen würde. Wahrscheinlich hatten sie im Beusl keine in seiner Größe auf Lager, und er musste sich damit abfinden, dass vorerst seine Knöchel und dürren Waden weit unter dem Saum hervorschauten. Das sah sicher peinlich aus.

Als nächstes dachte ich an Karin. An sie dachte ich am liebsten. Hoffentlich würde sie mich heute Abend wieder so küssen, wie sie mich gestern geküsst hatte. Und hoffentlich würde sie wieder riechen, wie sie immer roch, wenn es ihr gut ging.

Unbewusst hatte ich mit dem Holzhacken aufgehört. Anscheinend konnte ich nicht an meine Liebste denken und gleichzeitig mit einer Axt zuschlagen.

Nun legte ich mir ein neues Scheit zurecht und überlegte, welches Thema meine Schlagkraft erhöhen würde. Sofort kamen mir die Toten vom Jochberg in den Sinn. Ich hatte den lebenden Kornheim nie kennengelernt, trotzdem sorgte der Gedanke an ihn dafür, dass das nächste Scheit weit in die Ecke der Holzhütte flog. Ich dachte an den toten Laaf, und das folgende Scheit flog noch weiter. Gedanken darüber, was diese Scheißkerle mit Karin angestellt hatten, schob ich zur Seite. Daran wollte – nein – daran durfte ich nicht denken.

»Des Menschen Gedanken färben seine Seele«, murmelte ich und beschloss, Karin niemals auf diese Sache anzusprechen.

Ich ließ das gestrige Verhör beim Hauptkommissar an meinem inneren Auge vorbeiziehen. Warum hatte der erfahrene Polizist die Ermittlungen so schnell eingestellt? Waren die Beweise wirklich ausreichend für einen Selbstmord. Hatte sich der Laaf tatsächlich selbst erschossen?

Was war wirklich passiert auf dem Jochberg? Aber wollte ich das überhaupt wissen? – Max hatte mir abgeraten.

»Kaspar«, rief eine dunkle Frauenstimme. »Wo steckst du denn?«

Ich ließ die Axt sinken und kam aus der Holzhütte heraus. Keine fünf Meter entfernt, am Eck der Kuhstalls war Nora. Sie überragte Herrn Schmidt und Lovely Rita, die neben ihr standen.

Noras weiße Leinenhose und das helle T-Shirt waren so eng, dass ihre Kleidung mehr über ihren aufregenden Körper verriet als verbarg. Lovely Rita war sehr elegant in ein dunkelblaues Kostüm gekleidet. Außerdem hatte sie wieder Make-up mit der Maurerkelle aufgelegt. Sie lächelte freundlich und schien sich zu freuen, mich zu sehen.

Herr Schmidt trug eine hellbraune Kordhose und ein weißes Tennishemd, das seinen kurzen Oberkörper besonders sportlich erscheinen ließ. Er hatte einen gelangweilten Gesichtsausdruck, als wüsste er nicht recht, was er hier sollte.

»Schade, dass Karin nicht dabei ist«, dachte ich und überlegte, was die drei von mir wollten.

»Ich möchte mich von dir verabschieden, Kaspar.« Nora kam auf mich zu und hielt mir ihre schlanke, gepflegte Hand entgegen.

Ich drückte sie, bemerkte aber, wie sie erschrak, als sie merkte, dass ich Baumharz an den Fingern hatte. Sicher machte sie sich jetzt Sorgen, wie sie das Harz wieder los werden könnte, ohne sich die Fingernägel zu ruinieren.

»Warum verabschieden?«, fragte ich.

»Ich gehe nach München und arbeite ab kommender Woche in der Boutique, wo ich am Wochenende schon oft ausgeholfen habe. Herr Schmidt hilft mir beim Umzug. Na ja, viel ist es ja nicht, was ich mitnehme. Das meiste passt in ein Auto.«

»Und was sagen deine Eltern dazu?«

Nora sah zu dem Birnbaum neben dem Kuhstall und zuckte die Achseln.

»Weiß Max davon?«

Sie schüttelte den Kopf. »Es würde ihn wahrscheinlich gar nicht interessieren.« Sie strich sich die langen Haare aus dem Gesicht, die ihr eine Windbö hineingeweht hatten. »Sicher hat er dir erzählt, dass er Schluss gemacht hat. Das war ein echter Schlag. Ich habe ihn nämlich sehr gern gehabt, auch wenn er glaubt …« Sie beendete den Satz nicht und schluckte. »Ich brauche jedenfalls einen Neuanfang, und Herr Schmidt wird mir dabei helfen.«

Warum erzählte sie mir das alles? Warum war sie gekommen? Was wollte sie von mir?

»Es ist nicht schön, von einem Mann verlassen zu werden, der dann gleich noch ins Kloster geht.« Sie versuchte ein scheues Lächeln. »Das spricht nicht gerade für mich, oder?«

Ich konnte mir immer noch keinen Reim darauf machen, warum sie mir das alles erzählte. Es musste eine Absicht dahinterstecken.

»Jedenfalls werde ich etwas Neues anfangen. Die Sache mit den Toten ist ja inzwischen geklärt, nicht wahr?« Ihr unruhig flackernder Blick wanderte nun zwischen Herrn Schmidt und mir hin und her.

»Ja«, sagte ich. »Die Untersuchungen sind abgeschlossen. Der Laaf hat sich demnach selbst umgebracht.«

Sie nickte mehrmals. Dann streckte sie mir wider Erwarten erneut die Hand entgegen – trotz des Baumpechs. »Machs gut«, sagte sie leise. »Die Karin hat wohl mehr Glück mit Männern als ich.«

Einen Moment lang sah sie mich mit einer Mischung aus Melancholie und Traurigkeit an. Es stand ihr gut. Sie war wirklich ein ungewöhnlich schönes Mädchen.

Mit einer schnellen Bewegung wandte sie sich ab und ging zurück zum Auto. Dort blieb sie neben der linken Hintertür stehen und zündete sich eine Zigarette an.

Nun kamen Herr Schmidt und seine Tochter näher. »Wir waren gerade auf dem Weg nach München und wollten schnell vorbeischauen«, sagte Lovely Rita. »Ich werde nicht mehr als Lehrerin arbeiten. Ich steig in Papas Firma ein.« Sie lächelte ihren Vater an.

»Ich bin sehr froh, dass der Wirbel um meinen Schwiegersohn endlich vorbei ist.« Schmidt suchte etwas in seiner Hosentasche. »Zur Klärung der Angelegenheit haben Max und du erheblich beigetragen. Da möchte ich mich erkenntlich zeigen.«

Er holte einen Fünfhundertmarkschein heraus und hielt ihn mir hin. Ich musste schlucken. Einen solchen Schein hatte ich noch nicht oft gesehen. Fünfhundert Mark bar in die Hand! Ich hätte im Sägewerk gut einen Monat arbeiten müssen, um soviel Geld zu verdienen. Doch wofür sollte ich das Geld bekommen? Wofür sollte ich bezahlt werden? Ich überlegte aber nicht lange und nahm es. Meine finanziellen Verhältnisse – ich war momentan Besitzer von zwei Mark fünfzig – erlaubten es nicht, zu zögern. Später würde ich Max die Hälfte davon geben.

»Bei dir ist das Geld besser aufgehoben als beim Papa«, meinte Lovely Rita freundlich. »Kauf deiner Freundin was Schönes davon.«

Mehr hatten mir die beiden nicht zu sagen. Sie verabschiedeten sich, ohne mir die Hand zu geben. Dann gingen sie zurück zum Auto. Ich sah ihnen einige Sekunden ratlos hinterher. Noch immer konnte ich mir keinen Reim darauf machen, warum sie gekommen waren. Dann wandte ich mich wieder meiner Arbeit zu.

Als ich die Axt vom Hackstock nahm, glitt mein Blick für einen Augenblick zurück zum weißen Mercedes des

Fabrikanten. Lovely Rita war bereits eingestiegen, und Herr Schmidt hielt Nora die hintere Wagentür auf. Als sie sich nach vorne beugte, um in den Wagen zu gelangen, legte Schmidt für einen Moment die rechte Hand auf ihre Hüfte, nein auf ihren Hintern. Und sie lächelte ihn dabei zärtlich an.

Es war offensichtlich nicht das erste Mal gewesen, dass sie von ihrem Chef so angefasst wurde. Ich musste nicht lange überlegen, was das bedeutete. Max hatte Recht gehabt. Nora hatte etwas mit dem Alten.

Die nächsten Scheite flogen weit. Kreuz und quer schossen mir die Gedanken durch den Kopf. Das Holzhacken tat gut, doch ich arbeitete viel zu schnell. Bald schon kam ich ins Schwitzen, die Muskeln fingen an zu brennen, und das Kreuz tat mir weh, denn ich war die harte Arbeit nicht mehr gewöhnt. Ich muss mit Max reden, dachte ich. Ich muss ihm erzählen, was ich gesehen habe. Vielleicht hatten wir alles falsch gemacht.

Der große Geldschein in meiner Hosentasche ärgerte mich. Hatte Schmidt mich für unsere Hilfe bezahlt? War es Blutgeld, weil wir ihm geholfen hatten, den Verdacht gegen ihn und seine Tochter abzuwenden?

Ich lief ins leere Haus. Meine Eltern waren immer noch auf dem Feld. Ich wusch mich gründlich mit kaltem Wasser. Dann schrieb ich eine kurze Nachricht, dass ich erst heute Abend oder morgen wieder nach Hause kommen würde.

Als ich den Sturzhelm aufsetzte und den hochtourigen Motor der Kawasaki aufheulen ließ, fühlte ich mich etwas besser. Die Hühner, die mich auf dem Weg über den Hof zum Motorrad hin noch neugierig angesehen hatten, stoben flatternd auseinander.

Während der Fahrt nach Heiligenbeuern hatte ich nur einen Gedanken: Ich hatte Max nicht geglaubt, als er sich seinen Reim auf die bezahlte Mietabrechnung machte. Doch jetzt wusste ich, dass er recht gehabt hatte. Noras Verhältnis mit dem alten Schmidt brachte alles durcheinander. Nein. Schlimmer noch.

Mit diesem letzten Puzzleteil wurde plötzlich alles klar: Nora hatte den Alten geschützt, indem sie ihm ein falsches Alibi gab. Karin hatte zunächst gezögert, sie wollte die Polizei nicht anlügen. Deshalb waren die beiden Mädchen und Bonifaz zwei Mal in der Küche vom Bräu gesessen und hatten gefragt, ob es nicht eine andere Möglichkeit gäbe, den Schmidt rauszuhauen. Erst nachdem klar wurde, dass es keine andere Lösung gab, bestätigte Karin das Alibi des Industriellen.

Hatte Karin gelogen, weil sie einen so großen Hass auf den Kornheim und den Laaf hatte? Oder hatte Nora sie unter Druck gesetzt und dazu gebracht, die Unwahrheit zu sagen. Nora war in letzter Zeit sehr nett zu ihr gewesen. Vielleicht hatte Karin deshalb so viel Angst vor der Polizei, weil sie nicht wusste, wie lange sie ihre Lüge durchhalten würde?

Wie Hummeln surrten die vielen Fragen in meinem Kopf herum. Ich brauchte jemanden, mit dem ich darüber reden konnte.

Vor der Pforte stellte ich das Motorrad ab und stürmte die breite steinerne Treppe hinauf zum Eingangstor. Mit dem Helm in der Hand stand ich schließlich schnaufend vor dem Pfortenfenster.

Der junge Bruder Pförtner öffnete das Fensterchen und fragte: »Na, Kaspar, schon wieder da? Hast du was vergessen?«

»Nein«, stieß ich hervor. »Ich muss dringend mit dem Max reden.«

»Der hat gerade Besuch«, meinte der Pförtner gelangweilt. »Schau auf dem Klosterhof. Da müsste er sein.«

Ich dankte, drehte mich um und hörte, wie das Pfortenfensterchen hinter mir mit einem leisen Klirren geschlossen wurde.

Max hatte Besuch. Wer konnte das sein? Seine Eltern oder sein Onkel, der ihm immer die neuesten Krimis geschickt hatte? Sicher wollten sie ihn umstimmen.

Ich eilte zur schweren Eingangstür und zog sie auf. Der Klosterhof war leer. Natürlich, die Schüler hatten gerade Studierzeit.

Unter der riesigen Buche, wo ich so oft mit ihm gesessen hatte, sah ich meinen Freund und daneben Pater Bonifaz, der neben Max geradezu winzig aussah. Sie lächelten beide und winkten, als ich näherkam.

»Servus Kaspar.« Max stand auf und gab mir die Hand. Dann setzte er sich wieder und schlug die Beine übereinander. Bonifaz hielt mir seine Rechte im Sitzen entgegen. Wieder wunderte ich mich über seinen zögerlichen, weichen Händedruck, der einem sanften Abtasten glich.

»Du wirst dich wundern, was ich hier mache«, sagte der Jesuit ohne Eile. »Der Abt hat mich gebeten, ich solle dem Max das Kloster ausreden.« Ein fröhliches Lachen schüttelte für einige Sekunden den mageren Körper des kleinen Mannes. »Das ist wirklich skurril, denn eigentlich sucht die katholische Kirche ständig Nachwuchs. Man ist dabei auch nicht besonders wählerisch. Schaut mich an.« Er deutete auf sich, und sein Gesicht verzog sich zu einer seltsamen Fratze wie immer, wenn er guter Laune war. »Aber ausgerechnet den Max wollen sie nicht. Kannst du das verstehen?«

»Schöner Saustall, nicht wahr?« Max grinste.

Er bot mir einen Platz an, doch ich wollte lieber stehenbleiben.

»Natürlich können sie ihn nicht abweisen«, ergänzte Bonifaz. »Doch der Abt und einige Mitbrüder haben ernste

Bedenken. Mir wurde gesagt, dass Max in den letzten Jahren einiges angestellt hat, was nicht gut zu den Regeln des heiligen Benedikt passt. Aber wenigstens hat er niemanden umgebracht.«

Beide lachten.

Mir ging das harmonische Pärchen auf die Nerven.

»Ich weiß jetzt, wie's gelaufen ist«, sagte ich ernst. »Ich kenn die Wahrheit.«

»Das interessiert mich«, meinte Bonifaz und drehte den Kopf zur Seite, um mich anzusehen. »Schließlich bist du der einzige Mensch, der die Wahrheit kennt.«

Ich rollte die Augen. Mir war nicht nach philosophischen Debatten. Also legte ich los und erzählte vom Besuch auf unserem Hof. Von Lovely Rita, Nora und den fünfhundert Mark, die Schmidt mir gegeben hatte. Und zum Schluss erzählte ich von Schmidts Hand auf Noras Hintern.

»Das ist das letzte Puzzlestück, das uns noch gefehlt hat. Ich bin sicher, der Schmidt war's. Der hat den Laaf umgebracht, und die Mädchen haben ihm eine falsches Alibi verschafft.« Ich verschränkte die Arme. »Die Polizei ist auf dem Holzweg, wenn sie von Selbstmord ausgeht.«

»Ist das jetzt die ganze Wahrheit oder bloß die, die dir am besten gefällt?«, fragte der Mönch unaufgeregt.

»Es gibt nur eine Wahrheit. Eins und eins sind zwei«, zitierte ich Max.

Der saß da und sagte kein Wort. Warum sagte er nichts. Sonst hatte er immer den Schnabel offen.

»Du meinst also, dass mein Bruder seinen Schwiegersohn niedergeschossen hat?« Bonifaz rieb sich das schlecht rasierte Kinn.

Ich nickte.

»Und du glaubst, das ist die Wahrheit?« Er hörte auf, sich zu kratzen.

Ich nickte erneut.

»Ich hätte noch ein paar andere Wahrheiten für dich.« Der Mönch richtete sich auf, und an dem Folgenden wurde mir klar, dass er alle Details kannte. »Meine Nichte, Lovely Rita, wie ihr sie nennt, könnte es auch gewesen sein. Sie hat ebenfalls kein vernünftiges Alibi. Oder deine Freundin, die Karin. An Nora kann sich der Platzanweiser im Kino erinnern, an Karin nicht. Sie könnte also am Freitag Nachmittag auf dem Jochberg gewesen sein – möglicherweise zusammen mit meinem Bruder, an den sich der Platzanweiser auch nicht erinnert.«

Er machte eine Pause, um das Gesagte wirken zu lassen.

»Der Kornheim könnte auch umgebracht worden sein. Es gibt verschiedene Gifte, die sich kaum nachweisen lassen, hat mir Inspektor Huber erklärt. Überdosiertes Insulin zum Beispiel.«

Wieder machte er eine Pause. Ich sah Hilfe suchend zu Max hin, doch der schaute unter müden Lidern zu Boden, als würde ihn die Sache nichts angehen.

»Auch ich könnte den Laaf umgebracht haben«, fuhr Bonifaz fort. »Ich war am Freitag den ganzen Nachmittag bei einer schwerkranken Frau, die am nächsten Tag gestorben ist. Ich war allein dort, denn niemand kümmerte sich um die alte Dame. Ich habe kein Alibi. Genauso wie Karins Vater.«

»Und welche von den Wahrheiten gefällt dir jetzt am besten?«, schaltete sich Max nun doch ein und hob die Lider. »Offensichtlich die mit dem Schmidt, wenn ich dich recht verstanden hab.«

»Was soll das?«, fuhr ich ihn an. »Du wolltest immer genau wissen, was passiert ist. Du bist doch der große Kriminalist. Oder hast du das vergessen? Wegen dir habe ich mit all den Scheißverbrechen in den letzten Jahren zu tun gehabt.«

»Diesmal möcht ich's aber nicht so genau wissen«, antwortete er trocken.

»Warum?«

»Weil es einen Haufen Möglichkeiten gib, die übel sind. Das haben alle Beteiligten außer dir und dem Kurzer kapiert.« Da war sie wieder, seine alte Arroganz. »Also nehmen wir von all den Möglichkeiten die Wahrheit, die am wenigsten weh tut. Fertig.«

»Aber …«

»Es ist nicht das Wichtigste, jedes Detail beim Tod vom Kornheim und Laaf zu kennen. Das bringt uns nicht weiter.« Max strich sich die langen Haare aus dem Gesicht. »Lasst die Toten ihre Toten begraben.«

Woher hatte er den Spruch?

»Wir brauchen Lösungen, Fragen hat es schon genug gegeben«, meinte Bonifaz leise. »Der Selbstmord vom Laaf ist eine vernünftige Lösung. Also sollte man es dabei belassen.«

»Damit Ihrem Bruder nix passiert, oder?«, schrie ich den kleinen Mönch an. Er wurde mir immer unsympathischer.

»Nein, der hat niemanden umgebracht. Das kannst du mir glauben.« Bonifaz schloss die Augen, als könnte er dadurch die Angelegenheit beenden.

»Oder Ihrer Nichte?«

Wiederum schüttelte er mit geschlossenen Augen den Kopf.

»Ist es wegen Karin?«, wollte ich wissen.

Er öffnete die Augen und sah mich einen Augenblick an, um den Kopf dann abrupt abzuwenden. »Lass die Toten ihre Toten begraben«, brummte er leise.

Max hatte sich nach vorn gebeugt. Die Haare hingen wie ein Vorhang vor seinem Gesicht.

Ich überlegte einen Augenblick. Dann wusste ich, dass ich hier nichts mehr verloren hatte. Wenn ich mit den beiden nicht vernünftig reden konnte, musste mir Karin sagen, was wirklich passiert war. Ich drehte mich um und eilte Richtung Pforte, wo das Motorrad stand.

»Mach keinen Unsinn!«, rief mir Max hinterher. Seine Stimme klang besorgt, doch ich kümmerte mich nicht darum.

Ich startete das Motorrad. Das Aufheulen des Motors tat gut. Ich schob das nervös vibrierende Gefährt vom Ständer und brauste los.

Hinter einer Haselnussstaude versteckt wartete ich eine knappe Stunde, bis Karins Eltern endlich aus der Haustür kamen. Auf keinen Fall wollte ich den beiden begegnen. Ich hätte es nicht ertragen, belanglose Worte mit ihnen wechseln zu müssen.

Mit einem großen Kloß im Hals und einem ziemlich unguten Gefühl im Magen näherte ich mich langsam dem großen Gebäude und klingelte. Es surrte, und ich drückte die Glastür auf.

Der Kloß im Hals wurde noch größer, als ich die Treppe hinauf schlich, doch ich konnte nicht zurück. Karin musste meine Fragen beantworten.

Sie wartete schon in der Wohnungstür, schön und duftend. Und sie lächelte über das ganze Gesicht. Alle Grübchen waren wieder da. Sie tauchten auf und verschwanden nach einem geheimen Plan. Die kleinen und großen Veränderungen in ihrem weichen Mädchengesicht schienen keiner festgesetzten Choreographie zu folgen.

»Meine Eltern sind gerade weg.« Sie trat zur Seite, damit ich leichter an ihr vorbei kam.

Nachdem sie die Tür geschlossen hatte, betrachtete sie mich mit einer Neugierde, mit der sie mich noch nie angesehen hatte. Sicher spürte sie, dass mit mir etwas nicht stimmte.

Ich wandte mich ab und suchte einen Platz an der Garderobe, wo ich meinen Helm hinlegen konnte.

»Schmeiß ihn einfach auf den Boden«, meinte sie, obwohl sie eigentlich sehr ordentlich war.

Vorsichtig legte ich den Helm neben die Hausschuhe ihres Vaters. Anschließend ordnete ich mir die Haare ein wenig. Wie sollte ich beginnen? Vieles in mir sträubte sich, doch ich musste die Fragen stellen.

»Meine Eltern kommen erst morgen früh wieder, hat mir die Mama versprochen«, flüsterte Karin.

Sie kam einen Schritt auf mich zu.

Die Fragen, ich musste die Fragen stellen.

Also warf ich den Kopf in den Nacken und begann: »Ich will die Wahrheit wissen. Was war …?«

Weiter kam ich nicht, denn Karin stand jetzt direkt vor mir. Sie nahm meine Nase mit Daumen und Zeigefinger der rechten Hand und zog meinen Kopf zu dem ihren herunter.

»Nicht reden«, sagte sie leise und küsste mich.

»Soll ich denn einen Sommertag dich nennen«, schoss es mir durch den Kopf.

Und die Fragen? – Sie waren mir plötzlich völlig egal.

Als ich im Morgengrauen nach Hause kam, roch ich sehr nach ihr. Ohne Auskunft darüber zu geben, wo ich die Nacht verbracht hatte, legte ich mich ins Bett und schlief wie ein Toter.

Epilog

Ich aber schlafe allein.
(Sappho)

»Die kurzen Haare stehen dir nicht besonders«, meinte Max mit prüfendem Blick auf meine neue Frisur. »Wenigstens die Koteletten hättest du lassen sollen.«

»Am Montag muss ich in die Kaserne.« Allein der Gedanke daran verursachte mir Bauchschmerzen. »Und bevor ich mich bei einem Bundeswehrfriseur unter's Messer leg, hab ich mir die Haare freiwillig von unserem Dorfbader schneiden lassen.«

Max hatte sich heute für Theologie, Philosophie und Mathe eingeschrieben. Außerdem hatte er den neuen Krimi von der Highsmith endlich gekauft. Vor der Uni hatten wir uns getroffen und gingen nun Richtung Marienplatz. Wir waren dort mit Inspektor Huber verabredet.

Max trug die schwarze Kutte der Benediktiner, die ihm beim Gehen zwischen die Beinen schlug. Er zog viele Blicke auf sich, denn ein junger Mönch mit schulterlangen, blonden Haaren war kein alltäglicher Anblick. Ich tappte neben ihm her. Mich beachtete kein Mensch.

»Wie geht's dir im Beusl?«, fragte ich ihn auf Höhe der Staatsbibliothek.

»Ausgesprochen gut. Bloß das Motorrad geht mir sakrisch ab.«

»Sonst nix?«

Er grinste. »Was meinst du?«

»Die Nora.«

Er wurde ernst. »An die denke ich jede Nacht.«

»Und dann?«

»Dann bin ich froh, dass ich sie los bin.«

»Ein so hübsches Mädchen?« Ich schüttelte den Kopf. Doch ich wusste, dass er mich nicht anlog.

»Zuerst hab ich gedacht, dass ich's nicht lange in der Kutte aushalten werd. Doch von Tag zu Tag geht's besser. Jeden Tag les ich die Bergpredigt und den Epiktet. Das frühe Aufstehen und die Chorgebete machen mir auch nix mehr aus.« Er hob belehrend den rechten Zeigefinger. »Von meinem Karl-Theodor lass ich mich jedenfalls nicht mehr tyrannisieren. Das hab ich mir für den Rest meines Lebens vorgenommen.«

Er hatte immer noch diese unbeschwerte Art, über Dinge zu reden, bei denen ich rot wurde und nichts mehr herausbrachte.

»Heißt das, du willst dort bleiben?«

Max zuckte die Achseln, er ging jetzt schneller, und ich hatte Mühe, mitzuhalten. »Die Mama war letzten Sonntag in Heiligenbeuern in der Frühmesse. Danach haben wir miteinander geredet.«

»Und?«

»Sie kann's halt nicht verstehen, warum ich ins Kloster gegangen bin.«

»Ich auch nicht.« Max war eben eine Wundertüte.

»Ich werd versuchen, es dir zu erklären.« Er verlangsamte seinen Schritt. »Zunächst hat mich der Bonifaz mit seiner Sammlung von Kruzifixen beeindruckt. Dann ist mir sein Bruder auf die Nerven gegangen. Den Epiktet hab ich oft gelesen, die Bergpredigt bloß, wenn du es nicht gesehen hast. Das wär mir sonst peinlich gewesen. Von der Zenzl hab ich mir das Neue Testament ausgeliehen. Sie hat versprochen, dass es niemand erfährt.«

»Das war alles?«

»Die Toten auf dem Jochberg haben mich natürlich auch beschäftigt. Ich hab oft drüber nachgedacht, was der Bonifaz über die Wahrheit gesagt hat. Ist sie wirklich immer so erstrebenswert?«

»Wie meinst du das?«

»Die Karin hatte doch eine Scheißangst, dass sie noch mal verhört wird. Vielleicht wär bei einer Befragung durch die Verhörspezialisten aus München manche Wahrheit ans Tageslicht gekommen. Doch wem hätt es geholfen, wenn sie erzählt hätte, was an dem Tag passiert ist, als sie sich das Leben nehmen wollt?« Max blieb stehen und sah mich an. »Wem?«

Ich wich seinem Blick aus. Karin sprach nie darüber.

»Niemand außer Karin weiß, was der Kornheim oder die beiden mit ihr gemacht haben. Aber es muss so schlimm gewesen sein, dass sie danach nicht mehr leben wollt. Die beiden sind jetzt tot. Man kann sie nicht mehr zur Rechenschaft ziehen. Warum soll sie also einem Kriminalbeamten erzählen, was passiert ist? Vielleicht sagt sie's dir eines Tages oder ihrer Mutter. Aber einem wildfremden Kerl?«

Er setzte sich wieder in Bewegung.

»Für den Bonifaz gibt es verschiedene Arten von Wahrheit. Die Wahrheit der Polizei interessiert ihn nicht. Er beschäftigt sich bloß mit Dingen, die er beeinflussen kann. Der Rest ist ihm egal.«

»Ist der Bonifaz jetzt dein Guru?«, fragte ich.

»Schmarren«, sagte Max. »Aber es geht mir sehr gut dabei, nicht den ganzen Tag übers Fressen, Saufen und …« Er stockte einen Augenblick. »… du weißt schon was – nachzudenken.«

Wir waren mittlerweile in der Theatinerstraße angekommen.

»Da arbeitet die Nora«, brummte Max und deutete auf eine kleine, schicke Boutique.

»Woher weißt du das?«, fragte ich und sah, wie er an seiner Unterlippe knabberte.

»Ich weiß es halt. Fertig.«

»Und? Willst du da rein?«

»Warum nicht?«, meinte er und strich sich die Haare in den Nacken.

Also betraten wir den Laden. Ich hoffte, Nora wäre nicht da. Ich hatte gar keine Lust, sie zu treffen. Was hätte ich auch mit ihr reden sollen? Und was wollte Max dort? Ich spürte geradezu den Ärger, der hier auf uns wartete.

Die Boutique war hell und modern eingerichtet. Die Kleidung lag offen in hohen Regalen. Die Hosen waren wesentlich teurer als in den Geschäften in Wolfratshausen, wo ich meine Jeans kaufte. Was Hemden und Pullover kosteten, wusste ich nicht. Die bekam ich zu Weihnachten oder zum Geburtstag. Karin meinte, so würden sie auch ausschauen.

Zunächst war keine Verkäuferin zu sehen. In der linken Ecke des Raumes glomm ein Räucherstäbchen und verbreitete ein orientalisches Flair. Wahrscheinlich waren wir zu früh.

»Was wollt ihr denn hier?«

Ich kannte die dunkle Frauenstimme. Es war Nora. Sie kam hinter einem dunkelgrünen, schweren Vorhang hervor. Als sie sich näherte, roch ich ihr ausgefallenes Parfüm und kalten Zigarettenrauch.

»Wir kommen dich besuchen«, erklärte Max und drehte sich langsam von einem Regal mit Pullovern weg zu ihr hin.

»Das freut mich.« Sie sah aber nicht danach aus.

»Ist das dein Laden?«, fragte Max und prüfte die Qualität eines Pullovers mit seinen langen, mageren Fingern.

»Warum willst du das wissen?« Sie blieb stehen, wo sie war, und warf uns eisige Blicke zu.

»Es tät mich halt interessieren, wie weit die Zuneigung eines gewissen älteren Herren geht.«

»Raus hier«, zischte Nora gefährlich leise. »Raus!«

»Was bist du denn so empfindlich?« Max bemühte sich, überrascht dreinzuschauen.

»Ich und empfindlich?« Noras Augen sprühten Funken. »Bei unserem letzten Treffen hast du mir ohne jede Vorwarnung, ohne Streit oder sonst was den Laufpass gegeben. Bloß wegen dem blöden Zettel, auf dem gestanden hat, dass mein Chef die Wohnung bezahlt. Und jetzt kommst du hier rein, als wär nichts gewesen, und stänkerst rum.«

Sie stemmte die Hände in die Hüften und trat mit leicht vorgebeugtem Oberkörper zwei Schritte auf Max zu. »Mit dir bin ich fertig, mein Lieber. Und mit deinem Klosterfummel kannst du andere Leute beeindrucken. Mich nicht.«

»Soll ich mir vorher was anderes anziehen, wenn ich dich besuche?« Das Gesicht meines Freundes wurde spitz.

»In Ruhe sollst du mich lassen. Mehr verlange ich nicht.« Sie ging zur Tür und deutete auf die Straße.

»Bild dir bloß nicht ein, ich wär wegen dir im Beusl gelandet.« Max sah sie zornig an. »Du warst bloß der Tropfen, der das Fass zum Überlaufen gebracht hat.«

Wie zufällig kam Max ganz nah an Nora vorbei und zischte: »Richt dem Herrn Schmidt schöne Grüße von mir aus, wenn du ihn mal wieder sehen solltest.«

»Werde ich machen«, schickte Nora Max hinterher, dann wandte sie sich zu mir. »Bleib bitte noch einen Augenblick. Mit dir habe ich noch was zu reden.«

Max warf mir einen kurzen Blick zu, dann verließ er das Geschäft, blieb aber vor dem Schaufenster stehen und gaffte in die Auslage.

Nora stöckelte von der Tür weg zur Kasse, wo sie einen kugelförmigen Aschenbecher aus der Schublade holte.

»Ihr beiden seid wirklich ein komisches Paar«, begann sie, nachdem sie sich eine Zigarette angezündet hatte.

»War es das, was du mir zu sagen hast?«, fragte ich.

»Nein, natürlich nicht.« Sie schüttelte den Kopf, als wollte sie eine lästige Fliege los werden. »Ich möchte, dass du ein paar Dinge weißt, die weder die Polizei noch Max rausgefunden haben.«

»Und das wäre?«

»Karin hat nichts mit den beiden Toten vom Jochberg zu tun.«

Ich verschränkte die Arme und wartete, was noch kommen sollte.

Nora holte tief Luft. »Ich war's. Ich habe dem Kornheim eine Ladung Insulin verpasst, als er am Donnerstag abend nach der Party an mir rumgrapschen wollte. Zuerst hatte er Karin nach Hause gebracht, danach wollte er mir an die Wäsche.« Sie nahm einen Zug. »Es tut mir kein bisschen leid.«

»Ich könnte dich jetzt bei der Polizei verpfeifen.« Ich war überrascht, dass mich diese Nachricht so kühl ließ.

»Hast du das vor?«

»Natürlich nicht.« Ich schüttelte den Kopf. »Und den Laaf. Hast du den auch erledigt?«

»Nein«, meinte sie ungerührt. »Da war ich doch gerade mit Karin und Herrn Schmidt im Kino.«

»Aber du kennst den Täter?«

Sie zögerte, also wusste sie Bescheid.

»Dann sag es mir.«

Jetzt schaute sie mich mit ihren braunen, etwas zu weit auseinander stehenden Augen an und schwieg.

»Ich muss es wissen«, beharrte ich und tat einen Schritt auf sie zu.

»Warum?«

»Damit ich sicher bin, dass Karin nicht in der Sache drin steckt.«

Sie überlegte einen Moment. »Gut. Aber du darfst es niemandem weitererzählen, auch Max und dem fetten Polizisten nicht.«

»Einverstanden.«

»Mein Vater war doch am Freitagnachmittag im Schrebergarten vom Kobek.«

»Das weiß ich.«

»Aber er war die ganze Zeit allein. Karins Vater ist erst am Abend dazu gekommen. Sie haben dann noch einen Träger Bier leer gesoffen, und Papa musste versprechen, ihm bei der Polizei ein Alibi zu geben. Papa musste sagen, Kobek wäre den ganzen Nachmittag im Schrebergarten gewesen.« Noch ein tiefer Zug, dann drückte sie die halb gerauchte Zigarette in das runde Tongefäß. »Die Kerle mussten dafür bezahlen, was sie Karin angetan hatten.«

Ich versuchte zu schlucken, doch mein Mund war staubtrocken.

»Sag Max, dass ich ihn nie betrogen habe. Nicht in Gedanken, nicht in Worten, nicht in Werken. Das ist das Einzige von unserem Gespräch, was du ihm ausrichten darfst.« Jetzt schenkte sie mir ein Lächeln, und sie sah umwerfend aus, obwohl sie wirklich ein wenig schielte.

Vor dem Laden stand Max in der Sonne. »Was hat sie dir noch auf den Bauch gedrückt?«, fragte er flapsig.

»Sie hat dich nie betrogen, soll ich dir ausrichten.«

»Das kann sie ihrer Großmutter erzählen«, brummte er. »Und sonst?«

»Nix«, log ich wie versprochen.

Ich hatte kein schlechtes Gewissen dabei, denn Max hatte aufgehört, nach den Tätern zu suchen. Auch ich konnte jetzt meinen Frieden mit den Toten finden. Karin hatte nichts mit den Morden zu tun, der Rest interessierte mich wenig.

Max blieb plötzlich auf dem breiten Gehsteig stehen und streckte den Kopf in Richtung Sonne.

»Der alte Schmidt hat ihr den Laden eingerichtet. Darauf wette ich.«

»Darf er das nicht?«

»Doch, aber …« Max wandte sich ab und schaute zur anderen Straßenseite hinüber. »Sie hat mich angelogen, verstehst du? Angelogen und ausgenützt.«

Er setzte sich Richtung Innenstadt in Bewegung. Wir sprachen eine Weile kein Wort. Jeder hing seinen Gedanken nach. Dann fragte ich Max, ob er die Hälfte der fünfhundert Mark haben wolle, die Schmidt mir gegeben hatte. Doch er lehnte ab. Schließlich sei er momentan bestens versorgt.

»Der Huber arbeitet jetzt im Polizeipräsidium. Ich hab mit ihm ausgemacht, dass wir uns am Marienplatz treffen.«

Als wir ankamen, wartete der Inspektor bereits an der Mariensäule.

»In der Kutte erkennt man dich noch besser als früher«, meinte er. »Wie lange möchtest du noch in diesen exotischen Gewändern rumlaufen?«

»Wie meinen Sie das?«, fragte Max zurück.

»Du bist für das Kloster genauso wenig geschaffen wie ich für's Fernsehballett«, meinte Huber. »Also, wie lange noch?«

»Mir gefällt meine neue Kluft«, sagte Max. Er sah den Polizisten ernst, beinahe streng an. »Und im Beusl geht's mir glänzend – freie Kost und Logis, Sie verstehen.«

»Und kein Stress mehr mit den Mädels, oder?«

»Das auch.«

»Und sonst?« Huber kniff wegen der starken Sonne die Augen zusammen.

»Ich wollt einfach mal über verschieden Dinge nachdenken. Dafür braucht man viel Zeit und Ruhe.«

»Und die hast du jetzt?«

»In Hülle und Fülle. Aber nicht mehr lange. Bald fängt das Studium an.«

»Theologie?«

»Außerdem Philosophie und Mathe.«

»Römisch-katholische Kriminologie wär das richtige Fach für dich.«

»Das gibt's leider noch nicht«, meinte Max schmunzelnd.

Wir waren im Weißen Bräuhaus angekommen und setzten uns an einen freien Tisch.

»Drei Aventinus«, bestellte Huber. »Und drei Weißwürst für jeden.«

Wortlos nahm die schwere, schwarz gewandete Bedienung die Bestellung entgegen und eilte mürrisch davon. Die chronisch grantigen Kellnerinnen mit ihrem groben Charme waren eine der Attraktionen der Gaststätte.

Huber erzählte, dass schon sein Großvater hier eingekehrt wäre. Er musste nämlich jährlich zum Rentamt, das sich ganz in der Nähe befand.

»Da haben sie nachgeschaut, ob meinem Opa das rechte Bein wieder nachgewachsen ist, das er in Verdun verloren hat – wegen dem Rentenanspruch – ihr versteht?«

Wir lachten, dann fragte Max den Polizisten: »Wieso arbeiten Sie jetzt in München?«

»Ich hab mich versetzen lassen.«

»Warum?«

»Die dumme Visage vom Kurzer konnte ich nicht mehr ertragen.«

»Verständlich«, meinte Max, und wir stießen die Biergläser zusammen. »Das wird aber nicht der einzige Grund gewesen sein.«

Der Polizist zündete sich eine Zigarette an, dann begann er: »Nachdem die Sache mit den Toten vom Jochberg erledigt war, hat er ständig große Töne gespuckt. Er hätte den Fall, in dem ich zwei Wochen lang ergebnislos ermittelt habe, innerhalb weniger Tage gelöst. Der Trottel. Und nach Rosenheim wird er auch nicht versetzt. Da habe ich eben meine Konsequenzen gezogen.«

Die Weißwürste kamen.

»Übrigens sind auch die anderen Jagdgewehre vom Schmidt untersucht worden«, meinte Huber kauend.

»Warum?«, wollte ich wissen.

»An der Tatwaffe waren doch Spuren von Fleischsaft.«

»Das wissen wir.« Ich tauchte jedes Wurststück tief in den süßen Senf, den ich so gern mag.

»Die anderen Waffen waren sauber. Der Schmidt hat seine Gewehre nach jeder Jagd gründlich gereinigt. Mein Chef, der Obermeier, hat das übrigens gewusst. Er war schon öfters zusammen mit dem Schmidt auf einer Treibjagd. Er hat mir erzählt, dass der Schmidt als einziger nach jedem Einsatz seine Flinte auseinandergebaut und penibel geputzt hat.«

»Sie meinen also, der Laaf hätt sich wirklich selbst erschossen?«, entfuhr es Max.

Für den Obermeier war die Sache jedenfalls erledigt, nachdem er erfahren hatte, dass an der Tatwaffe Fleischsaft war.«

»Es war also Selbstmord?« Max ließ nicht locker.

»Es ist zumindest nicht auszuschließen«, meinte Huber und trank sein Glas leer. »Und mit dieser Version sind offensichtlich alle zufrieden.«

»Ob sie nun stimmt oder nicht«, beendete Max den Satz mit einer heiteren Gelassenheit, die er früher nicht gehabt hatte.

Dank

Mein spezieller Dank gilt meiner Frau Angelika, die es erträgt, einen Mann zu haben, der nicht nur oft schweigt, sondern noch öfter schreibt.

Ganz lieben Dank an meinen Stab an Lektorinnen und Lektoren, die mir sowohl mit guten Worten als auch mit ihrer Kritik sehr geholfen haben. Diese sind:

Stefanie Bruderhofer
Hilde Gar
Martina Gartner
Mariele Lechner
Eva Lensing
Dr. Bettina Maurer
Dr. Daniela McLoughlin
Dr. Sandra Schönreiter
Brigitte Unterholzner
Hubert Unterholzner
Peter Wodarcyk